THÉATRE MORAL

OU

PIECES DRAMATIQUES NOUVELLES.

TOME SECOND.

Ce Volume contient.

Page

DIALOGUE entre l'Auteur & un Homme de Goût. 1

L'Amant Garde-Malades, ou Lindor & Julie, *Comédie en trois actes, en prose.* 37

La Diligence de Lyon, *Comédie en trois actes, en prose.* 125

L'Épreuve Singulière, ou la Jambe de Bois, *Comédie en trois actes, en prose.* 243

Galathée, ou suite de la Scène Lyrique de Pigmalion, de J. J. Rousseau, *Comédie en un acte, en vers libres.* 327

Les Bracelets, *Comédie en un acte, en prose.* 367

Oreste & les Furies, *Mélodrame en trois scènes.* 415

THÉATRE MORAL

OU

PIECES DRAMATIQUES NOUVELLES,

Par M. le Chevalier DE CUBIERES, des Académies & Sociétés Royales de Lyon, Dijon, Marseille, Rouen, Hesse-Cassel, &c. &c.

TOME SECOND.

Contenant cinq Comédies & un Mélodrame.

A PARIS,

Chez CAILLEAU, Imprimeur-Libraire, rue Gallande, No. 64.
BAILLI, Libraire, rue Saint-Honoré, près de la rue des Petits-Champs.
BELIN, Libraire, rue Saint-Jacques, près Saint-Yves.

M. DCC. LXXXVI.

Avec Approbation & Privilége du Roi.

DIALOGUE
ENTRE L'AUTEUR
ET
UN HOMME DE GOUT.

L'HOMME DE GOUT.

EH BIEN ! Je vous l'avois dit que votre premier Volume tomberoit. Le ſecond aura le même ſort : le voilà, je viens de le lire avec attention ; il tombera, vous dis-je, perſonne ne le lira, & les Journaux en diront mille fois plus de mal que du premier.

L'AUTEUR.

Qu'il tombe ou réuſſiſſe, que m'importe ?

Ai-je fait un livre utile ? Je ne veux ſçavoir que cela.

L'HOMME DE GOUT.

Qu'il ſoit utile ou non, que m'importe ? On ne me conſulte jamais pour ſçavoir cela.

L'AUTEUR.

Pourquoi eſt-ce donc que l'on vous conſulte ?

L'HOMME DE GOUT.

Un Livre eſt-il bien ou mal écrit ? C'eſt moi qui le décide : Y a-t-il quelques phraſes amphibologiques, quelques inverſions forcées, quelques tranſitions trop bruſques ? C'eſt moi qui en avertis l'Auteur, & qui l'engage à corriger, retrancher ou ajouter ; je ſuis conſulté enfin pour ſçavoir ſi l'on a fait un bel Ouvrage, & non un bon Ouvrage.

L'AUTEUR.

Eh bien ! Monſieur l'Homme de Goût, mon Ouvrage eſt-il beau ?

L'HOMME DE GOUT.

Il y a par-ci, par-là, quelques traits heureux, je l'avoue ; mais le défaut de goût les rend inutiles.

« Rien n'eſt beau ſans le goût, le goût ſeul eſt aimable. »

C'eſt ainſi que nous autres gens de goût avons refait le Vers fameux de Boileau.

L'AUTEUR.

Je croyois que mon Livre feroit de quelque utilité aux perſonnes qui le liraient, ou qui verraient repréſenter les Pièces qu'il renferme; puiſque le défaut de goût rend inutile ce qui pouvait plaire, je vois bien que j'ai éu tort de le publier.

L'HOMME DE GOUT.

Je vous le demande à vous-même: quel eſt le but moral qui réſulte de vos Comédies, où l'on pleure, où l'on rit tour-à-tour, & dont les ſujets ſont preſque tous ſinguliers & bizarres? Que peuvent apprendre à vos Lecteurs l'*Amant Garde-Malades*, *l'Epreuve ſingulière*, & ſur-tout *la Diligence de Lyon*? Ces Pièces ne ſignifient rien, abſolument rien, je vous jure; ce ſont des énigmes en dialogues, dont je vous défie de dire le mot.

L'AUTEUR.

Comme on ſe trompe ſur ſes Ouvrages! J'ai cru que *la Diligence de Lyon* était une leçon de modestie & de politesse pour tous les hommes ; j'ai cru qu'en voyant les Personnages subalternes de cette Comédie humiliés par les Personnages nobles, forcés à descendre à des excuses, & obligés, en punition de leur insolence, d'aller se coucher sans souper ; j'ai cru, dis-je, qu'on apprendrait à ne point juger les gens sur les apparences, à être honnête, simple & vrai avec tout le monde, & sur-tout à ne jamais prendre des tons de hauteur avec des inconnus. Cette Pièce me paraissait même assez conforme au systême qu'avaient adopté, sur la Comédie, Ménandre, Philémon & Térence. La vieille Comédie, vous ne l'ignorez pas, poussoit la licence jusqu'à désigner des hommes vivans, des hommes distingués par leur état & par des charges importantes. Lorsque les Magistrats eurent arrêté cette licence, les Comiques jugèrent à-propos de faire tomber le blâme & le ridicule sur les Esclaves, & les Maîtres furent respectés. Ce systême fut aussi celui de Théophraste : l'ayant suivi, autant que je l'ai pu, dans *la Diligence de Lyon*, j'ai cru que cette Pièce, composée d'après une sage théorie, était dans la forme de la Comédie que les Anciens appellaient moderne : j'ai cru enfin qu'elle était de toutes mes Pièces celle où j'avais le plus clairement exprimé le but moral ; je vois que je m'étais trompé, & je vous remercie de me l'avoir fait connaître.

L'HOMME DE GOUT.

C'est moi peut-être qui me suis trompé, pour avoir jugé trop vîte. Je conviens qu'il peut résulter une sorte de leçon morale de l'humiliation de vos personnages subalternes, je n'y avais pas pris garde ; mais oserez-vous dire qu'il en résulte quelqu'une de *l'Amant Garde-Malades*? Je vous avouerai qu'un jeune homme qui prend des habits de fille, qui, à la faveur de ce déguisement singulier, va servir de Garde à sa Maitresse, qui se trouve seul avec elle lorsqu'elle est à dormir seule dans son lit, qui s'élance plusieurs fois vers ce lit, poussé par les desirs de son âge, qui s'empoisonne ensuite pour sauver la vie à celle qu'il aime, j'avouerai qu'un pareil personnage peut intéresser les ames sensibles : son courage & sa délicatesse tiennent de l'héroïsme, la noble fermeté de Julie en présence de son père m'a ému jusqu'à l'admiration, jusqu'aux tranſport : la ſageſſe du Médecin a ravi mon eſtime, & les retours du père ſur lui-même m'ont réconcilié avec lui : mais, pour parler comme le Géomètre, qui diſoit : *Qu'eſt-ce que cela prouve* ? Je vous dirai à mon tour : quelle leçon avez-vous eu l'intention de donner par cette Comédie ? Quel ridicule avez-vous prétendu corriger ? A quel vice avez-vous eu deſſein de déclarer la guerre ?

L'AUTEUR.

On dirait, à vous entendre, qu'il n'y a que des vices à attaquer & des ridicules à pourſuivre ? Et les préjugés, Monſieur, les préjugés ?.... N'en eſt-il pas des milliers à détruire ? Il faudrait peut-être inventer pour eux ſeuls un nouveau genre de Comédie, *l'Amant Garde-Malades* en eſt la preuve. Il arrive tous les jours qu'un jeune homme voit une Demoiſelle dont il devient amoureux au premier aſpect ; il arrive que la jeune fille le paie du plus tendre retour : ces enfans ſe conviennent à tous égards, il n'y a dans leur âge qu'autant de diſproportion qu'il en faut pour remplir le vœu de la nature, il n'y en a point dans leur fortune ni dans leur naiſſance ; l'Hyménée &

l'Amour enfin ſemblent s'unir pour les appeller au bonheur; ils brûlent nuit & jour, ils ſoupirent, ils ſe conſument l'un pour l'autre; le ſouvenir d'une querelle, éteint dans la plupart des têtes, fermente & brûle encore dans les cœurs de leurs parens, ce ſouvenir y a vieilli avec le temps, y a pris racine, & ſeul il a élevé entre les deux Amans une barrière impénétrable, une barrière immenſe dont leurs yeux peuvent à peine meſurer la hauteur: ils ſont obligés de ſe haïr, parce que leurs pères ſe ſont déteſtés, & le fiel de la haine, & le levain de la vengeance doivent éteindre dans leurs ames toutes les flammes de l'Amour: on leur défend de ſe voir, de ſe parler, de s'écrire, & ſi par hazard ils déſobéiſſent, ils ſont ſévérement punis. Ne regardez-vous point cette conduite de certains pères envers leurs enfans, comme le comble de la tyrannie & de l'injuſtice? C'eſt cette injuſtice que j'ai voulu foudroyer; c'eſt cette tyrannie que j'ai voulu abattre dans l'*Amant Garde-Malades*; je croyais même l'avoir aſſez indiqué par ces paroles, qu'à la fin de la Pièce le père de Julie adreſſe à Lindor. « Votre père fut mon ennemi, il

» eſt vrai, & depuis long-temps il règne une » grande haine entre nos deux familles; mais » l'amour eſt étranger à tous ces débats, & » l'acte le plus ſaint de la nature & de la » loi, un mariage enfin ne doit être ni un » marché ni un traité de politique.... C'eſt de » ma ſotte prévention & de mon entêtement » que ſont nés en partie tous les malheurs d'au- » jourd'hui ». En effet, ſi le Comte avait conſenti aux deſirs de Lindor, lorſque celui-ci lui a fait demander ſa fille, ſa fille ne ſerait point tombée malade, Lindor ne ſe ſerait point traveſti pour lui rendre des ſoins, la Marquiſe ſe ſerait vengée d'une autre manière, Lindor n'aurait point avalé quelques gouttes de la potion empoiſonnée, la Marquiſe elle-même ne ſe ſerait point empoiſonnée peut-être pour ſe punir de ſon crime, tous les malheurs qui arrivent enfin ne ſeraient point arrivés. Vous voyez qu'il faut les rapporter tous à l'injuſte prévention du père, & ces malheurs, quoique vous en diſiez, prouvent qu'un père ne doit point refuſer ſa fille à un jeune homme qui la mérite, quand il n'a pas d'autres raiſons que des reſſentimens particuliers, & ſi votre

Géomètre était là, je lui dirais, que, faire une telle Pièce, c'eſt réſoudre en morale un problême intéreſſant, & un problême réſolu lui prouverait sûrement quelque choſe.

L'HOMME DE GOUT.

Je vous aſſure qu'en liſant l'*Amant Garde-Malades*, ou qu'en le voyant repréſenter, on ne fera attention à rien de ce que vous dites; on ſe laiſſera entraîner par l'intérêt & le pathétique des ſituations, par la chaleur qui règne dans quelques ſcènes ; par le flux & le reflux de deux paſſions toujours contrariées, & l'on pleurera ſcandaleuſement, ſans aucune envie de ſe corriger, ſi l'on eſt coupable.

L'AUTEUR.

Les meilleures intentions des Auteurs Dramatiques ne peuvent pas toujours percer au travers de leurs écrits, & l'on ne réuſſit pas toujours dans ce qu'on projette. Ce n'eſt point la faute de Molière, s'il y a encore des Tartuffes, ni celle de Deſtouches, s'il ſe trouve toujours des Glorieux.

L'HOMME DE GOUT.

Et ſerait-ce votre faute, ſi de certains hommes ſe faiſaient couper la jambe, pour mieux reſſembler à leurs Maitreſſes.

L'AUTEUR.

Sans doute : je ſerais ſeul coupable de leur malheur.

L'HOMME DE GOUT.

Vous faites cet aveu avec une belle tranquillité d'ame !

L'AUTEUR.

Souffrez que je vous faſſe une demande avec la même tranquillité : croyez-vous qu'on ſuive jamais l'exemple du Lord d'Ambi ?

L'HOMME DE GOUT.

Pourquoi non ? Le fait d'après lequel vous avez compoſé votre Pièce eſt arrivé à Londres, il y a quelques années.

L'AUTEUR.

Eh bien ! ſi le fait ſe répète en France, ſi un ſeul homme, d'après la lecture de l'*Epreuve ſingulière* ſe fait couper une jambe pour ſa Maîtreſſe, je conſens à lui ſacrifier les deux miennes.

L'HOMME DE GOUT.

Vous me faites trembler ! Quelles ont donc été vos vues, en publiant cette Pièce ?

L'AUTEUR.

Le voici en peu de mots : la Nation Françaiſe ſerait ſans contredit la première de toutes les Nations, ſi les individus qui la compoſent avaient plus d'énergie & de caractère. J'ai voulu renforcer l'un & l'autre en offrant à mes concitoyens des exemples extraordinaires de grandeur d'ame, de délicateſſe & de courage.

L'HOMME DE GOUT.

Vous auriez pu choiſir des exemples moins dangereux ; celui que vous propoſez....

L'AUTEUR.

Ne craignez pas qu'on l'imite. Si un Français était capable de ſacrifier à ſa Maitreſſe une partie de lui-même, mille obſtacles s'oppoſeraient à ſon projet, mais il en exécuterait mille autres qui le couvriraient de gloire. Ce ſont les grandes paſſions qui font faire les grandes choſes, & les grandes paſſions nous manquent. Si j'avais conſeillé moins, j'aurais obtenu davantage ; mais il fallait peut-être ne rien obtenir ; il fallait, non que mes Lecteurs ſe fiſſent couper une jambe après avoir lu ma Pièce, mais que ſeulement il puſſent vouloir ſe la faire couper. Aucun d'eux n'aura sûrement cette envie, & la leçon que j'avais à donner devait être d'autant plus vigoureuſe que l'exemple de mon Héros était plus inutile. Au reſte, mes Comédies ne méritent pas qu'on s'y arrête ſi long-temps, & je ſuis honteux de.....

L'HOMME DE GOUT.

Vos Comédies ! vous me faites rire en leur donnant un pareil nom ; mais c'eſt la ſeule choſe qu'elles ayent de riſible ; j'eſpère que vous ne laiſſerez point ce titre à l'*Amant Garde-Malades*.

L'AUTEUR.

Pourquoi cela, s'il vous plaît ? Vous venez de lire mon Manuſcrit, & *l'Amant Garde-Malades* y eſt intitulé *Comédie*.

L'HOMME DE GOUT.

J'eſpère encore une fois que vous changerez ce titre.

L'AUTEUR.

Vous eſpérez en vain.

L'HOMME DE GOUT.

Eh quoi ! vous appellerez *Comédie* une Pièce

où l'un des Personnages se tue, où deux autres sont sur le point de mourir empoisonnés, une Pièce où l'on voit, pour ainsi dire, une nouvelle Médée, se plaire à broyer des sucs mortels avec le bout de son poignard; une Pièce enfin où l'on pleure autant qu'aux Tragédies les plus pathétiques?

L'AUTEUR.

Et quel titre voulez-vous que je lui donne?

L'HOMME DE GOUT.

Vous sçavez bien que depuis quelque-temps on appelle ces sortes de Pièces des Drames.

L'AUTEUR.

Oui; mais je sçais bien aussi que ce titre ne leur convient pas du tout. *Drame* veut dire *Action*, & toutes les Pièces, soit Tragiques, soit Comiques, étant des actions, il faudrait donc les appeller toutes des *Drames*. Voici à ce sujet un passage assez curieux tiré des Lettres de Madame de Sévigné: « Racine, » dit-elle, fait des Comédies pour la Chammêlé: » ce n'est pas pour les siècles à venir: si jamais » il n'est plus jeune & qu'il cesse d'être

» amoureux, ce ne ſera plus la même choſe, » vive donc le vieil ami Corneille, &c..... » Si Madame de Sévigné appelle Comédie les Pièces de Racine, je puis bien donner ce nom aux miennes, qui ne ſont pas, à beaucoup près, auſſi tragiques que celles de Racine, ſinon je les appellerai *Action*, comme a fait M. Rétif de la Bretonne (1). Ce nom vaut bien, ce me ſemble, celui de Drame.

L'HOMME DE GOUT.

A la bonne heure : mais vous ſçavez bien auſſi que le genre de Racine eſt le bon, & que celui de l'*Amant Garde-Malades*, de l'*Epreuve ſingulière*, de l'*Ecole des Riches*, eſt proſcrit par le goût, & qu'on l'appelle avec raiſon un *genre bâtard*.

L'AUTEUR.

Les Bâtards s'illuſtrent quelquefois plus que les enfans légitimes, & je crains bien que cela n'arrive, je ne dis pas à mes Bâtards, mais à ceux qu'on a engendrés, & que l'on peut engendrer encore.

---

(1) C'eſt le titre qu'il a donné à la *Prévention Nationale*, en cinq actes, en proſe.

L'HOMME DE GOUT.

Quoi! des Pièces désavouées également par Melpomène & par Thalie!

L'AUTEUR.

Des Pièces qui tiennent le milieu entre les deux extrêmes!

L'HOMME DE GOUT.

Des Pièces où le premier Acte fait rire, où le cinquième fait pleurer!

L'AUTEUR.

Et ne riez-vous pas, & ne pleurez-vous pas souvent dans la même journée? Si la Comédie est une peinture de la Société & une imitation de la Nature, peut-on mieux les rendre l'une & l'autre, qu'en vous faisant pleurer & rire?

L'HOMME DE GOUT.

J'en appelle à Aristote.

L'AUTEUR.

J'en appelle à Madame de Sévigné.

L'HOMME DE GOUT.

Vous plaisantez, sans doute, avec votre citation de Madame de Sévigné. Aristote a dit qu'il fallait que le Héros d'une Tragédie ne fût, ni tout-à-fait vertueux, ni tout-à-fait vicieux.

L'AUTEUR.

Je sçais cela depuis long-temps.

L'HOMME DE GOUT.

Il avait composé un Traité sur la Comédie, qui malheureusement n'est point parvenu jusqu'à nous ; mais comme toutes les idées de ce grand homme ont entr'elles une liaison admirable, ce qu'il a dit sur la première peut nous faire deviner ce qu'il a voulu dire sur la seconde.

L'AUTEUR.

Eh bien ! Quels ont été, selon vous, ses préceptes sur la Comédie ?

L'HOMME DE GOUT.

En voici le sens & non les paroles : il faut que ses principaux Personnages soient moins criminels que vicieux, & moins vicieux que ridicules : il faut enfin que le ridicule soit l'ame de la Comédie : elle doit se borner à peindre, tout son emploi est de corriger. Vous connoissez d'ailleurs d'ailleurs la définition de la Comédie, qui se trouve dans toutes les Poétiques : elle confirme ce que j'avance, & voilà sur quoi est fondée la différence éternelle qui existe entre la Comédie & la Tragédie ; les barrières qui les séparent, ont été posées par le plus vigoureux génie de l'Antiquité, & votre Madame de Sévigné me fait pitié, je l'avoue, quand je la vois confondre ce qu'Aristote a si bien distingué.

L'AUTEUR.

Je vais vous scandaliser, vous mettre en colère ; mais dussiez-vous me traiter de blasphémateur ou d'impie, il faut que je vous dise ce que j'ai sur le cœur, & que je vous fasse même une espèce de confession générale. Tenez, Monsieur l'Homme de Goût, je suis plein de vénération pour Aristote, qui était vraiment un vigoureux & puissant génie. Aristote sçavait tout, & Madame de Sévigné ne sçavait presque rien. Cependant en fait de Théatre, j'aimerais mieux croire une jolie femme qu'un vieux Docteur. L'expérience nous a éclairés, & nous avons profité des erreurs de nos pères : voulez-vous connaître enfin le véritable ſyſtême Dramatique dans toute ſon étendue ? C'eſt M. Diderot qui va vous l'expliquer par ma bouche. « La Comédie gaie, » qui a pour objet le ridicule & le vice ; la » Comédie ſérieuſe, qui a pour objet la vertu » & les devoirs de l'homme ; la Tragédie, qui » aurait pour objet nos malheurs domeſtiques » » la Tragédie, qui a pour objet les cataſtrophes » publiques & les malheurs des Grands ». Voilà deux ſortes de Tragédies & deux ſortes de Comédies bien marquées, & dont aſſurément vous ne pourrez point nier l'exiſtence. Ne croyez-vous pas qu'il y ait un grand intervalle entre ces deux genres ; que ces deux intervalles peuvent être remplis par d'autres genres ou eſpèces ? (car ils ſe confondent dans la queſtion que je traite, ſi-tôt qu'on veut l'approfondir) & qu'entre la Comédie gaie & la Comédie ſérieuſe, entre la Tragédie héroïque & la Tragédie domeſtique, il y a encore des intervalles où l'on peut placer d'autres eſpèces, ſoit de Tragédies, ſoit de Comédies. *La Gouvernante*, par exemple, eſt une Comédie ſérieuſe, qui a pour objet la vertu & les devoirs de l'homme ;

& *le Bourgeois Gentilhomme*, une Comédie gaie, qui a pour objet le ridicule. Ne croyez-vous pas qu'entre *la Gouvernante* & *le Bourgeois Gentilhomme*, il peut exister un genre ou une espèce qui ne ressemble que fort peu à l'une & à l'autre; qu'entre ce genre ou cette espèce intermédiaire & le genre de *la Gouvernante*, il peut en exister encore un, qui ne tienne peut-être d'aucun des deux, & ainsi de suite? Fontenelle, dont l'esprit était si lumineux, a exprimé cette idée par une comparaison tirée de la lumière même. « On connaît, dit-il, assez com-
» munément aujourd'hui la suite des couleurs du
» Prisme, rouge, jaune, verd, bleu, violet:
» notre échelle dramatique lui ressemble: terri-
» ble, grand, pitoyable, tendre, plaisant, ridi-
» cule. Cela est dégradé par nuances, depuis la
» plus sérieuse des impressions que peut faire le
» Théatre jusqu'à la plus réjouissante. Par cette
» comparaison de la suite des couleurs, on voit
» presqu'à l'œil ce que nous n'avons exposé
» jusqu'ici que par raisonnement ». Homère, si justement fameux pour ses comparaisons, n'en a jamais fait de plus ingénieuse, & qui rende une idée abstraite d'une manière plus

ſenſible : elle fait, pour ainſi dire, toucher au oigt, ce que l'on concevait à peine.

L'HOMME DE GOUT.

Quelque claire qu'elle ſoit, je ne comprendrai jamais qu'il y ait plus de deux genres au Théatre.

L'AUTEUR.

Et moi, je crois qu'il y a autant de genres que de couleurs dans l'Arc-en-Ciel, autant d'eſpèces que de nuances, & voilà pourquoi j'ai oſé dire dans mon *Eſſai ſur la Comédie*, qu'il y avait peut-être autant de genres de Pièces, que de ſujets de Pièces.

L'HOMME DE GOUT.

Vous ſçavez auſſi comme les Journaliſtes vous ont relevé là-deſſus.

L'AUTEUR.

Les Journaliſtes d'aujourd'hui ſont comme les Dévots d'autrefois; ils voyent par-tout des héréſies : de toutes les claſſes de Gens de Lettres, c'eſt celle où il y a le plus de préjugés : tout s'éclaire autour d'eux, & ils reſtent dans les ténèbres ; l'obſcurité qui les environne paraît être une punition de leur opiniâtreté & de leur intolérance : ils injurient ceux qui veulent leur montrer la lumière ; il faut les plaindre, continuer de la leur montrer, & ne leur point dire d'injures. Quoique j'estime fort les gens de Goût, je crains bien qu'ils ne ressemblent un peu aux Journalistes.

L'HOMME DE GOUT.

Les Journalistes & les Gens de Goût aiment Aristote & le défendent comme leur Maître.

L'AUTEUR.

J'aime aussi Aristote ; mais j'aime encore plus la vérité.

L'HOMME DE GOUT.

Avec de telles opinions, il n'y a pas d'apparence qu'ils vous louent.

L'AUTEUR.

Que m'importe ? Je ne cours pas après les éloges.

L'HOMME DE GOUT.

Le suffrage des Gens de Goût a pourtant bien son prix : le Goût....

L'AUTEUR.

Le Goût! toujours le Goût ! On n'eſt rien ſans le Goût, je le ſçais, on ne fait rien de bon ſans le Goût: Eh bien! vivent le Goût & les Médiocres!

L'HOMME DE GOUT.

Le Goût eſt un inſtinct naturel, un tact imperceptible, qui nous avertit de l'obſervation des règles. Si le Goût n'eſt rien, les règles ſont quelque choſe : on peut ne pas croire au premier ; mais il eſt impoſſible de ne pas ajouter foi aux autres.

L'AUTEUR.

Je vous ai déjà cité Fontenelle, il faut que je vous le cite encore. « Il me paraît certain, » dit-il, que nous ſommes en droit d'examiner » ſi, en fait de Théatre, nous n'aurions pas » quelquefois des habitudes au-lieu de règles ». Des habitudes au-lieu de règles! Jamais, en fait de Théatre, on n'a dit un mot plus profond.

L'HOMME DE GOUT.

Quoi! les Unités....

L'AUTEUR.

Je les respècte infiniment, & je suis Homme de Goût & Journaliste à cet égard, autant qu'il soit possible de l'être. Les Unités !....... S'il s'agissait de les défendre, je romprais vingt lances avec les plus braves.

L'HOMME DE GOUT.

Vous plaisantez en parlant de la sorte.

L'AUTEUR.

Non, en vérité ; c'est très-sérieusement que je parle. Je ne connais rien de plus beau chez aucune Nation du monde, que le Philoctète, l'Œdipe Roi, & l'Electre du Théatre Grec, où ces unités sont observées. Il est impossible de surpasser ces Pièces admirables : mais de la hauteur de ces chef-d'œuvres on peut descendre par un millier de dégrés, jusqu'à la farce, & de la farce même jusqu'au burlesque, au-dessous duquel il n'y a plus rien. Ce ne sont point les règles sur les Unités que je blâme ; je les trouve fort naturelles ; mais je ne puis souffrir l'opinion absurde & exclusive, qui n'a admis que deux genres au Théatre : je voudrais abattre le mur de séparation qu'on a élevé entr'eux, & il n'eſt pas poſſible qu'il ſubſiſte long-temps encore.

L'HOMME DE GOUT.

Quoi! la forme de la Tragédie, par exemple, n'eſt-elle pas fixée?

L'AUTEUR.

Elle l'a été par les Grecs; &, malgré le génie de nos Tragiques, nous n'avons rien ajouté à cet Art ſublime, s'il eſt vrai que, la règle des Unités une fois admiſe, nous n'ayons point de Pièces ſupérieures aux trois que je viens de nommer. Or il eſt certain que nous n'en avons point.

L'HOMME DE GOUT.

J'aime les Grecs à la folie, & je ſuis enchanté de vous les entendre louer: mais ſi la forme de la Tragédie a été fixée par eux, celle de la Comédie l'a été auſſi, & par conſéquent il était juſte d'élever un mur de ſéparation entr'elles.

L'AUTEUR.

La forme de la Comédie fixée par les Grecs! Voilà, Monſieur, ce que je n'ai jamais cru.

L'HOMME DE GOUT.

Quoi! les Pièces d'Ariſtophane!....

L'AUTEUR.

Les Pièces d'Ariſtophane n'ont aucune reſſemblance avec les nôtres : il n'en a fait aucune où il y ait de l'amour, & toutes les nôtres finiſſent par un Mariage. Ce ſont des Marquis ridicules d'ailleurs, des Médecins ignorans, de vieilles Coquettes, des Parvenus inſolens, que nous choiſiſſons pour Acteurs, & non des Grenouilles, des Oiſeaux, des Nuées ou des Perſonnages de la Fable. Nous avons en outre inventé la Comédie de caractère que les Anciens ne connaiſſaient point ; s'il eſt vrai enfin que nous ayons gâté la Tragédie, en altérant ſon antique ſimplicité par des Epiſodes, il eſt vrai auſſi que nous avons perfectionné la Comédie, en la rendant plus vraiſemblable ; & puiſque dans ce dernier genre nous avions fait, même du temps de Molière, tant d'innovations heureuſes, tant de changemens avantageux, pourquoi voudrait-on nous interdire ceux que nous pouvons faire encore ? Notre Muſique vient d'éprouver une grande révolution ; tout m'annonce que notre Théatre comique eſt à la veille d'en éprouver une ſemblable, & je dis plus : tout me prouve qu'elle eſt néceſſaire & d'une néceſſité abſolue. Les caractères ſont preſque tous épuiſés : quoi qu'on en diſe, il n'y a plus que des nuances. Le P. Brumoi remarque avec beaucoup de juſteſſe, que l'on peut, après Racine & Corneille, tracer encore des portraits de Néron, de Sertorius & d'Auguſte, parcequ'on peut ſuppoſer des incidens qui les préſentent ſous un jour nouveau. Mais comment peindre l'Avare, le Tartuffe, le Miſantrope, ſans tomber dans les idées de Moliere, & ſans être forcé de lui dérober les principales ? Qu'il nous ſoit donc permis de faire des Pièces, qui réuniſſant le pathétique d'une Tragédie & le plaiſant d'une Comédie, offriront aux Spectateurs l'image la plus parfaite de la vie civile, & ſeront pour eux une ſource nouvelle d'inſtruction & de plaiſir.

L'HOMME DE GOUT.

Dites une ſource éternelle de triſteſſe & d'ennui. Ce paſſage ſubit d'un ſentiment à l'autre ne peut qu'affecter déſagréablement. Il en eſt d'un cœur qui se dilate & se resserre trop vîte, comme de ces malheureux que des Tyrans de l'Antiquité faisaient tirer d'un cachot obscur, & exposer tout-à-coup & sans intervalle à la plus vive lumière. Les Auteurs de ces Pièces, moitié gaies, moitié tristes, deviendraient des Tyrans plus cruels que Tibere & Phalaris.

L'AUTEUR.

Qui prouve trop ne prouve rien. Ces Pièces apporteraient sans doute peu d'utilité & de plaisir, si l'on y passait trop rapidement d'un sentiment à l'autre : il faudrait que le passage y fût formé de teintes douces, & que l'art des dégradations y fût habilement observé. On pourrait alors y pleurer dans un Acte & y rire dans l'autre, sans violer les loix du Goût & sans déroger au but moral que se propose tout homme honnête. Vous sçavez que l'Andrienne est presque dans ce genre ; vous sçavez qu'Aristophane a souvent admis dans ses Chœurs (1), & quelquefois dans ses Dialogues, ce mêlange de Comique & de Tragique, & que, même

(1) Voyez le Chœur des Oiseaux, dans le second Acte de la Comédie de ce nom.

des gens, qui, de ſon temps, avaient du goût, le lui ont reproché.

L'HOMME DE GOUT.

Ces gens, qui avaient du goût, revivent en France ſous des noms connus & reſpectés, & ils vous feraient le même reproche qu'à Ariſtophane.

L'AUTEUR.

J'écouterais leurs reproches, & j'irais mon chemin.

L'HOMME DE GOUT.

Et vous feriez des Pièces pitoyables.

L'AUTEUR.

Dans quel ſens entendez-vous ce mot ?

L'HOMME DE GOUT.

Des Pièces qui feraient pitié.

L'AUTEUR.

Il eſt deux ſortes de pitié, je l'avoue : l'une qui excite le ſourire ſur les lèvres de l'homme dédaigneux, & c'eſt celle-là dont vous parlez, ſans doute ; mais il en eſt une autre qui fait couler nos larmes au récit d'un malheur non mérité, ou d'une oppreſſion injuſte, & c'eſt de cette dernière que je veux parler. Cette pitié eſt le plus beau préſent que la nature ait fait à l'homme : elle eſt la ſource de toutes les vertus, & ſert de rempart contre tous les vices. L'homme civiliſé n'a point d'aiguillon plus actif, & il n'eſt point de frein plus puiſſant pour l'homme ſauvage. L'homme pitoyable eſt, à mon gré, le plus parfait de tous : c'eſt la pitié, c'eſt la pitié ſeule qui forme en nous la ſenſibilité, que j'oſerais appeller le toucher de l'ame.

L'HOMME DE GOUT.

Voilà une expreſſion un peu hazardée.

L'AUTEUR.

Je ſçavais bien qu'elle ne plairait pas à un Homme de Goût. Revenons à la ſenſibilité : L'homme a naturellement aſſez d'amour pour ſoi-même, il n'y a rien à lui reprocher là-deſſus ; mais en a-t-il aſſez pour les autres ? Ah ! s'il ſouffrait plus ſouvent ; que dis-je ? s'il ſouffrait toujours des tourmens de ſon ſemblable, la terre n'aurait plus rien à envier aux Cieux. C'eſt la ſenſibilité qui rend bienfaiſant envers le pauvre, généreux pour un ennemi, modeste & bon dans la prospérité, courageux & ferme dans le malheur; c'est la sensibilité qui, resserrant les liens du sang, attache de plus près un père à son fils, un fils à son père, & qui rend si énergique & si touchant le caractère de la maternité : c'est la sensibilité surtout qui rend le mari fidèle à son épouse, l'amie à son ami, & qui conserve dans une Nation le dépôt sacré des mœurs ; ce dépôt est sous sa garde : il n'y aurait point de vices, point d'assassinat, point de larcin d'aucune espèce, si tous les hommes étaient sensibles, & s'ils n'étouffaient pas aussi souvent qu'ils le font, la voix sublime & douce de la pitié. C'est donc à renforcer ce sentiment qu'il faudrait travailler sans cesse, & peut-on mieux y réussir que par des Pièces de Théatre, où cette douce & tendre pitié serait mêlée avec une gaîté paisible, où ces deux sœurs, se tempérant l'une par l'autre, paraîtraient plus aimables par le contraste, & tireraient des graces nouvelles de la différence de leurs traits.

L'HOMME DE GOUT.

Cette pitié est un des ressorts de la Tragédie;

j'en fais grand cas, ainsi que vous, & pour le renforcer selon vos desirs, vous n'avez qu'à faire des Tragédies : vous n'avez qu'à mettre des Rois sur la scène ; les calamités qui leur arrivent font d'autant plus d'impression sur l'esprit des hommes, qu'elles frappent des têtes plus considérables.

L'AUTEUR.

Je ne ferais que des Tragédies, s'il n'y avait que des Rois dans le monde ; mais l'Homme de Lettres, étant placé entre le riche & le pauvre, & se trouvant plus près du dernier que de l'autre, est plus à portée de le peindre & de lui servir d'interprète. Un être qui souffre & qui me dit, je souffre, m'intéresse bien davantage que le tyran qui le fait souffrir ; je ferai justice de celui-ci, & la ferai rendre à l'autre.

L'HOMME DE GOUT.

Vous ne composerez donc jamais de Tragédies ?

L'AUTEUR.

Je ne dis pas cela ; mais je composerai beaucoup de ces Pièces que vous appellez *Drames*.

L'HOMME DE GOUT.

Faites donc des Drames ; mais traitez des sujets moins singuliers, & permettez-moi de vous le dire, moins bizarres. Qu'est-ce qu'un homme qui veut se faire couper une jambe pour une Ladi ? Qu'est-ce qu'un autre homme qui se croit Philosophe, & qui donne tout ce qu'il a à d'autres prétendus Philosophes qui s'en moquent ? Qu'est-ce qu'un autre enfin qui se déguise en femme, pour garder sa Maitresse malade ? Tous ces sujets-là sont hors de la nature, de la vraisemblance & de la vérité.

L'AUTEUR.

Vous voudriez donc que je fisse des Pièces comme tout le monde ?

L'HOMME DE GOUT.

Y aurait-il grand mal à cela ?

L'AUTEUR.

Il n'y aurait pas un grand bien. Qu'est-ce, depuis quelque-temps, que la plupart de nos Comédies ? Plusieurs hommes de différens caractères se présentent pour épouser une jeune Veuve ou une jeune Demoiselle, qui a, comme de de raison, toutes les vertus & toute la beauté imaginables. L'un est fat & étourdi, l'autre est faux & méchant; le troisième, ainsi que sa belle Maitresse, a toutes les graces & toutes les vertus: l'Auteur noue entre tous ces Personnages une petite intrigue fondée sur quelque méprise, ou sur un mal-entendu que l'homme le plus stupide aurait démêlé: petites jalousies de part & d'autre, petites tracasseries; les Amans se brouillent, se raccommodent, tout se découvre à la fin; les méchans sont éconduits, le bon reste, il est préféré par les parens de la Demoiselle ou de la Veuve, l'une ou l'autre lui donne la main; on bâille ou l'on rit & la toile tombe. Croyez-vous qu'il y ait beaucoup de mérite à faire de pareilles Pièces? Dieu me préserve de rester dans un cercle si borné! Ayant toute la Nature à peindre, je tâcherai d'être aussi étendu, aussi varié qu'elle; l'homme d'ailleurs imagine-t-il quelque chose qui ne soit arrivé ou ne puisse arriver dans quelque coin de l'Univers? Telles sont les limites de son esprit, qu'il ne crée pas une chimère dont la réalité ne soit quelque part, & qu'il ne sort pas de son domaine, en pénétrant par la pensée même dans ce qui n'est pas. Mon projet est de faire aimer la vertu, & de faire haïr le vice, & pourvu que j'y parvienne, qu'importent les moyens que j'employerai ? Hommes, qui écrivez avec ces intentions respectables, l'existant ne vous suffit-il pas ? Elancez-vous dans le possible : osez plus, la faculté de faire le bien vous échappe-t-elle, jettez-vous à corps perdu sur le vaisseau qui s'éloigne du rivage, saisissez-le soudain avec les dents, & si vous n'avez pu le retenir, que du moins il vous entraîne avec lui.

L'HOMME DE GOUT.

Ainsi vous allez nous créer des monstres par douzaines ?

L'AUTEUR.

Il n'y en a point en Physique, pourquoi voudriez-vous qu'il y en eût en Littérature ?

L'HOMME DE GOUT.

Je n'ai plus qu'une chose à vous demander. Comment se fait-il que l'homme qui a composé le Dramaturge (1), fasse l'apologie du Drame

(1) Comédie en trois actes, en vers, représentée à Fon-

& développe aujourd'hui un ſyſtême tout contraire à celui qu'il avait il y a ſept ou huit ans ?

L'AUTEUR.

Comment ſe fait-il qu'un jeune homme que ſes paſſions entraînent, commence par être Athée, & finiſſe par croire en Dieu ?

L'HOMME DE GOUT.

Ce n'eſt pas tout-à-fait la même choſe.

L'AUTEUR.

Il y a peu de différence. J'étais jeune, quand je fis le *Dramaturge* : je n'avais étudié ni les hommes, ni le Théatre. En écrivant contre les Drames, j'injuriais ce que je ne connaiſſais pas : mes idées avec le temps ſe ſont éclaircies & rectifiées, je me ſuis approché de l'horizon que je croyais fermer la voûte céleſte, je l'ai vu s'étendre & s'aggrandir devant moi ; j'imaginais pouvoir toucher le Ciel avec la main, & j'ai vu que le Ciel n'avait point de bornes.

---

tainebleau devant la Famille Royale, par les Comédiens Français, en 1776, & tombée ; imprimée quelques mois après, & tombée de nouveau ; jouée enſuite dans quelques ſociétés & toujours tombée ; exceſſivement louée dans l'Année Littéraire, & toujours, toujours tombée.

L'HOMME DE GOUT.

Sçavez-vous qu'il y a, dans cette Pièce, beaucoup de plaisanteries, qui maintenant retombent sur vous-même?

L'AUTEUR.

Soit; je les reçois volontiers, & je n'ai qu'un regret en les essuyant, c'est qu'elles ne soient pas meilleures.

L'HOMME DE GOUT.

Vous aviez bien du goût, quand vous avez donné le Dramaturge.

L'AUTEUR.

Il y paraît par sa froideur & par les éloges qu'en ont fait tous les Journalistes.

L'HOMME DE GOUT.

Pourquoi donc l'avoir publiée, si vous l'avez jugée mauvaise?

L'AUTEUR.

Le sentiment & la raison y étaient également insultés en faveur du goût; il fallait les venger l'un & l'autre de mes pitoyables sarcasmes, & c'est pour me punir de l'avoir composée que je l'ai fait imprimer.

Fin du Dialogue.

L'AMANT GARDE-MALADES, *OU* LINDOR ET JULIE, *COMÉDIE* EN TROIS ACTES, EN PROSE.

Vulnus alit venis, & cæco carpitur igni.
ÆNEID. LIB. IV.

PERSONNAGES.

LE COMTE, père de Julie.

JULIE.

LINDOR, Amant de Julie, ſous le nom de Roſe.

LA MARQUISE DE VIEILHORME.

TOINETTE, Garde-Malades.

UN MÉDECIN.

UN GARÇON APOTICAIRE.

PLUSIEURS DOMESTIQUES.

La Scène eſt en Province, chez le Comte.

L'AMANT GARDE-MALADES, OU LINDOR ET JULIE, COMÉDIE.

ACTE PREMIER.

Le Théatre représente une Chambre proprement décorée, mais éclairée faiblement. Une chaise longue est sur un des côtés du Théâtre, à l'autre on voit deux tables : sur l'une sont quelques Livres épars, sur l'autre un grand vase, deux ou trois bouteilles & un grand verre. Un Tabouret est à quelque distance de la chaise longue.

SCENE PREMIERE.

TOINETTE, LINDOR.

TOINETTE.

VOYEZ-VOUS cette chaise longue ? C'est-là qu'elle vient s'asseoir, & c'est-là que je m'assieds, moi, pour lui tenir compagnie.

LINDOR.

C'est-là que vous vous asseyez ! Ah ! Toinette, que vous êtes heureuse ! Ce Tabouret me semble préférable au trône du monde, & si je pouvais m'y asseoir aussi, je m'estimerais bien plus heureux qu'un Monarque.

TOINETTE.

Rien ne vous empêche de vous donner ce plaisir. (*Elle approche le Tabouret.*)

LINDOR.

Vous ne m'entendez pas, Toinette, ou vous ne voulez pas m'entendre.

TOINETTE.

N'avez-vous pas dit que vous vous estimeriez plus heureux qu'un Monarque, si vous pouviez vous asseoir sur ce Tabouret ?

LINDOR.

Je l'ai dit ; mais je voudrais m'y asseoir à côté de Julie.

TOINETTE.

A côté de Julie !

LINDOR.

Oui, ma chère Toinette, & le plus près d'elle qu'il serait possible.

TOINETTE.

Oubliez-vous qu'il règne entre vos deux familles une haine invétérée ? que son père, en conséquence, lui a défendu de vous voir ? que c'est pour cela peût-être qu'elle est tombée malade ? & que....

LINDOR.

Je sçais tout cela à merveille ; mais, ma chère Toinette, si vous vouliez me servir !

TOINETTE.

Je ne demande pas mieux ; mais en quoi, je vous prie ?

LINDOR.

Vous sçavez, ma bonne Toinette, que les Amans sont fertiles en inventions & en expédiens de toute espèce pour arriver à leur but, & que plus on leur oppose d'obstacles, plus ils redoublent d'efforts pour les surmonter. Vous convenez d'ailleurs que Julie est tombée malade, parce que son père lui a défendu de me voir : ne convenez-vous pas aussi que si elle ne me voit point, elle en pourrait bien mourir.

TOINETTE.

Il est vrai que, depuis deux jours, elle est terriblement changée, & il se pourrait bien aussi qu'elle courût de grands risques.

LINDOR.

Vous aimez bien Julie, n'est-ce pas ?

TOINETTE.

Si je l'aime ! Je donnerais mon sang pour elle. Elle est si douce ! elle a un si bon cœur

LINDOR.

Eh bien ! elle mourra infailliblement, si nous ne venons pas à son secours. Il n'est qu'un moyen de la sauver, & le voici en deux mots : c'est l'Amour qui l'a rendue malade, c'est l'amour qui doit la guérir.

TOINETTE.

Il est certain que l'Amour est un grand Médecin ; mais celui-là n'a point pris ses grades, & il est suspect aux parens des jeunes filles.

LINDOR.

L'amour qui m'enflamme étant pur, & n'ayant moi-même que des vûes honnêtes, je ne peux faire ombrage à personne. Ecoutez-moi donc, Toinette : si en prenant vos habits.....

TOINETTE.

Mes habits ! Quelle idée !

LINDOR.

Un moment, je vous prie : vous sçavez que je suis jeune.

TOINETTE.

On le voit bien.

LINDOR.

J'ai dix-huit ans & demi ; mais si j'en dois croire quelques personnes, je parais n'en avoir guère que seize.

TOINETTE.

Cela est vrai. Je crois d'ailleurs qu'un homme de dix-huit ans, qui a les traits délicats, ressemble assez à une fille de vingt-un ; & si vous étiez à côté de la mienne qui a cet âge, je pense....

LINDOR.

Eh quoi ! ma bonne Toinette, vous avez une fille de vingt-un ans ?

TOINETTE.

Sûrement, & qui est plus grande que moi de la moitié de la tête.

LINDOR.

C'est-à-dire qu'elle est à peu près de ma taille.

TOINETTE.

Oui, à-peu-près.

LINDOR.

Ah ! Toinette, quel bonheur ! Et cette fille est-elle mariée ?

TOINETTE.

Pas encore. Les jeunes gens d'autrefois étoient honnêtes, & ceux d'aujourd'hui sont si libertins ! Il s'en est présenté plusieurs pour l'épouser ; mais elle est sage, ma fille, très-sage, & aucun d'eux n'a pu lui plaire. Dame, voyez-vous, j'aimerois mieux la garder chez moi toute ma vie que de la donner à un garnement.

LINDOR.

Est-elle connue dans cette maison ?

TOINETTE.

Non, elle n'y est jamais venue.

LINDOR.

Ah! Toinette, vous pouvez mettre le comble à mon bonheur ; vous pouvez ſauver la vie à Julie, ou plutôt vous pouvez nous la rendre à tous deux.

TOINETTE.

Je ne me croyois pas ſi puiſſante.

LINDOR.

Vous n'avez qu'à ſuppoſer une affaire qui vous éloigne en ce moment de ces lieux, qu'à me revêtir des habits de votre fille, qu'à dire que je la ſuis en effet, & qu'à me préſenter ici pour garder Julie à votre place ; il règne toujours un peu d'obſcurité dans la chambre d'une malade ; grace à ce demi jour, & ſur-tout à mon déguiſement, Julie me prendra pour une perſonne de ſon ſexe, je contreferai ma voix, &....

TOINETTE.

Et ſi ſon père, qui eſt plus clair-voyant, vient à vous reconnaître....

LINDOR.

Il eſt encore moins à craindre pour moi que Julie : le Comte ne m'a guère vu qu'une fois ou deux dans mon enfance, il m'a évité avec affectation depuis qu'il ſçait que j'aime ſa fille : mes traits ont dû ſortir de ſa mémoire, &, ſans un miracle, il eſt impoſſible qu'il ſe les rappelle. Voilà ma bourſe, Toinette ; vous faut-il tout ce que je poſſède ? Parlez, il n'eſt rien que je ne ſacrifie pour obtenir ce que je déſire.

TOINETTE.

Gardez votre bourse, Monsieur; une bonne action n'a pas besoin d'être payée; elle porte sa récompense avec elle. Je connois votre délicatesse, je suis sûre que vous n'abuserez point de ce que je vais faire pour vous; & ne serai je pas trop heureuse, si je prolonge les jours de Julie?

LINDOR.

C'est donc moi qui la soignerai! C'est par mes mains que passeront les sucs bienfaiteurs qui doivent rendre la santé à Julie! C'est moi qui ferai chauffer ses ptisanes, ses bouillons! C'est moi qui, au moment de sa convalescence, verrai le premier ses forces renaître, ses genoux s'affermir, & son teint se ranimer: quel bonheur pour un Amant! Chaque rose nouvelle qui paraîtra sur son visage, c'est moi qui croirai l'avoir fait éclore, c'est moi qui.....

TOINETTE.

Doucement, Monsieur, ne vous forgez point de chimères. Vous parlez de faire chauffer des bouillons, des ptisanes: il est bien question de tout cela avec Julie! Il n'y a point de malade plus aisée à servir, il n'y en a point qui donne moins d'occupation à une Garde.

LINDOR.

Tant pis, Toinette; je comptais sur autant de travail que de plaisir.

TOINETTE.

Comptez ſur le ſecond, à la bonne heure; mais point du tout ſur l'autre. Le père de Julie eſt un de ces hommes entêtés de la vieille Médecine, qui s'imaginent que les remèdes font tout, & que ce n'eſt qu'en droguant ſans ceſſe les gens qu'on peut leur rendre la ſanté : ſon Médecin, au contraire, eſt un homme ſage, qui abhorre les remèdes; & ſçavez-vous tout ce qu'il a ordonné depuis que Julie eſt malade? De l'eau de bourrache édulcorée avec du ſirop de violette, & dont il faut lui donner à boire chaque fois qu'elle en demande.

LINDOR.

Voilà donc tout ce que j'aurai à faire!

TOINETTE.

Oui, Monſieur, toutes vos fonctions auprès d'elle ſe réduiront à lui verſer à boire, & voilà ſur cette table tous les inſtrumens de votre charge. Mais j'entends venir Julie; elle eſt avec ſon père : allez chez moi promptement, je ne tarderai pas à vous y joindre; en attendant je vais vous annoncer à la famille.

SCENE II.

LE COMTE, JULIE, TOINETTE.

LE COMTE, *soutenant Julie.*

PRÉPAREZ les coussins, Toinette, & arrangez les oreillers de manière que la tête de ma fille soit bien appuyée. *Toinette arrange tout, & Julie vient s'asseoir sur la chaise longue, toujours conduite par son père, qui lui dit :* eh bien! ma chère Julie, comment te trouves-tu aujourd'hui?

JULIE.

Un peu mieux, mon père : mais j'irais plus mal, que vos soins si tendres & vos attentions me le feraient oublier bien vite.

LE COMTE.

As-tu bien dormi la nuit passée?

JULIE.

Hélas! non; je n'ai pas fermé l'œil. *à Toinette.* Vous avez dû vous en appercevoir, Toinette?

TOINETTE.

Oh! mon Dieu, oui, Mademoiselle; & cependant je vous ai fait bien des histoires.

JULIE.

Elles étaient fort jolies, & la dernière sur-tout. Celle que vous n'avez point achevée n'était point faite pour endormir; j'espère, ma chère Toinette, que vous m'en direz bientôt la suite.

TOINETTE.

Avec bien du plaisir: mais pour les deux ou trois nuits suivantes, ce ne sera point moi qui vous garderai, Mademoiselle, si vous voulez bien le permettre.

LE COMTE.

Et pourquoi cela, Toinette?

TOINETTE.

Hélas! Monsieur le Comte, j'avais, à trois lieues d'ici, un parent Receveur des Tailles; & cet honnête homme, en mourant, m'a laissé une petite succession que vous ne voudriez pas me faire perdre.

LE COMTE.

Non, certainement; cela ne serait pas juste.

TOINETTE.

C'est pour l'aller recueillir que je m'absenterai peut-être une huitaine, peut-être moins, c'est selon que tourneront les affaires; mais je vais bientôt vous amener ma fille pour tenir ma place: elle est sage, irréprochable dans sa conduite, enfin c'est une autre moi-même, & à qui vous pourrez donner en sûreté toute votre confiance.

LE COMTE.

LE COMTE.

Elle est jeune, sans doute ?

TOINETTE.

Elle aura vingt & un ans le mois prochain.

LE COMTE.

Eh bien ! elle conviendra à Julie. Les vieilles gens sont sujettes à avoir de l'humeur ; j'en juge par moi-même, qui me fâche quelquefois. La jeunesse est d'une humeur plus douce & plus liante : la sensibilité d'ailleurs est sa vertu dominante, & je crois qu'une personne de l'âge de votre fille sera pour Julie une compagnie plus agréable, & compâtira mieux à ses maux.

TOINETTE.

Quoique j'aie trois fois l'âge de Mademoiselle Julie, je vous jure cependant, Monsieur le Comte, que pour la sensibilité....

LE COMTE.

Ce que j'ai dit, ma bonne Toinette, ne vous regarde point, vous êtes une si honnête créature ! J'ai parlé en général, & sans avoir personne en vue.

JULIE, *à Toinette.*

Je ne doute point de toutes les bonnes qualités de votre fille, ma chère Toinette ; mais j'étois accoutumée à votre service, & j'aurai toutes les peines du monde à me faire à celui d'une autre.

TOINETTE.

Oh ! que non, Mademoiselle ; je vous donne, pour

me remplacer la perſonne la plus adroite & la plus intelligente de la Ville. Je l'ai déjà inſtruite, elle eſt au fait de votre ſervice auſſi bien que moi-même : vous verrez, vous verrez qu'elle vous conviendra à merveille.

JULIE.

Et la jolie hiſtoire que vous m'aviez commencée ?

TOINETTE.

Je lui dirai de vous l'achever : d'ailleurs elle vous en contera bien d'autres ; elle en ſçait des milliers, & de bien plus jolies que les miennes. Ah ! ne craignez pas que les ſiennes vous endorment.

JULIE.

Allez donc la chercher, Toinette ; je ne veux pas retarder un voyage qui peut vous être utile ; mais j'aurois bien mieux aimé que vous reſtaſſiez toujours auprès de moi.

TOINETTE.

Vous ne parlerez pas ainſi, quand vous connoîtrez ma fille. Tout ce que je crains, Mademoiſelle, c'eſt qu'elle ne vous plaiſe ſi bien que vous ne la préfériez à moi, & qu'à mon retour, vous ne vouliez plus de mon ſervice.

JULIE.

Oh ! que dites-vous là ! Jamais je ne préférerai perſonne à ma bonne Toinette.

TOINETTE.

Je ne le ſouhaite pas ; cependant ne croyez pas que je m'en plaigne, ſi votre bonheur s'y trouve. (*Elle ſort.*)

SCENE III.

LE COMTE, JULIE.

LE COMTE.

EH BIEN ! ma chère Julie, puisque nous sommes seuls, & que vous êtes mieux aujourd'hui, me permettrez vous de vous dire deux mots encore en faveur de ce pauvre Versac ?

JULIE.

Hélas ! mon père, je crains bien qu'ils ne soient inutiles.

LE COMTE.

Sa maison est ancienne, sa probité connue, sa fortune considérable.

JULIE.

Je ne l'ignore pas, mon père.

LE COMTE.

Il m'a fait demander votre main par tout ce qu'il y a de gens importans dans la ville.

JULIE.

Je le crois : mais, mon père, Lindor vous l'a fait demander aussi, & Lindor est comme Versac d'une maison ancienne, sa probité est connue ; & sa fortune considérable.

LE COMTE.

Pourquoi revenir fur Lindor, ma chère Julie ? Ne fçavez-vous pas que des reffentimens implacables ont toujours exifté entre nos deux familles, que par une fuite de ces reffentimens juftes ou injuftes, le père de Lindor a tué un de mes frères dans un combat fingulier ? Et penfez-vous après cela qu'il foit poffible que je vous donne en mariage au fils du meurtrier de votre oncle ?

JULIE.

Lindor eft innocent de ce meurtre ; & d'ailleurs fon père eft mort des fuites de ce combat funefte ; & cette mort n'a-t-elle point affez expié celle de mon oncle ? Comment peut-on en vouloir au fils d'un ennemi qui n'eft plus ?

LE COMTE.

Vous fçavez, ma chère Julie, que je ne fuis ni dur ni cruel : vous fçavez combien mes entrailles paternelles s'émeuvent au feul nom de ma fille : vous fçavez depuis qu'elle eft malade, combien j'ai fouffert de fes douleurs, & combien j'ai eu pour elle de foins, de prévenances & d'attentions : mais qu'elle fçache auffi que, ceffant d'être un père tendre pour elle, je deviendrois un Juge inflexible, fi j'apprenois qu'elle eût les moindres rapports, les relations, même les plus innocentes, avec le fils d'un homme qui a tué mon frère... Ce difcours te fait fouffrir, je le vois ; pardonne-moi, ma chère Julie, d'avoir pris un moment ce ton févère, & fi tu veux que j'aie toujours celui d'un ami, ne me parle plus d'un homme que je déteste. Tâche toi-même d'y rêver un peu moins ; ce souvenir t'agite sans cesse, c'est lui peut-être qui te rend malade, chasse-le tout-à-fait de ta pensée, & je te réponds que tu seras bientôt guérie.

JULIE, *à part.*

S'il faut que je cesse de l'aimer pour guérir, je sens que je suis incurable.

LE COMTE.

Voici notre Docteur, je l'attendois avec impatience.

SCENE IV.

LE MÉDECIN, JULIE, LE COMTE.

LE COMTE.

Arrivez, Docteur, arrivez. Vous venez un peu tard aujourd'hui ?

LE MÉDECIN.

Cela est vrai, Monsieur le Comte, je sors de chez un malade, qui est fort en danger ; & comme votre fille n'y est pas.....

LE COMTE.

Je le crois ; mais son mal peut empirer, & si nous ne faisons pas les remèdes nécessaires....

LE MÉDECIN.

Toujours des remèdes ! Et que sert d'en faire pour des maux que l'on n'a pas ?

LE COMTE.

Vous ne l'avez pas encore purgée, Docteur : sa maladie peut naître d'humeurs accumulées, & quelques grains d'émétique....

LE MÉDECIN.

Non, il n'y a point d'humeurs accumulées chez Mademoiselle ; & la plupart de ces médecines que l'on prend par précaution ou autrement, ne font que racler les entrailles & en ôter le velouté....

LE COMTE.

Ne croyez-vous pas qu'une petite saignée...

LE MÉDECIN.

Que dites-vous ! Elle seroit mortelle dans ces circonstances.

LE COMTE.

Elle est bien foible, bien languissante ! Si pour la ranimer nous avions recours aux bouillons de tortue ?

LE MÉDECIN, *avec impatience.*

Encore ! Quel homme vous êtes, avec vos conseils éternels & votre amour immodéré pour les remèdes ! Le meilleur de tous est d'en faire le moins qu'il est possible.

LE COMTE.

Je ne suis pas de votre avis : je crois, au contraire, que la Médecine n'est que l'art de les bien administrer.

LE MÉDECIN.

Vous ne sçavez donc pas ce que c'est que la Médecine ? Ecoutez-moi, Monsieur, je vais vous instruire en peu de mots, & vous en sçaurez autant que moi-même. La Médecine se divise ordinairement en deux parties, la Diétetique & la Thérapeutique.

LE COMTE, *balbutiant.*

La Dictique & la Thereupique...., J'entends.

LE MÉDECIN.

Je vois bien que les grands mots ne sont guère à votre portée, puisque votre mémoire a de la peine à les retenir. Je vais donc m'expliquer d'une manière plus claire & moins scientifique ; écoutez-moi, je vous prie. Il y a deux sortes de Médecines, la curative & la préservative. La préservative est celle qui consiste à ne jamais s'écarter du régime qui convient le mieux, pour se porter toujours bien : c'est celle-là qu'on appelle diétetique ; elle n'est, à proprement parler, que l'art de se maintenir en santé. L'autre est l'art de guérir les maladies qui troublent l'ordre dans lequel la première tient l'économie animale ; c'est celle-là qu'on appelle Curative ou Thérapeutique.

LE COMTE.

J'entends. J'ai observé que je me portais beaucoup

mieux, les jours que j'allais, soit à la chasse, soit à la promenade. Ces jours-là donc j'exerce la Médecine diétique ou préservative, ces jours-là donc je suis un grand Médecin ?

LE MÉDECIN.

Oui, Monsieur, vous l'êtes, & les hommes n'auraient jamais besoin de nos secours, s'ils exerçoient toujours bien cette Médecine préservative.

LE COMTE.

Mais si, étant à la chasse ou à la promenade, à force de me fatiguer & de courir, j'attrape une fluxion de poitrine ou une autre maladie, ne pouvant plus alors exercer la Médecine préservative avec succès, ne faudra-t-il pas quelqu'un qui exerce pour moi la Médecine curative ? Et ne faudra-t-il pas qu'on ait recours aux remèdes qui peuvent seuls rétablir l'ordre que maintenait chez moi la Médecine préservative, & que mes excès ont troublé ?

LE MÉDECIN.

Pardonnez-moi, Monsieur, il vous faudra des remèdes ; mais ces remèdes serviront moins à vous guérir de vos maux, qu'à vous préserver de plus grands encore. Je ne puis bien vous faire sentir cela que par une comparaison. Regardez donc, je vous prie : (*Il est supposé tracer un cercle avec sa canne.*) Je trace ici un cercle avec ma canne : vous vous portez bien, tant que vous êtes dans ce cercle, vous vous portez mal, dès que vous en sortez ; & plus vous vous en éloignez, plus vous vous portez mal, tellement qu'à une certaine distance, vous trouvez infailliblement la mort. Vous m'entendez, je pense ?

LE COMTE.

Oui, Docteur, à merveille. Plus je m'éloigne de ce cercle, & plus je me porte mal ; ma santé est toute entière dans ce cercle, la maladie & la mort rodent sans cesse à l'entour.

LE MÉDECIN.

Lors donc que vous avez perdu la santé, que faut-il faire ?

LE COMTE.

Lorsque j'ai perdu la santé, je suis sorti du cercle, & il ne faut que m'y ramener, pour me la rendre.

LE MÉDEDIN.

Ajoutez qu'il faut sur-tout vous empêcher de vous en éloigner davantage: Lors donc que vous êtes malade, sachez qu'on vous traite moins pour vous guérir de la maladie que vous avez gagnée en sortant du cercle, que pour vous préserver des maladies plus graves que vous gagneriez, & de la mort sur-tout qui vous menace à une plus grande distance du cercle. Vous voyez d'après cela, que la Médecine curative rentre absolument dans la préservative ; & comme dans cette dernière il ne faut point de remèdes, il n'en faut pas davantage dans l'autre ; l'une & l'autre n'employent que le régime.

LE COMTE

Ce que vous dites-là me parait très-nouveau, & si nouveau, que je n'y crois guère. Il s'ensuivrait de votre raisonnement, une chose épouvantable, inouïe, & tout-à-fait impossible.

LE MÉDECIN.

Quoi donc! Je vous prie.

LE COMTE.

Qu'il n'y auroit point de Médecine, ou du moins, qu'il ne faudrait pas plus y ajouter foi qu'à l'Alchymie, qu'à l'Astrologie, qu'à la Magie noire.... Il s'ensuivrait que chacun pourrait être son Médecin soi-même.

LE MÉDECIN.

Voyez le grand malheur! La Médecine ne serait pas la seule qu'on aurait décorée du beau nom de Science, pour en imposer aux humains, & ce n'est pas le seul métier, où un habit noir & une perruque, fassent les trois quarts & demi du mérite de l'homme qui les porte.

LE COMTE.

Permis à vous, Docteur, de ne pas croire à la Médecine, quoique vous l'exerciez. Quant à moi, qui ne suis incrédule en rien, & qui même ai beaucoup de confiance aux gens de votre profession & à vos lumières, dites-moi, je vous prie, si ma fille va en effet mieux aujourd'hui.

LE MÉDECIN.

Il eſt aiſé de le voir à ſon viſage : mais je vais m'en aſſurer. (*Il tâte le pouls à Julie.*) Beaucoup mieux, beau coup mieux qu'hier, Monſieur le Comte, il n'y a plus qu'un tant ſoit peu de fièvre, & j'eſpère que dans deux jours il n'y en aura plus du tout. (*A Julie.*) Avez-vous eu grand ſoin de boire, Mademoiſelle, comme je vous l'avais conſeillé ?

JULIE.

Oh ! oui, Monſieur, beaucoup.

LE MÉDECIN.

Ni hier, ni avant-hier, vous n'avez rien mangé, n'eſt-ce pas ?

JULIE.

Non, Monſieur, & je me ſens, je vous l'avoue, d'une faibleſſe extrême.

LE MÉDECIN.

Je le crois, Mademoiſelle. Les digeſtions à votre âge ſont ſi rapides, & les ſucs nutritifs s'évaporent ſi vite ! Vous pourrez donc aujourd'hui manger deux blancs de poulets à votre dîner ; & ſi vous le deſirez encore, une pomme ou une poire bien mûre.

LE COMTE.

Comment, Monſieur ! avec la fièvre vous voulez que ma fille mange ?

LE MÉDECIN.

Et pourquoi non, Monſieur ? Je ne ſuis point l'ennemi de la diète; au contraire, sans cesse je la recommande : mais il est un terme où elle doit s'arrêter. L'abstinence forcée cause autant de ravages que la gourmandise : un repas léger & frugal donnera des forces à Mademoiselle sans augmenter sa fièvre, & un plus long jeûne pourrait lui devenir funeste ; adieu, Monsieur le Comte : manger peu, beaucoup boire, & faire le moins de remèdes possible, n'oubliez jamais ces trois axiômes ; ils renferment tout l'Art d'Hypocrate. Je reviendrai après dîner pour voir Mademoiselle.

LE COMTE.

Et pourquoi ne pas dîner avec nous, Docteur ?

LE MÉDECIN.

Vous savez bien que jamais je ne dîne en ville ; j'aime comme un autre la bonne chère, je serais tenté & succomberais comme un autre ; un excès me ferait bientôt sortir de ce cercle précieux dont je vous parlais tout-à-l'heure, & je pense qu'un bon Médecin doit donner à la fois l'exemple & le précepte.

SCENE V.

LE COMTE, JULIE.

LE COMTE.

Tu auras donc bien du plaisir à manger, ma chère Julie ?

JULIE.

Puiſque le Docteur le permet, mon père . . .

LE COMTE.

Eh bien! Je vais te faire apprêter ton petit dîner avec un ſoin extrême. Mais voici Toinette qui nous amène ſa fille. Mon Dieu! qu'elle a l'air gauche! Regarde-là un peu, Julie.

JULIE, *ſans tourner la tête.*

Ah! je n'ai pas beſoin d'y regarder pour le croire.

SCENE VI.

LES PRÉCÉDENS, TOINETTE, LINDOR, *déguiſé en femme.*

LE COMTE.

Eh bien! Toinette, voilà donc votre fille que vous nous amenez?

TOINETTE.

Oui, Monſieur le Comte, & qui s'eſtimera heureuſe, ſi vous voulez bien lui continuer les bontés que vous m'avez toujours témoignées.

LE COMTE.

Elle peut y compter, Toinette: il ſuffit qu'elle vous appartienne. (*Bas à Toinette.*) Mais convenez qu'elle paraît un peu neuve & embarrassée : vous nous aviez dit cependant, que c'étoit une personne adroite & intelligente.

TOINETTE.

Quand vous la connaîtrez, vous verrez s'il étoit possible de l'être davantage. Son grand défaut est d'être un peu timide la première fois qu'elle voit les gens, & c'est peut-être pour cela....

LE COMTE.

Ce n'est pas un défaut, Toinette. La timidité intéresse toujours dans les personnes de cet âge. Savez-vous ce qui m'en plaît, Toinette ? C'est qu'elle a tout-à-fait l'air d'une bonne fille, & je ne doute pas qu'elle ne nous plaise à tous infiniment. Je ne te dis point adieu, ma fille, la Marquise m'a fait demander à dîner ; je vais la recevoir, & tu ne tarderas pas à nous joindre.

SCENE VII.

JULIE, TOINETTE, LINDOR.

JULIE.

Un mot, je vous prie, Toinette, avant que vous vous en alliez. (*Toinette s'approche.*) Dites à votre fille de s'éloigner un peu, il n'est pas nécessaire qu'elle nous entende.

TOINETTE.

Éloignez-vous, ma fille. (*Lindor se retire au fond du Théâtre.*

JULIE.

Ah! Toinette, vous ne m'aimez plus, je le vois bien, & vous voulez que je meure!

TOINETTE.

Quel reproche! Ah! Mademoiſelle, qu'il eſt injuſte!

JULIE.

Vous me quittez, Toinette, vous allez partir à l'inſtant, & vous ne me dites pas un mot de celui....

TOINETTE.

Je vous entends: il vous aime toujours, Mademoiſelle, il m'a chargé de vous le dire.

JULIE.

Mais ma bonne Toinette, c'eſt vous qui juſqu'à ce moment m'avez donné de ſes nouvelles. Quand vous ne ſerez plus ici....

TOINETTE.

Ma fille alors pourra vous en donner.

JULIE.

Vous me faites trembler, Toinette! Eſt-ce que vous l'auriez miſe dans la confidence? Sauroit-elle que Lindor...?

LINDOR, *au fond du Théâtre.* (*A part.*)

Lindor! C'eſt de moi qu'elle s'informe: quel bonheur!

TOINETTE.

Rassurez-vous, Mademoiselle : je n'ai point divulgué votre secret. Je pars, mais soyez sûre qu'avant mon retour vous aurez des nouvelles de celui qui vous adore. (*Elle sort en faisant avec Lindor des signes d'intelligence.*)

SCENE VIII.

Cette Scène ne commence qu'après un long silence, pendant lequel on n'entend que des soupirs de Julie.

JULIE, LINDOR.

JULIE, *sans regarder.*

MADEMOISELLE, comment vous appellez-vous?

LINDOR, *balbutiant.*

Comment je m'appelle ?

JULIE.

Oui. Est-ce que vous n'avez pas de nom?

LINDOR.

Pardonnez-moi, Mademoiselle, je m'appelle .... je m'appelle .... Rose.

JULIE.

Rose! Ce nom me paraît recherché pour une fille de votre état.

LINDOR.

LINDOR.

Il est vrai, Mademoiselle, qu'il vous conviendrait beaucoup mieux qu'à moi.

JULIE.

Si cela était, je serais une rose un peu fanée.

LINDOR.

Fanée! Ah! ce n'est pas le mot. Dites courbée par l'orage. Les roses à qui ce malheur arrive, se relèvent avec plus d'éclat.

JULIE.

Hélas! J'aurai la destinée d'une rose sans en mériter le nom, je ne vivrai que l'espace d'un matin.

LINDOR.

Que dites-vous-là, Mademoiselle! Les roses de votre espèce sont immortelles; voulez-vous que le Ciel ne veille pas sur son plus bel ouvrage?

JULIE.

(*A part.*) Toinette avait raison, cette fille n'est pas si sotte. (*Haut.*) Voilà bien de jolies choses que vous me dites, Rose, où prenez-vous tout cela?

LINDOR.

Dans mon cœur. N'en soyez pas surprise, Mademoiselle, j'ai l'habitude de m'attacher beaucoup à mes malades, parce qu'un être qui souffre m'intéresse plus qu'un autre; & vous êtes du nombre de ces personnes que je ne peux voir souffrir sans desirer leur guérison, fut-ce aux dépens de ma propre vie.

JULIE.

Je vois que vous avez l'ame sensible, & je vous en félicite. Ce langage cependant seroit mieux placé avec les malades que vous connaissez déjà, qu'avec moi, que vous n'avez jamais vue, & qui ne vous connais pas.

LINDOR.

Vous pouvez ne pas me connaître, parce qu'il est très-aisé de ne pas appercevoir une personne d'aussi peu d'importance que moi : mais vous, Mademoiselle, croyez-vous qu'il soit possible de vous appercevoir, soit dans la rue, soit à la promenade, sans conserver de vous un souvenir ineffaçable.

JULIE.

Avec une ame si tendre, vous devez être bien aimée de tout ce qui vous environne. Dites-moi, Rose, êtes-vous fille, ou femme ?

LINDOR.

(*A part.*) O terrible question ! Comment lui répondrai-je ? (*Haut.*) Je suis d'un sexe qui ne doit pas vous allarmer.

JULIE.

Je ne vous demande point quel est votre sexe ; je crois bien que vous n'êtes pas un homme, mais répondez à ma question....

LINDOR.

Vous savez, Mademoiselle, qu'on défend aux malades de trop parler, & je crains....

JULIE.

N'ayez point de crainte, je me trouve beaucoup mieux depuis quelques instans; dites-moi donc ce que j'avais oublié de demander à votre mère : êtes-vous mariée ? L'avez-vous été jamais ?

LINDOR.

Hélas ! Non, Mademoiselle. Tous mes vœux tendent à l'être, mais un sort cruel....

JULIE.

Est-ce qu'on vous refuserait la personne que vous aimez ?

LINDOR.

Vous l'avez dit : on me refuse la seule personne qui peut faire mon bonheur.

JULIE.

En ce cas vous êtes bien à plaindre. (*A part.*) Voilà une singulière conformité dans nos situations ! Si pour soulager mon cœur je lui disais.... Non, je ne la connais point encore assez pour lui faire cette confidence. (*Haut.*) Il fait un peu noir dans ma chambre; Rose, ouvrez le volet.

LINDOR.

Le grand jour pourroit vous incommoder, prenez-y garde, Mademoiselle : des yeux comme les vôtres....

JULIE, *d'un ton ferme.*

Faites ce que je vous dis, Mademoiselle.

LINDOR, *ouvrant le volet.*

Le voilà ouvert.

JULIE.

Je ne vois point encore assez ; ouvrez-le davantage.

LINDOR, *l'ouvrant davantage.*

(*A part.*) Oh ! pour le coup je suis perdu, si elle me regarde en face.

JULIE.

Donnez-moi le miroir qui est sur la table ; je veux voir si je suis bien changée.

LINDOR, *apportant le miroir.*

Le voilà, Mademoiselle.

JULIE, *se regardant.*

Quelle pâleur ! je me fais peur à moi-même, je suis presque laide......

LINDOR.

Ah ! Mademoiselle, cette laideur ferait la beauté d'une autre.

JULIE.

(*A part.*) Cette fille m'étonne toujours plus par ses réparties. (*Haut.*) Fermez le volet maintenant, le grand jour m'incommode.

LINDOR, *fermant le volet.*

(*A part.*) Il m'incommode bien davantage.

JULIE.

Donnez-moi à boire.

(*Lindor apporte à boire.*)

JULIE.

Eh! mon Dieu! comme la main vous tremble!

LINDOR.

Cela est vrai, Mademoiselle.

JULIE.

Vous allez tout renverser: (*Lindor laisse tomber le verre & la soucoupe.*) Je vous l'ai bien dit: que vous êtes gauche! Que vous êtes mal-adroite!

LINDOR.

Pardon mille fois, Mademoiselle; il y a ici un autre verre, & si vous voulez....

JULIE.

Laissez, laissez, je ne veux plus boire. Donnez-moi ce livre qui a une couverture bleue. (*Il apporte un sac à ouvrage.*) Bon! elle m'apporte mon sac à ouvrage. Est-ce que je puis travailler étant malade? Je crois que la tête vous tourne, Rose.

LINDOR.

Que voulez-vous, Mademoiselle? Vous m'avez tant grondée!

JULIE.

Il ne fallait pas le mériter. Donnez-moi donc ce livre.

LINDOR, *apportant le livre.*

Le voilà, Mademoiselle.

JULIE, *lisant pendant quelques instans, & quittant bientôt le livre.*

Ce livre m'ennuie, quoiqu'il soit bien écrit. J'aime encore mieux les Histoires que me racontait Toinette. Rose, achevez-moi celle qu'elle m'avoit commencée.

LINDOR.

Quelle Histoire, Mademoiselle ? (*A part.*) Oh! pour le coup je suis pris.

JULIE.

L'Histoire de ce Roi, dont le fils étoit depuis si long-temps malade, & qui fut guéri par un remède extraordinaire.... Votre mère m'a assuré que vous la saviez, & qu'elle vous recommanderait de m'en dire la suite.

LINDOR.

(*A part.*) C'est peut-être l'Histoire d'Antiochus Soter. (*Haut.*) L'Histoire de ce Roi dont le fils était depuis long-tems malade! Oui, Mademoiselle, je la sais.

JULIE.

Eh bien! Recommencez-là, je ne serai pas fâchée de l'entendre encore.

LINDOR.

J'obéis, Mademoiselle. Il y avoit autrefois un Roi qui aimait extrêmement son fils: ce fils tomba malade au moment où le père y pensait le moins; le Médecin eſt mandé, il tâte le pouls du Prince, & dit que ſa maladie eſt cauſée par l'amour qu'il a pour une perſonne qui ne ſaurait répondre à ſa paſſion. Le Roi très-ſurpris....

JULIE.

Cette Hiſtoire peut être intéreſſante, mais ce n'eſt point celle-là que Toinette m'avait commencée. Il n'y avait point d'amour dans la ſienne, & l'amour paraît dominer dans celle-ci; je ne veux point la perdre, mais vous me la conterez dans un autre moment. Voici l'heure du dîner, mon père peut m'attendre; conduiſez-moi, Roſe. (*Julie donne la main à Lindor.*) On vous refuſe donc la main de la perſonne que vous aimez?

LINDOR.

Je la tiens, cette main charmante, mais je la tiens ſans la poſſéder; elle eſt & n'eſt point à moi, on me l'a donnée pour me la retirer, & la plus cruelle privation ſera bientôt ſuivie de la plus douce jouiſſance.... Pardon, Mademoiſelle, je ne ſais ce que je dis, ni ce que je veux dire; mais voilà ce qui m'arrive chaque fois que l'on me gronde.

JULIE.

Je viens de me mettre un peu en colère, il eſt vrai; pardon, ma pauvre Roſe, vous m'inſpirez de la confiance. Je vous conterai tantôt ma maladie, & vous verrez que peut-être je ne ſuis pas ſi coupable d'avoi quelquefois de l'humeur.

FIN DU PREMIER ACTE.

ACTE II.

SCENE PREMIERE.

LINDOR, *seul*.

Le Comte & Julie m'ont prié de me mettre à table avec eux, mais que j'ai bien fait de refuser leur offre, & de me dérober à leurs instances !.... La Marquise y était, elle aurait pu pendant le dîner me considérer plus long-tems & avec plus d'attention, & Dieu sait le train qu'elle aurait fait si elle m'avait reconnu, & dans quel abîme affreux j'étais précipité.... Cette Marquise m'a aimé, elle m'aime encore malgré mon indifférence pour elle.... Déguisé comme je le suis, son orgueil n'a vu en moi qu'une simple domestique indigne d'attirer ses regards, & à peine a-t-elle daigné jetter les yeux sur moi : mais la voici elle-même ; qu'est-ce qu'elle peut me vouloir ?

SCENE II.

LA MARQUISE, LINDOR.

LA MARQUISE.

(*A part.*) CETTE fille a l'air simple; j'en ferai ce que je voudrai. (*Avec hauteur.*) Pourquoi ne m'approchez-vous pas un fauteuil, quand vous me voyez entrer?

LINDOR.

Je ne savais point, Madame, que vous voulussiez vous asseoir.

LA MARQUISE.

Est-ce qu'une femme comme moi est faite pour rester debout, quand elle paraît où vous êtes?

LINDOR.

Madame, je .....

LA MARQUISE.

Point de réplique, faites votre devoir, & écoutez-moi. (*Lindor lui avance un fauteuil; elle s'assied, & il reste debout.*) Connaîtriez-vous par hasard un jeune homme de qualité de cette Ville, nommé Lindor, fort décrié pour ses mœurs, fort libertin, fort laid, fort sot, fort impertinent, fort maussade?

LINDOR.

(*A part.*) Me voilà joliment arrangé. (*Haut.*) Madame, je le connais un peu.

LA MARQUISE.

Eh bien! n'eſt-il pas vrai qu'il eſt tout ce que je viens de vous dire?

LINDOR.

Fort impertinent! Fort laid! Fort mauſſade! Fort libertin!

LA MARQUISE.

Sans doute. Auriez-vous l'audace de me faire répéter?

LINDOR.

Madame . . . . .

LA MARQUISE.

Eh bien! quoi! vous héſitez! Pourquoi être ſi longtems à faire un aveu qui doit ſi peu vous coûter?

LINDOR.

Madame, je vous l'ai dit: je connais peu celui dont vous parlez, mais je vous réponds qu'il n'a, ni tous ces défauts, ni tous ces vices.

LA MARQUISE.

Il les a tous, vous dis-je: je vous trouve bien inſolente, ma mie, d'oſer me tenir tête, quand je vous certifie une choſe. Sachez que ce Lindor a eu la témérité de m'adorer, de brûler pour moi du feu le plus ardent, la première fois qu'il m'a vue. Je lui aurais pardonné ce crime, ſachant bien qu'il eſt impoſſible de me voir ſans m'aimer. Il a ſubi ſa deſtinée comme tant d'autres; mais apprenez qu'en voyant Julie....

LINDOR.

Pardon, Madame, ſi j'oſe vous interrompre un moment; mais il faut qu'à mon tour je vous faſſe une queſtion importante. Permettez-vous......

LA MARQUISE.

Je permets.

LINDOR.

Vous m'aſſurez que Lindor vous a aimée: a-t-il ajouté à cette hardieſſe, celle de vous le dire?

LA MARQUISE.

S'il me l'a dit! Autant de fois qu'il m'a vue. Ses yeux, ſes ſoupirs, ſes mouvemens, ont toujours été d'accord avec ſa bouche, pour me tenir le même langage.

LINDOR.

(*A part.*) Comme elle ment! (*Haut.*) Puiſque cela eſt ainſi, je vous avoue que voilà le plus grand de ſes crimes.

LA MARQUISE.

Je n'ai pas beſoin de vos commentaires: apprenez ſeulement qu'en voyant chez moi Julie, Lindor a ſoudain pris de l'amour pour elle, & qu'il a ceſſé d'en avoir pour moi; ſachez que maintenant il me déteſte peut-être, & qu'il aime éperduement Julie.

LINDOR.

(*A part.*) Oh! oui, il aime Julie.

LA MARQUISE.

Que murmurez-vous là entre vos dents?

LINDOR.

Je dis qu'il a grand tort de vous avoir quittée pour Julie. (*A part.*) Il faut bien que je mente aussi.

LA MARQUISE.

Julie l'aime aussi, j'en suis sûre.

LINDOR, *vivement.*

Julie l'aime!

LA MARQUISE.

Eh! oui, sans doute. Qu'est-ce qu'il y a là de si extraordinaire?

LINDOR.

Lindor, selon vous, est si laid, si maussade, que j'ai cru . . . . .

LA MARQUISE.

Tout maussade qu'il est, je veux qu'il rentre dans mes chaînes, qu'il subisse mes loix de nouveau, qu'il soupire, qu'il rampe à mes pieds; & pour mieux y réussir, pour dégoûter Julie de Lindor, il faut que vous lui disiez tout ce que je viens de vous apprendre sur lui.

LINDOR.

Qu'il a cessé de vous aimer pour elle. Très-volontiers, Madame.

LA MARQUISE.

Eh! non, imbécille que vous êtes. Il faut que vous disiez à Julie, il faut que vous lui mettiez-bien dans l'esprit que Lindor est un libertin, un scélérat, un traître; enfin, le plus haïssable & le plus méprisable des hommes.

LINDOR.

Je le veux bien, Madame; mais si Julie ne me croit pas....

LA MARQUISE.

Si elle ne vous croit pas! Il faudra bien qu'elle vous croye. Je l'entends venir, je vais vous laisser seule avec elle pour vous donner le tems de la convaincre: je reviendrai bientôt, & tremblez, si à mon retour Julie ne me dit point qu'elle hait Lindor, qu'elle le méprise: si mes ordres enfin ne sont pas exécutés, je vous tue.

LINDOR.

(*A part.*) Ah! c'est Julie seule qui me tuerait, si elle m'assurait de sa haine. Mais la voici en effet.

SCENE III.

JULIE, LINDOR.

LINDOR.

Eh! quoi! Mademoiselle, sans que personne vous soutienne! Il y a donc chez vous un mieux très-sensible.

JULIE.

Oui, ma chère; je ne sais quel Dieu a opéré ce miracle, mais depuis tantôt il me semble que je suis guérie: je crois même que je n'ai plus de fièvre; vous y connaissez-vous, Rose?

LINDOR.

Pas trop, Mademoiselle, cependant....

JULIE, *lui présentant la main.*

Tâtez mon pouls, tâtez.

LINDOR.

Ses pulsations sont encore rapides, vous avez encore besoin de repos; ainsi, remettez-vous sur la chaise longue. (*Il la conduit sur la chaise longue où elle s'assied.*)

JULIE.

Ses pulsations! Vous vous servez toujours de mots qui m'étonnent.

LINDOR.

Pourquoi cela, Mademoiselle? Nous autres Gardes-Malades nous sommes si accoutumées à entendre les Médecins se servir de mots scientifiques, que nous leur en attrapons toujours quelques-uns à la volée: nous n'en sommes pas pour cela plus habiles. Ce ne sont pas les mots qui font la science, mais les choses; j'ai voulu dire que votre pouls étoit encore agité. (*A part.*) Le mien l'est bien davantage.

JULIE.

Je vous entends. Eh bien! je tâcherai de me calmer;

en chassant de mon souvenir.... Mais vous-même, ma pauvre Rose, êtes-vous toujours bien occupée de la personne que vous aimez? Avez-vous toujours bien du chagrin.... bien du plaisir?

LINDOR.

Ah! Mademoiselle, il ne se passe pas un instant dans la journée, que je ne pense à elle. Mon imagination me la représente sans cesse avec toutes ses vertus & tous ses charmes; je la vois, je lui parle; je la serre dans mes bras: mais à quoi servent hélas! tous les rêves d'une imagination enflammée? Je lui parle sans qu'elle m'entende, je la regarde sans qu'elle me voye; & mes regards, mes soupirs, mes étreintes mêmes, tout est perdu pour nous.

JULIE.

L'imagination est en effet une cruelle enchanteresse, & vous avez bien raison de vous en plaindre. Jusqu'où ne s'étend point son empire, puisque séparée & éloignée comme vous de celui que j'aime, je crois aussi le voir, lui parler, & le contempler sans cesse? Cette illusion même est si puissante sur moi, qu'elle a troublé tous mes sens, & que peut-être ma maladie....

LINDOR.

A propos, vous m'avez dit tantôt que vous m'en apprendriez la cause.

JULIE.

Je vous l'ai promis, & je vous tiendrai parole; mais

vous-même, il faut que vous me promettiez le plus grand secret.

LINDOR.

Le plus grand secret ! Je n'ai pas besoin que vous me le recommandiez : la situation où je me trouve m'en fait une loi sacrée, & j'aimerais mieux mourir que de l'enfreindre.

JULIE.

Vous saurez donc, ma chère, ... Mais quoi ! votre mère ne vous a rien dit de cette aventure ?

LINDOR.

Rien, Mademoiselle ; ma mère est la prudence même, & sa distrétion ......

JULIE.

Soyez toujours discrète comme elle, c'est un bel exemple qu'elle vous donne. Vous saurez donc, ma chère, qu'avant ma maladie j'allais beaucoup chez la Marquise de Vieilhorme, que vous venez de voir ici à dîner. Cette Marquise est une ancienne amie de mon père, & même un peu notre parente. La meilleure compagnie de la Ville se rassemble chez elle, & elle reçoit entr'autres beaucoup de jeunes gens. Il s'en est trouvé un parmi ces derniers, qui en me voyant pour la première fois, a témoigné un trouble extraordinaire : j'avoue que pour la première fois j'ai senti aussi le même trouble, & l'ai senti en même-tems que lui-même. Je ne sais si on doit appeller cela de l'amour, mais je sais bien que j'aurais voulu être toujours avec ce jeune homme,

homme ; qu'il n'y avait que lui chez la Marquise qui me fit plaisir à voir & à entendre, que les complimens qu'il m'a adressés, sont les seuls qui ne m'aient pas semblé fades ; & que c'est le seul enfin, qui m'ait paru avoir souverainement ce qu'on appelle l'art de plaire.

LINDOR.

C'est aussi chez une tierce personne que j'ai vu celle qui m'est si chère ; mais votre récit m'intéresse on ne peut davantage ; continuez-le, je vous prie.

JULIE.

Je ne m'étais point trompée. Ce jeune homme m'aimait, il m'en donna bientôt la preuve : impatient de m'avoir en mariage, il demanda ma main à mon père, qui la lui refusa impitoyablement.

LINDOR.

O ciel ! Et quel motif le fit s'opposer à un but aussi honnête que le mariage ?

JULIE.

La haine irréconciliable qui existe depuis long-tems entre nos deux familles. Nos pères se sont haïs, il faut que nous nous haïssions : Ils se sont querellés, ils se sont battus, ils se sont tués même pour laver je ne sais quelles vieilles injures ; & si j'étois un homme, on nous ordonneroit peut-être de nous battre & de nous tuer pour les mêmes raisons. Mon père ne borna point son ressentiment à ce refus ; le jeune homme eut à peine fait la demande de ma main, qu'il me fut expressément défendu de retourner chez la Marquise, où j'aurais pu le voir encore ; & l'on ne tarda pas à me présenter pour époux un certain Comte de Versac, bien riche, bien noble, & même assez aimable, quoiqu'il ait quarante ans.

LINDOR.

Et vous consentirez peut-être à l'épouser si votre père vous l'ordonne.

JULIE.

Y consentir ! Je connais les droits de mon père : il est bien vrai que tout me fait un devoir de lui obéir, mais je touche aux portes du tombeau, & j'espère que je serai morte avant que l'on m'ait forcée d'épouser le Comte.

LINDOR.

Non, Mademoiselle, non, vous vivrez pour être adorée. Puisque vous m'avez dit le nom du Comte, me direz-vous celui du jeune homme ? (*A part.*) C'est bien moi, j'en suis sûr, mais quel plaisir de l'entendre de sa bouche !

JULIE.

Le nom du jeune homme ! Ah ! Rose, il faut avoir bien de la confiance en vous pour vous le dire : vous sentez que c'est le plus fort du secret.

LINDOR.

Je vous jure qu'un éternel silence....

JULIE.

Eh bien ! c'est Lindor... Le connaîtriez-vous, Rose ?

LINDOR.

Oui, Mademoiselle, je l'ai vu deux ou trois fois, comme il passait devant notre porte.

JULIE, *avec vivacité.*

N'est-ce pas qu'il est bien joli ?

LINDOR.

Il est... à-peu-près de ma taille.

JULIE.

Oui : mais quelle différence ! Quoique la vôtre ne soit pas mal, la sienne est bien plus svelte, bien plus dégagée, bien plus noble ! Vous avez de la fraîcheur, de la jeunesse ; mais Lindor, ah ! Lindor l'emporte bien sur vous pour tous ces avantages. Vous n'avez avec lui qu'un rapport qui m'a singulièrement frappée sitôt que je vous ai entendue. Le son de votre voix ressemble tellement au sien, qu'on diroit que c'est lui qui parle quand vous parlez. Je suis pourtant bien sûre que le sien est plus doux... Ne soyez point fâchée de ce que je vous dis, ma bonne amie, je ne cherche point à vous humilier par ces préférences.

LINDOR.

Ah ! Mademoiselle, vous ne savez pas combien vous me charmez, quand vous trouvez Lindor plus aimable que Rose.

JULIE.

(*A part.*) Cette fille est d'une modestie qui m'enchante. (*Haut.*) Comment son éloge pourrait-il en effet vous causer quelque peine ? Lindor est tel, que la plus jolie femme sérait fière de lui ressembler. Mais que me sert, hélas ! qu'il ait mille bonnes qualités, de l'esprit, des grâces, de la tendresse ? Tout cela peut-être est perdu pour moi. La Marquise me dit sans cesse que Lindor est un trompeur, un volage, & que je suis dupe de l'aimer.

LINDOR.

Ah ! gardez-vous de croire la Marquise. Elle aime Lindor, c'est elle-même qui vient de me l'apprendre ; elle l'aime encore, peut-être ; indignée de ce que ses assiduités ont cessé du moment qu'il vous a connue, elle cherche à perdre Lindor dans votre esprit, espérant qu'il reviendra à elle ; mais soyez sûre que Lindor vous est fidèle, & que tous les discours de la Marquise sont des mensonges, & ses accusations des calomnies.

JULIE.

Vous défendez Lindor avec bien de la chaleur.

LINDOR.

Cela est vrai. Lindor est accusé, il est absent, que faut-il de plus pour prendre en main sa cause ? Mais, Mademoiselle, en commençant le récit de votre amour, vous m'avez promis de m'apprendre la cause de votre maladie.

JULIE.

Hélas ! ne venez-vous pas de dire que Lindor est absent ? Que pourrais-je vous dire de plus ? C'est son absence qui me tue, c'est elle qui me conduit au tombeau. La bonne Toinette me donnait quelquefois de ses nouvelles, elle m'a abandonnée, qui pourra maintenant.....

LINDOR.

Moi, Mademoiselle : j'espère bien aussi vous en donner quelquefois.

JULIE.

Ah! Rose, dites-lui bien que tout mon mal vient de la défense que l'on m'a faite de me trouver aux lieux où il se trouve. Si je le voyois encore un moment, un seul moment... S'il était là, je serais guérie.

LINDOR.

S'il était là!

JULIE.

Oui, ma Rose, sa présence me rendrait la vie.

LINDOR.

(*A part.*) Je ne puis résister à son desir : il faut..... (*Il est prêt de tomber aux genoux de Julie, la Marquise paraît.*) Malheureux! qu'allais-je faire!.. la Marquise...

SCENE IV.

LES PRÉCÉDENS, LA MARQUISE.

LA MARQUISE.

Je vous l'avais bien dit, ma chère Julie, que Lindor vous trompait, que c'était un traître, un infidèle.

JULIE.

Vous me l'avez dit, Madame, mais j'ai eu quelque peine à le croire.

LA MARQUISE.

Quel aveuglement est le vôtre! Savez-vous bien, ma chère, qu'il y a un peu de folie à ne pas croire ce que tout le monde assure?

JULIE.

Est-ce que tout le monde assure que Lindor me trahit?

LA MARQUISE.

Sans doute, & tenez, (*montrant Lindor*) cette fille, qui n'est qu'une pauvre païsanne, & qui ne va point dans le monde, eh bien! je parie que la réputation de Lindor est parvenue jusqu'à elle, que le bruit de ses noirceurs & de ses perfidies a frappé ses oreilles, & je pense qu'elle a dû vous le peindre avec les couleurs qui lui conviennent.

JULIE.

Eh! mon Dieu! Madame, cette pauvre fille n'a fait que m'en dire du bien.

LA MARQUISE, *à Lindor.*

Comment, insolente! Est-ce ainsi que vous m'obéissez? Rétractez-vous tout de suite.

LINDOR.

Ma foi, Madame, j'ai dit que je croyais Lindor très-fidèle en amour, & je ne saurais m'en dédire. Je ne ſuis qu'une pauvre fille, j'en conviens; mais quand il s'agit de la vérité, je me ferais hâcher en mille morceaux, plutôt que d'y manquer en la moindre choſe. C'eſt une ſi grande lâcheté que de mentir !

LA MARQUISE, *à Lindor.*

Taiſez-vous, Péronelle, & tremblez. (*A Julie.*) Fidèle! En amour fidèle! Ah! ſi vous ſaviez ce que je viens de voir....

JULIE.

Eh bien! Madame, qu'avez-vous vu?

LINDOR.

Pourquoi, Mademoiſelle, montrer tant d'impatience d'apprendre une choſe qui peut-être....

LA MARQUISE.

Julie, vous avez là une garde, qui eſt la plus impertinente créature que je connaiſſe, & je me retire ſi vous ne lui impoſez ſilence.

JULIE, *à Lindor.*

Taiſez vous, Roſe; je vous défends d'interrompre Madame. Continuez, je vous prie, Madame la Marquiſe.

LA MARQUISE.

Ah ça! vous le voulez! Pour moi, je ne ſuis pas preſſée de vous le dire, ma chère Julie. Apprenez donc..... Mais non, jamais je ne pourrai me réſoudre à vous faire cette confidence.

JULIE.

Je vous en prie, Madame, ne me tenez pas plus long-tems dans un doute mille fois plus cruel que la certitude.

LA MARQUISE, *affectant le ton de l'intérêt & de l'amitié.*

Mais, ma chère, vous savez qu'on ne peut vous parler de Lindor sans vous faire éprouver les émotions les plus vives. Vous êtes mieux aujourd'hui; si la fièvre allait vous reprendre? Si cette nouvelle vous causait une révolution funeste, je serois au désespoir de vous l'avoir apprise. Promettez-moi donc de ne pas vous troubler en l'apprenant, & de m'écouter avec calme, avec indifférence, même.

JULIE.

Je vous le promets.

LA MARQUISE, *d'un ton doux & hypocrite.*

Le Ciel lit dans mon cœur: il sait que mon seul désir, en vous dessillant les yeux sur le perfide qui vous trompe, est de vous guérir à la fois de votre maladie & de votre amour. La pureté de mes intentions vous est connue, & je ne pense pas que vous formiez aucun doute sur elles.

JULIE.

Moi! Madame, je vous rends toute la justice que vous méritez.

LA MARQUISE.

Vous savez combien je vous aime, ma chère Julie;

JULIE.

Je n'en doute pas, Madame, mais prouvez-le-moi donc vite, en me disant ce que vous avez vu.

LA MARQUISE.

Eh bien ! ma chère, figurez-vous qu'à l'instant même je viens de voir Lindor, montant en carrosse avec la jeune Baronne de Folanges, & la conduisant à la campagne, où il doit, m'a-t-on dit, passer l'été avec elle. Son habit étoit superbe; son équipage, magnifique; plusieurs Domestiques, un Coureur, un Chasseur & deux ou trois Jockeis, composoient son cortége.

JULIE.

(*A part.*) Qu'entends-je! malheureuse!

LINDOR.

(*A part.*) O calomnie! ô mensonge!.... Julie!.... ne croyez pas.... Mais, elle m'a défendu de parler, & je ne puis me faire connoître.

LA MARQUISE.

Vous savez, ma tendre amie, que la Baronne est veuve depuis dix-huit mois; il court des bruits que Lindor doit la prendre pour femme; l'affaire est peut-être consommée, & peut-être que déja ils sont mariés.

JULIE, *s'évanouissant.*

Ils sont mariés!

LA MARQUISE.

(*A part.*) Ma ruse a réussi, je triomphe. (*Elle sort.*)

LINDOR.

O perfidie ! ô crime !... Julie !... ma chère Julie... Elle ne m'entend pas. Au secours ! à l'aide !

SCENE V.

LE COMTE, LE MÉDECIN, LINDOR, plusieurs Domestiques.

LE COMTE.

QU'AI-JE entendu ! ... Ciel ! ma fille évanouie ! ma fille expirante, peut-être... Julie, ma Julie ! vois ton père à tes pieds, ton père, qui t'appelle, ton père, plus mourant que toi-même, & qui donneroit mille fois sa vie pour t'arracher au trépas ! Elle se ranime, son œil s'ouvre : ô bonheur ! je suis père encore.

JULIE, *d'une voix mourante, & retombant sans connaissance.*

Ils sont mariés !

LE COMTE.

Que veut-elle dire ! Je tremble..... je frémis..... Ma fille !... La pâleur de la mort est sur son visage..... Docteur..... expliquez-moi.....

LE MÉDECIN.

Rassurez-vous, Monsieur, rassurez-vous : c'est un peu de transport, un peu de délire, ce n'est rien ; portons-la dans sa chambre, qu'on la deshabille, qu'on la mette au lit tout de suite, elle y reprendra plutôt connaissance que sur la chaise longue.

LE COMTE.

Et moi, Monsieur, je crains.....

LE MÉDECIN.

Ne craignez rien, vous dis-je, je vous expliquerai tout. (*A Lindor.*) J'ai à parler à Monsieur le Comte, restez ici, Mademoiselle, & vous viendrez joindre Julie quand elle sera couchée.

LINDOR.

Mais, Monsieur, si elle avait besoin de mes secours.....

LE MÉDECIN.

Restez ici, vous dis-je.

(*Les Domestiques emportent Julie dans sa chambre.*)

SCENE VI.

LINDOR, *seul.*

ELLE est mourante, & je vis encore! & je souffre qu'on me l'enlève? Perfide Marquise! c'est vous qui êtes son bourreau..... Pourquoi ne pas parler aussi?..... Pourquoi ne pas la désabuser sur la fausse nouvelle?..... Hélas! le pouvais-je?..... La Marquise était là; le Comte est accouru, tous ses gens ont suivi ses traces; pouvais-je, devant tout le monde, apprendre à Julie qui je suis? Le pouvais-je, sans la compromettre, & sans exposer sa gloire? Son père, la Marquise, me voyant ainsi déguisé, n'auroient-ils pas eu quelque raison de croire que Julie étoit d'accord avec moi pour les tromper l'un & l'autre; qu'elle-même peut-être m'avait introduit furtivement dans cet asile?.... Si pourtant elle continue de me croire marié avec la Baronne, elle en mourra. La mort de ma maîtresse, ou sa honte!... Quelle alternative!.. Si je me nomme, je la deshonnore, & je la tue si je ne me nomme pas.... Habit funeste! déguisement fatal! O Amour! inspire-moi le parti que je dois prendre... Parlerai-je.... ne parlerai-je pas?.... Volons où ce Dieu m'appelle, allons retrouver Julie.

(*Ici une toile se lève, & le fond du Théatre représente la chambre à coucher de Julie On y voit un lit dont les rideaux sont entr'ouverts, de manière que les yeux des Spectateurs ne peuvent point y pénétrer. Il n'y a que les Acteurs qui sont sur la Scène, qui puissent voir l'intérieur. Le Médecin & le Comte sont debout à côté de ce lit.*

SCENE VII.

LE MÉDECIN, LE COMTE, JULIE, *sans être apperçue.*

LE MÉDECIN.

Je vous l'avais bien dit, Monsieur le Comte, que cette défaillance ne durerait pas : vous voyez que Julie en est revenue bien vîte.

LE COMTE.

Que faut-il donc faire, Docteur, pour prévenir ces défaillances ?

LE MÉDECIN.

Rien, ou presque rien.

LE COMTE.

Comment ! presque rien. Savez-vous bien que vous me désolez, avec votre indifférence pour les remèdes.

LE MEDECIN.

Avec votre amour pour eux, savez-vous bien que c'est vous qui avez l'air d'être le Médecin, & moi, le père de la malade.

LE COMTE.

Mais enfin, voilà ma fille qui vient d'essuyer une

crise effrayante, & c'est, je crois, dans ces circonstances, que l'on doit employer tous les secours.

LE MÉDECIN.

Dans quelque circonstance que ce soit, il ne faut avoir recours à l'art que lorsque la nature ne peut plus rien. C'est une si bonne mére, que la nature! elle n'abandonne ses enfans qu'à la dernière extrémité, & Julie n'a rien à craindre. Tenons-nous en donc à la nature; il est moins dangereux, souvent, de vivre avec ses maux, que de chercher à les guérir.

LE COMTE.

Ma fille souffre, cependant, & je voudrais....

LE MÉDECIN.

La faire souffrir davantage, n'est-ce pas? Julie est jeune, bien constituée, forte même pour son âge: elle a un peu d'agitation dans le sang, un peu de fièvre née, peut-être, des secrettes affections, & des troubles auxquels les Demoiselles sont sujettes: c'est son ame seule qui est dérangée, & vous voudriez déranger son corps par un traitement hors de saison. Y pensez-vous, Monsieur? Encore une fois, laissons agir la nature: son ame est troublée, elle se calmera; la mer se calme bien, après les plus grands orages.

LE COMTE.

Et si elle ne se calme point, & que le trouble augmente sans cesse,

LE MÉDECIN.

Si cela arrive, nous verrons; mais ne craignez rien encore. Tenez, regardez-la maintenant; quelle sérénité sur son front! comme son teint est reposé! Je crois voir un beau lys penché sur sa tige, & qui, néanmoins, conserve tout son éclat. Elle dort, & même assez profondément. Savez-vous ce qu'il faut faire pour lui ménager un bon réveil? Vous retirer dans votre chambre, & dormir profondément vous-même. Cependant, puisque vous aimez tant les remèdes, & qu'il faut bien que, pour votre édification, moi, Médecin, je laisse quelque ordonnance, (*A Lindor, qui est entré pendant cette Scène.*) Mademoiselle, donnez-moi un peu de papier, & je vais en écrire une. (*Il écrit, & présentant ensuite le papier au Comte.*) Tenez, Monsieur, c'est une potion calmante, une émulsion douce, qu'elle pourrait prendre en santé, & qui ne la rendrait pas malade. Envoyez chez l'Apoticaire, qui l'apportera tout de suite. (*A Lindor.*) Et vous, quand Julie sera éveillée, vous lui en ferez prendre un verre de trois heures en trois heures. Adieu, Monsieur le Comte, il n'y a point de danger, je vous le répète, & vous pouvez dormir tranquille.

LE COMTE.

Adieu donc, Monsieur le Docteur. (*A Lindor.*) Rose, ne la quittez pas; & si, par hasard, elle allait plus mal, ne manquez pas de me faire éveiller, supposé, toutefois, que je dorme.

LINDOR.

Je n'y manquerai pas, Monsieur le Comte.

SCENE VIII.

LINDOR, JULIE, *dans son lit, mais sans être vue.*

LINDOR.

FUT-IL jamais, pour un amant, une situation plus singulière que la mienne ? J'aime une fille charmante dont je suis aimé ; je suis seul avec elle ; il est nuit, & je ne suis pas heureux ! Je n'aurais, pour le devenir, qu'à m'introduire dans ce sanctuaire où ma Divinité repose : je n'aurais qu'à pénétrer, qu'à me glisser dans ce lit adoré : fatiguée de plusieurs insomnies, son sommeil doit être profond ; l'instant, le lieu, tout me favorise..... Tu n'es pas heureux!... Que dis-tu!... Voudrais-tu l'être par un crime ?... Eh quoi! j'oserais flétrir Julie!... Pour prix de l'amour qui l'anime, j'oserais la deshonnorer !.... Et dans quel lieu! ô Ciel! dans la maison de son père ! dans le seul asile qui doive lui servir de sauve-garde !.... Parvenu en ces lieux à la faveur d'un déguisement, je ravirais à ce père ce qu'il a de plus précieux au monde, l'honneur de sa fille !... (*Il prend un vase sur la table.*) Il ne tiendrait qu'à moi, sans doute, de prendre ce vase & de fuir : pourquoi ne l'emporté-je pas ? Que dis-je ! la seule pensée de le dérober me fait frémir, & je ne frémirais pas d'un forfait mille fois plus horrible !.. Fuyez, lâches pensées ; taisez-vous, mon amour, j'abjure vos conseils

conseils perfides, vos mouvemens désordonnés, taisez-vous, fuyez, je ne suis point un méchant; je ne suis point un tygre; je ne mange point, je ne dévore point la chair sacrée de l'innocence; fuyez; oui, fuyez; quelque soit sur moi votre ascendant, je mourrai sans avoir connu le crime.

O Julie! ô ma divine maitresse! Puisque je m'immole vivant sur l'autel de ta pudeur, il doit m'être permis de te contempler à présent que tu reposes. Il faut, oui, il faut que la présence de ce que je perds ajoute, s'il est possible, à l'héroïsme de mon sacrifice. Qu'elle doit être belle dans les bras du sommeil! Que ses grands yeux, mollement baissés, que tous ses traits, dans le calme, doivent offrir un spectacle touchant & auguste!.. Est il, pour une ame chaste, un spectacle plus ravissant que celui d'une Vierge qui dort?... Avançons..... Quel frisson me saisit!... Quelle terreur!... Quel trouble!... Il semble qu'une barrière invisible m'empêche de pénétrer jusqu'à elle. Il semble qu'un Ange est là qui, debout au chevet de son lit, la couvre de ses ailes étendues... Je le vois, cet Esprit céleste, je l'entends qui me dit: arrête! es-tu digne de l'approcher?... Oui, je le suis, oui, mon ame est pure. (*Il s'approche du lit de Julie, la contemple un moment, & revient sur la Scène tout égaré.*) Qu'ai-je vu!.. Ah! qu'ai je vu!... Un mouvement qu'elle aura fait pendant son sommeil, a dérangé le voile qui couvroit son sein, & tous les trésors qu'il renferme ont frappé mes regards brûlans. J'ai pu même, j'ai osé contempler un moment ces enchanteurs redoutables.... O charmes de Julie, prenez pitié de moi: laissez-moi, cruels, ne me poursuivez pas davantage. Où me cacher, où fuir, pour me soustraire à leur puissance? Je les vois encore, je les sens, je les sens palpiter contre mon cœur. Tous les traits du désir, tous ses serpens, tous ses poignards me déchirent. Ce n'est plus de l'amour que j'éprouve, c'est de la rage, c'est de la fureur. Je brûle; l'excès même de mon délire m'ôte le pouvoir d'y succomber: mes genoux fléchissent, mes pieds chancellent, mes yeux se troublent, je ne vois plus, je n'entends plus, je me meurs. (*Il tombe dans un fauteuil, & y reste quelques minutes; tout-à-coup il se relève.*) Et je pourrais résister plus long-tems à cet affreux supplice! Non, non, je suis homme, & le Ciel sans doute, le Ciel n'attend pas de moi la force d'un Dieu. (*Il s'élance vers le lit, & s'arrête.*) Que fais-tu, malheureux! Que fais-tu, ô le plus forcené des amans! Implore-le, ce Ciel que tu outrages, implore-le sur l'heure; demande-lui le courage qui te manque, lui seul peut te l'accorder. (*Il se met à genoux au milieu du Théatre, & lève les mains au Ciel.*) Je t'implore donc, ô mon Dieu! ôte-moi ce cœur tout de flamme qui brûle maintenant dans ma poitrine, & donne-m'en un autre, un autre que je puisse maitriser. L'homme, je le vois, ne peut rien sans ton secours. Je m'humilie, je me prosterne devant toi: prends pitié de ma faiblesse. (*Il se relève.*) Le Ciel m'exauce, bientôt peut-être son secours deviendrait inutile; profitons du moment, & fuyons à l'heure-même, fuyons, pour assurer mon triomphe.

FIN DU SECOND ACTE.

ACTE III.

Même Décoration que dans le premier Acte.

SCENE PREMIERE.

LA MARQUISE, *seule.*

JE n'avais porté que des coups mal assurés, ma rivale vit encore. Elle vit, & Lindor l'aime, & Lindor en est aimé. Souffrirai-je plus long-tems qu'on me l'enlève ? Non, non, il faut la punir. Qu'elle tremble ! Je n'emploierai plus, comme tantôt, le secours d'un vain mensonge ; tous les moyens sont permis à l'amour outragé, à l'amour furieux. .... Médée ! noire Médée !.... viens servir ma vengeance. Je me trouve dans une situation semblable à la tienne..... Toutes deux trahies par un infidèle, notre injure est la même.... Noire Médée ! accours.... prête-moi.... Mais on frappe.... Qui est-ce qui peut venir à cette heure ? (*Elle ouvre la porte.*)

SCENE II.

LA MARQUISE, UN GARÇON APOTHICAIRE, *une phiole à la main.*

LA MARQUISE, *d'un ton terrible.*

Qui es-tu ? que demandes-tu ?

LE GARÇON, *bégayant.*

Je.... je.... je.... ſuis.... je ſuis.... ga.... gar.... ga.....

LA MARQUISE.

Finis donc, avec ton bredouillement ; penſes-tu que j'aye du tems à perdre ? Tu es, dis-tu....

LE GARÇON.

Gar.... ga.... gar.... garçon.... A....

LA MARQUISE.

Belle nouvelle que tu m'apprends ! je vois bien que tu n'es pas une fille.

LE GARÇON.

Ga.... gar....çon Apo.... Apothi....

LA MARQUISE.

Garçon Apothicaire, n'eſt-ce pas ? Et c'eſt le Médecin qui t'envoie, ſans doute, & qui t'a ordonné d'apporter cette phiole pour Julie ? (*A part.*) Que le hasard me ſert bien !

LE GARÇON, *présentant la phiole.*

Voi....là...là ..là voi...là u...u...ne....

LA MARQUISE, *lui donnant de l'argent.*

Tiens, voici pour dénouer ta langue : tâche de te faire entendre plus clairement, & plus promptement, sur-tout. (*A part.*) Il ne faut pas qu'on me voye ici seule avec cet homme.

LE GARÇON, *bégayant plus que jamais après qu'il a reçu l'argent.*

Voi...là....là....là.... une voi.... une émul.... une mul.... mule....le....le.... la.... voilà.

LA MARQUISE.

O quel supplice ! il bégaye plus fort qu'auparavant. Explique-toi par signes, tu te feras mieux entendre, peut-être. (*Le Garçon lui fait signe que ce qu'il tient est fait pour être bû.*) Donne, je t'entends ; il faut faire boire ceci à Julie ; mais est-ce aujourd'hui, est-ce demain ; est-ce d'un seul trait, ou à plusieurs reprises ?

LE GARÇON, *bégayant un peu moins.*

Au...jour...jourd'hui...d'hui... de trois...trois... en.... de trois en... trois... heu... trois heures.

LA MARQUISE.

Ah ! c'est pour aujourd'hui, de trois heures en trois heures. J'ai eu bien de la peine à lui arracher ces précieuses paroles. Va-t-en, on fera ce que tu dis. (*A part.*) Ou plutôt ce que tu ne dis pas.

SCENE III.

LA MARQUISE, *seule.*

JULIE va revenir ; sa Garde commencera par lui en donner un verre : le poison que j'apporte agit ordinairement une heure ou trois-quarts d'heure après qu'on l'a pris. Ainsi, dans trois ou quatre heures je serai vengée..., je serai vengée !... Quel bonheur !... Mais ce maudit bredouilleur m'a fait perdre assez de tems ; profitons de celui qui me reste. (*Elle met du poison dans la phiole qu'on vient d'apporter.*) Dans trois ou quatre heures je serai vengée.

SCENE IV.

LA MARQUISE, LINDOR.

LA MARQUISE.

D'OU venez-vous donc, à l'heure qu'il est ? Est-ce ainsi que vous gardez votre malade ?

LINDOR.

Je n'étais pas bien loin, Madame.

LA MARQUISE.

On l'est toujours trop, quand on quitte une maison

où il y a un être qui souffre, & qui, à chaque instant, peut avoir besoin de secours.

LINDOR, *avec inquiétude & finesse, mêlées d'un respect affecté.*

Je commence à comprendre que j'ai eu tort, en effet, de m'éloigner, & je suis bien fâchée, Madame, de vous avoir laissée ici toute seule.

LA MARQUISE.

Je vous pardonne cette négligence, & même vos impertinences de tantôt, pourvu que, désormais, vous veilliez avec plus de soin sur la santé de Julie. Vous savez combien je l'aime, & combien je serais inconsolable s'il lui arrivait un désastre. Tenez, voyez-vous cette phiole que l'on vient d'apporter?

LINDOR.

Oui, Madame; c'est sans doute l'émulsion que le Médecin a tantôt ordonnée.

LA MARQUISE.

Vous savez qu'il faut en donner à Julie un verre de trois heures en trois heures.

LINDOR.

Oui, Madame, le Médecin l'a dit tantôt.

LA MARQUISE.

Le Garçon Apothicaire vient de le redire, ainsi n'allez pas y manquer.

LINDOR.

Je n'y manquerai pas, Madame.

LA MARQUISE.

Cette potion peut faire beaucoup de bien à Julie.

LINDOR.

(*A part.*) Beaucoup de mal, peut-être.

LA MARQUISE.

Et vous concevez ma satisfaction, si je vois bientôt Julie n'avoir plus besoin ni de Médecins, ni de remèdes. (*A part.*) Dans trois heures je serai vengée.

SCENE V.

LINDOR, *seul.*

JULIE en effet pourrait bien n'avoir plus besoin de Médecin ni de remèdes, si je suivais les conseils de cette Furie. Comme elle avait les yeux hors de la tête, lorsqu'elle a prononcé ces dernières paroles! Elle a affecté de prendre un air doux & calme; mais comme il était sombre & terrible! Le crime a beau vouloir s'approprier les traits de l'innocence, sa difformité perce toujours à travers le masque dont il se couvre, & le visage, quoiqu'on en dise, se ressent toujours un peu des affections de l'ame. Cette méchante femme a été seule ici pendant long-tems; c'est à elle, sans doute, que le Garçon Apothicaire a remis cette bouteille. Si sa main perfide avait ôsé.... Je frémis.... Mais pourquoi aurait-elle craint de commettre ce crime? N'a-t-elle pas voulu tantôt donner la mort à Julie, en lui apprenant la nouvelle de mon prétendu mariage avéc la Baronne? La calomnie est un poison que la langue distille; sa main a pu en glisser un plus réel dans cette phiole.... Oui, l'air de la Marquise, sa jalousie implacable, le tems qu'elle a passé ici pendant ma courte absence, tout me dit, tout m'annonce que cette potion est empoisonnée.... Mais comment faire, pour m'en assurer?... Je vais en boire quelques gouttes... Et, dès qu'elles agiront sur moi, averti par mes douleurs, j'avertirai Julie.... Mais si l'effet de ce poison est tel qu'il me donne la mort sur l'heure!... Eh bien! ne serai je pas trop heureux de mourir pour Julie?...... Allons, c'est du nectar que je vais boire. (*Il boit quelques gouttes de la potion.*) Elle a un goût bien désagréable; & notre Docteur cependant n'ordonne jamais que des choses douces & faciles à prendre.... Puissé-je avoir deviné!... Je serai bien payé de mes tourmens, par le plaisir de les avoir épargnés à Julie...... Mais la voici.

SCENE VI.

JULIE, *conduite par ses Femmes*, LINDOR.

LINDOR.

Eh bien! Mademoiselle, il paraît que le sommeil vous est salutaire, & vous voilà bien revenue de votre évanouissement, Dieu merci.

JULIE.

Cela est vrai; Rose, il y avait tant de nuits que je ne dormais pas. J'ai à vous parler en particulier. (*A ses Femmes.*) Vous pouvez vous en aller, vous autres, je vous ferai appeller quand j'aurai besoin de vous. (*Elles sortent.*) Eh bien! Rose, après ce que vous avez entendu, oserez-vous prendre encore le parti de Lindor? Me direz-vous encore qu'il m'est fidèle, que les discours de la Marquise sont des mensonges, & ses accusations des faussetés?

LINDOR.

Oui, Mademoiselle, oui, je le dirai plus que jamais. Lindor est accusé, il ne peut se défendre; mais je suis sûre de son innocence; &, si Lindor pouvait se faire mieux entendre.....

JULIE.

Eh! que pourroit-il me dire qui ne déposât contre lui?

LINDOR.

Ce qu'il pourrait vous dire ! Ah ! Mademoiselle, un amant innocent ne perd pas le tems en paroles : & un mot, un geste, un regard lui suffisent pour se justifier ; il n'est jamais plus éloquent que lorsqu'il se tait : ses yeux lancent des éclairs, & il sort des foudres de son silence.

JULIE.

Ecoutez, Rose ; Lindor est peut-être innocent, je le souhaite bien plus que vous-même ; mais s'il l'est, qu'il me le prouve, je vais lui en offrir les moyens : je viens de lui écrire une Lettre que je crois pouvoir vous montrer, puisque vous savez mon infortune.

LINDOR.

Eh quoi ! vous avez eu assez de forces pour écrire ?

JULIE.

J'ai rassemblé toutes celles qui me restaient, & mon courroux m'en a fourni de nouvelles. (*Elle tire une Lettre de son sein.*) Tenez, Rose, lisez.

LINDOR, *lisant.*

« J'apprends à l'instant même que vous venez de partir pour la campagne avec la Baronne de Solange. Votre équipage était magnifique, votre habit superbe, (*Il regarde ses vêtemens.*) » votre cortège nombreux : on m'a » ajoûté que vous deviez bientôt épouser cette femme ; » que peut-être même vous l'aviez déja épousée. Que » dois-je croire de ces bruits ? Sont-ils fondés ou non ? » Je souffre à cause de vous, de vous seul, je vous le

» déclare ; ma maladie m'a mise au bord du tombeau, & » je ne tarderai pas à y descendre, si cette nouvelle est » véritable. Dites-moi ce qu'il faut que j'en pense, & » achevez de me tuer, si en effet vous êtes l'époux de la » Baronne ».

JULIE.

Vous pleurez, ma pauvre Rose : ne me cachez point ces larmes, ma bonne amie, elles partent d'un bon cœur. Vous pleurez, & il est livré peut-être à la joie tumultueuse d'une nôce. Vous pleurez, & il se divertit peut-être ; & il ne songe plus à moi, & il ne daigne pas même s'informer si j'existe encore. Semblable à ces vils assassins qui n'osent point regarder en face leur victime, il a plongé le poignard dans mon cœur, & a détourné la tête. Croyez-vous qu'il réponde à cette Lettre, ma bonne amie ?

LINDOR.

S'il y répondra, Mademoiselle ! en douter, ce seroit un crime.

JULIE.

Vous m'avez dit tantôt que vous auriez des occasions de me donner de ses nouvelles ; c'est par votre mère, sans doute. Elle a eu, & peut avoir encore, des relations avec lui ; portez donc cette Lettre à votre mère, recommandez-lui bien de la remettre à l'infidèle, & tâchez surtout, si vous voulez encore me trouver vivante, de ne pas revenir sans une réponse. Il m'en faut une, ou bientôt.....

LINDOR.

Vous l'aurez, Mademoiselle, vous l'aurez, je vous le jure : je vole chez ma mère....

JULIE.

Attendez, attendez ; nous faisons une belle étourderie.

LINDOR.

Quoi donc ?

JULIE.

La Lettre n'est point cachettée, & il n'y a point d'adresse. Vous devez avoir là l'écritoire du Médecin, du papier & de l'encre ?

LINDOR.

Oui, Mademoiselle.

JULIE.

Eh bien ! écrivez dessus : A Monsieur, Monsieur...

LINDOR.

Mais, Mademoiselle, ne faudrait-il pas que vous missiez l'adresse vous-même ?

JULIE.

Je m'en garderai bien : l'infidèle connoît mon écriture ; en la voyant, il pourrait ne pas décachetter la Lettre, & me la renvoyer sans l'avoir lue.

LINDOR, *mettant l'adresse.*

(*A part.*) Sans l'avoir lue.... (*Haut.*) L'adresse est mise.

JULIE, *tirant un cachet de sa poche.*

Tenez, voilà un cachet où mon chiffre est mêlé au sien. Hélas! il n'y a plus que ces nœuds entre nous; le cruel a brisé tous les autres.

LINDOR, *cachetant la Lettre.*

(*A part.*) Elle ne dit pas un mot qui ne me déchire.

JULIE.

Avez-vous fini, Rose?

LINDOR.

Oui, Mademoiselle.

JULIE.

Eh bien! allez vite, & revenez le plutôt possible.

LINDOR.

Comptez sur mon zèle. Mais vous, qu'allez-vous faire tandis que je serai hors d'ici?

JULIE.

Hélas! que puis-je faire? si ce n'est de penser à lui!

LINDOR.

La crise de tantôt vous a bien fatiguée; si, pendant que je ferai votre commission, vous pouviez un peu dormir....

JULIE.

Un peu dormir? Je n'y penserais plus, alors, mais je pourrais y rêver. Vous avez raison, ma chère; allons, je vais tâcher de dormir. Arrangez-moi les oreillers. (*Il arrange les oreillers, & lui pose la tête de manière qu'elle ne peut rien voir de ce qui se passe sur le Théâtre.*) (*Julie continuant.*) C'est bien, ma chère, me voilà à merveille. Allez maintenant, ne perdez pas une minute.

LINDOR.

Soyez sûre que je n'en perdrai pas une seule. Bon! (*A part.*) Cette position favorise mon projet. Il est impossible qu'elle me voye : feignons d'aller chercher la réponse, & faisons-la moi-même, puisque la Lettre m'est adressée. (*Il se met à une table, & écrit avec beaucoup de vivacité. Il va ensuite à la porte, fait semblant de l'ouvrir, & s'approche de Julie la Lettre à la main. Julie ayant entendu du bruit à la porte, tourne la tête.*)

JULIE.

Eh quoi! Rose, si-tôt de retour?

LINDOR.

N'en soyez pas surprise, Mademoiselle; je n'ai pas eu besoin d'aller chez ma mère pour faire parvenir la Lettre à Lindor. Comme il est ici....

JULIE.

Il est ici!

LINDOR.

Oui, Mademoiselle, ici même. Voyez, après cela, s'il a été à la campagne, comme vous l'avait dit la Marquise : voyez, sur-tout, s'il a épousé la Baronne. Apprenez qu'il a eu la prudence de se déguiser, pour venir demander de vos nouvelles aux gens de votre père ; que l'ayant trouvé là-bas à votre porte, & que l'ayant reconnu, je lui ai remis votre lettre, qu'il a lue avec un plaisir inexprimable ; & que me faisant entrer tout de suite dans la maison voisine, il a écrit sur ses genoux, & m'a confié celle que je vous apporte.

JULIE.

Ah, donnez, je ne me sens pas d'aise. Il s'est déguisé, dites-vous, pour venir savoir de mes nouvelles!

LINDOR.

Oui, Mademoiselle ; mais sa lettre pourra encore mieux vous instruire. Lisez.

JULIE, *lisant.*

« Avez-vous pu croire, Mademoiselle, que j'aimerais » jamais une autre que vous ? Ayez-vous pu croire que » j'en épouserais une autre ? Vous souffrez à cause de » moi, dites-vous : ah ! Julie, j'ai souffert, & je » souffrirai bien davantage à cause de vous-même. » Sachez que d'aujourd'hui je ne me suis entretenu qu'a- » vec vous, que tout aujourd'hui j'ai été dans votre » chambre, que c'est moi qui vous ai soignée, qui vous » ai gardée, & qui vous garde encore...... ».

JULIE, *poussant un cri.*

Ah ! Lindor ! c'est donc vous !

LINDOR, *tombant à ses genoux.*

Oui, belle Julie, c'est moi-même ; c'est l'Amant le plus tendre, le plus passionné & le plus fidèle, qui n'a

pris

pris ce déguisement que pour te garder; & qui, pendant tout le tems qu'il a passé avec toi, soit que tu aies veillé, soit que tu aies dormi, n'a point cessé de t'adorer & de te respecter à l'égal de l'Être-Suprême.

JULIE.

Ce n'est donc pas un rêve! Je me touche, je te regarde, ne sachant qu'imaginer. Est-il bien sûr que tu ne sois pas une ombre vaine? Une de ces vaines images qu'enfante le sommeil, & que le réveil détruit? Est-il vrai que je ne dors plus, & que tu sois Lindor?

LINDOR.

Oui, je suis Lindor; oui, je suis ton Amant, ton Ami. Ce n'est pas une illusion, ce n'est pas une ombre vaine qui t'abuse.

JULIE.

Arrête, malheureux, arrête. Ne détruis point mon prestige. Songe que tu es dans la maison de mon père: songe... songe que tu n'as pu y pénétrer qu'à la faveur d'un déguisement criminel, & comme un vil suborneur. Songe que tu as violé tous les droits du Ciel & des hommes.... Fuis donc, fuis pour jamais, ou laisse-moi croire que je dors encore. Laisse... laisse le sommeil couvrir ton audace de ses ombres favorables, lui seul peut excuser ton forfait & mon délire.

LINDOR.

Mon forfait! Que dis-tu! Ah! trop injuste Amante, je t'ai vue pendant ton sommeil, je t'ai vue sans voile.....

JULIE.

Sans voile ! Ah ! malheureuse !

LINDOR.

Oui, sans voile : mais rassure-toi, Julie, mes regards t'en ont servi, ils sont purs comme mon ame, ils ont mis l'innocence à couvert de mes transports, ils l'ont défendue contre moi-même. Oui, Julie, j'ai vu tes charmes dans tout leur éclat, dans toute leur splendeur divine; mais je te jure ici, par ces charmes que j'adore, par toi, par notre amour, par tout ce que deux cœurs ont de plus sacré ; je te jure que ma bouche les a respectés, que mes yeux ni mes mains n'ont point osé profaner ce qu'il faut que le Ciel révère. La vierge enfin, la vierge qui portait ces habits avant moi, n'était pas plus pure que moi-même. Ose donc me regarder sans crainte, ose....

JULIE.

Ah ! Dieu ! Si c'est un songe, puissé-je ne m'éveiller jamais !

LINDOR, *montrant ses habits.*

Le voilà donc cet habit superbe que j'ai pris aujourd'hui pour épouser la Baronne ! Le voilà, cet équipage magnifique. Où sont ces coursiers, ces valets, & cette pompe qui m'environnait ?

JULIE.

Ah ! Pardonne, cher Amant, pardonne. Je suis coupable de t'avoir soupçonné, mais n'abuse point des droits que te donne mon injustice. Tu n'étais que trop fidèle, tu n'étais que trop généreux, & je suis bien punie & bien humiliée sans doute, puisque malgré l'audace que tu as eu de pénétrer jusqu'à moi, ta retenue & tes vertus veulent que moi-même te pardonne; mais penses-tu que mon père aura la même indulgence; penses-tu, s'il te découvre ainsi travesti dans l'appartement de sa fille, penses-tu qu'il ne se porte point aux plus grands excès contre toi ? Il est tendre, mais sévère : il m'aime comme sa fille, tu es le fils de son ennemi. Fuis donc, si tu m'en crois; fuis, avant qu'il arrive; dérobe-toi à sa juste colère.

LINDOR, *commençant à sentir les effets du poison.*

L'état où je me trouve saura le désarmer. Il aura pitié de mes souffrances.

JULIE.

Je crois l'entendre. (*A part.*) Dieu! veillez sur ce que j'aime.

SCENE VII.

LES PRÉCÉDENS, LE COMTE, LE MÉDECIN. (*Lindor est souffrant à l'un des côtés du Theâtre.*)

LE COMTE.

Eh bien! ma fille, votre nouvelle Garde a-t-elle eu bien soin de vous? Le Docteur avait commandé qu'on vous donnât un verre d'émulsion de trois en trois heures. A-t-elle suivi exactement l'Ordonnance? Que vois-je! la bouteille est pleine encore! il semble qu'on y a touché à peine. Qu'est-ce que cela signifie? Eh quoi! le Docteur n'a ordonné qu'un remède, & on oublie de le faire? Je n'entends pas cela, & je vais, moi, t'en verser un verre & remplir les fonctions de la Garde. (*Il verse un verre d'émulsion & va le donner à sa fille.*)

LINDOR, *se traînant jusques vers le Comte, & d'une voix entrecoupée & expirante.*

Arrêtez, arrêtez.

LE COMTE.

Qu'est-ce donc, Mademoiselle? Parce que vous n'avez pas fait votre devoir, vous ne voulez pas qu'un autre le fasse?

LINDOR, *tombant sur un siège ou par terre.*

Arrêtez, vous dis-je, elle est empoisonnée.

LE COMTE, *laissant tomber le verre.*

Qu'entends-je! Elle est empoisonnée! (*A Lindor.*) Expliquez-vous, Mademoiselle: Qu'est-ce que vous voulez dire? Je ne comprends pas.... Mais Ciel! comme elle est changée! La pâleur de la mort est sur son visage, tous ses traits sont renversés....

JULIE, *courant auprès de Lindor.*

Attends, attends, que nous mourrions ensemble.

LE COMTE, *avec sévérité.*

Monsieur le Docteur, m'expliquerez-vous ce mystère? La Garde-Malades expirante, & ma fille prête à être empoisonnée par un remède que vous avez ordonné.

LE MÉDECIN.

Monsieur le Comte, ma probité est connue, & je ne descendrai point à m'excuser. Je vois que cette fille a été empoisonnée; elle en a tous les symptômes, & j'en suis aussi étonné & non moins indigné que vous-même; mais le poison n'est pas mortel, quand on y apporte un prompt remède, & j'ai sur moi un antidote qui a souvent fait des merveilles. Tenez, Mademoiselle, voici d'une pâte qui appaisera vos douleurs: mangez-en vîte ce morceau, & tâchez de vous remettre. Cependant, dites-nous comment cette bouteille a été empoisonnée, & comment vous l'avez été vous-même? (*Au Comte.*) Rassurez-vous, Monsieur, la vérité peut encore sortir de sa bouche.

LINDOR, *avec de grands efforts.*

La Marquise... Un essai funeste... J'ai craint pour Julie... Ah! quels tourmens!

LE COMTE.

La Marquise.... Un essai funeste..... Je n'y comprends rien.

LE MÉDECIN.

Je n'y comprends pas davantage.

JULIE, *se relevant.*

Eh bien! mon père, je l'entends moi, ou plutôt je devine. Me promettez-vous de m'écouter sans m'interrompre? Et je vais tout vous expliquer.

LE COMTE.

Je te le promets, ma fille.

JULIE.

Sachez d'abord que cette Garde-Malades n'est point une femme; c'est Lindor, c'est mon Amant.

LE COMTE, *furieux.*

Eh quoi! Un homme déguisé auprès de ma fille, & le fils de mon ennemi!

JULIE, *avec dignité.*

Vous manquez à votre promesse, mon père: écoutez-moi jusqu'au bout; je vous en conjure. Je n'ignore pas combien je vous offense par l'aveu que je viens de faire, & combien Lindor & moi sommes coupables à vos yeux. (*Montrant le Docteur.*) Mais Monsieur est accusé quoiqu'innocent, il s'agit de le justifier; c'est un soin qui me regarde; c'est un devoir, souffrez que je le remplisse. Quand je n'aurai plus rien à craindre pour l'innocence, le crime subira son châtiment, & ne craignez pas qu'aucune de vos deux victimes vous échappe. J'aime Lindor; oui, je l'aime, & je l'avoue hautement, parce qu'il va mourir, & que je ne tarderai pas à le suivre. Lindor m'aime aussi depuis longtems; vous ne l'ignorez pas, mon père: il vous a fait demander ma main, vous le savez, & vous savez bien encore que vous la lui avez refusée. Ce refus, je dois aussi l'avouer, a été la seule cause de ma maladie. Voilà ce que d'abord j'ai dû vous rappeller & vous découvrir. Passons maintenant à l'explication des mots entrecoupés qui viennent d'échapper à Lindor, & que la douleur ne lui a pas permis de rendre intelligibles. *La Marquise*.... a-t-il dit, sans pouvoir aller plus loin; vous la connaissez, elle est emportée dans ses passions, altière, vindicative, jalouse: Lindor allait chez elle avant de m'avoir vue, c'est même chez elle que nous avons fait connaissance. Il a tout-à-coup cessé de lui rendre des soins; elle aura cru qu'il l'avait quittée pour moi: elle se sera trouvée ici toute seule, & c'est elle, n'en doutez pas, qui aura mis du poison dans ce vase, uniquement pour se venger de moi: Lindor aura soupçonné cette perfidie. Ces mots, *un essai funeste*, annoncent qu'il a fait l'essai du breuvage: il aura voulu voir par lui-même si en effet il était empoisonné; & pour m'épargner la mort, il se la sera donnée. Mais il est juste qu'à mon tour je périsse, & que le même tombeau réunisse deux êtres qui n'ont vécu que pour s'aimer. Je vais donc.... (*Elle va prendre un verre d'émulsion & se dispose à l'avaler.*)

LINDOR.

Arrêtez, Julie, arrêtez : je n'avais avalé que quelques gouttes du breuvage : mes douleurs sont dissipées : le remède de Monsieur le Docteur m'a guéri, & je le suis plus encore, par l'aveu que vous venez de faire. Je renais pour mourir avec vous, ou plutôt, pour vous supplier de vivre. Le courroux de votre père m'annonce qu'il nous faut renoncer à l'espoir d'être jamais unis vous m'aimez, vous venez de me le dire, laissez-moi donc descendre seul au tombeau. Vous m'aimez, quel bonheur pourrais-je encore espérer sur la terre ? Je n'ai fait que goûter la liqueur terrible, je la vais épuiser. *Il veut boire aussi un verre d'émulsion.*

LE COMTE.

Arrrêtez vous-même : je vous ai écoutés tranquillement l'un & l'autre ; écoutez-moi à votre tour, & vous allez voir si je sais concilier la tendresse paternelle avec la justice.

LINDOR.

Ce breuvage me procurerait une mort trop douce, vous m'en destinez une plus cruelle, je le vois ; punissez-moi donc, Monsieur, puisque le poison a épargné ma vie ; mais n'étendez point votre courroux sur votre fille. Je suis seul coupable ; c'est à son insçu, vous devez en être bien sûr, que je me suis introduit dans cet asyle : c'est à son insçu, que j'ai passé des nuits entières auprès d'elle. Ce crime est grand sans doute, mais gardez-vous de croire que j'aie poussé plus loin mon audace. On ne peut aimer votre fille sans la respecter : un Ange communique sa pureté au faible mortel qui l'adore. Je jure donc à vos pieds .... (*Il tombe aux genoux du Comte.*)

SCENE VIII.

LES PRÉCÉDENS, UN LAQUAIS.

LE LAQUAIS, *au Comte.*

VOILA, Monsieur, une lettre que l'on vient d'apporter de la part de Madame la Marquise.

LE COMTE, *avec bonté, à Lindor.*

Levez-vous, mon ami... Que me veut cette femme ! Après avoir causé nos malheurs, voudrait-elle encore y insulter ? Lisons. « Ta fille fut ma rivale, ta fille doit » n'être plus ; n'ayant pu la priver du jour, en lui ap- » prenant le mariage supposé de mon infidèle, j'ai eu » recours au poison, véritable vengeur des Amans ou- » tragés. Le breuvage qui devait la rendre à la vie, a » dû lui donner la mort : c'est moi qui l'ai empoison- » née ; & comme les crimes que l'amour fait com-

» mettre, ne tiennent point de la lâcheté, je me hâte » de t'apprendre que je suis seule coupable, afin que tu » n'accuses pas un autre de mon forfait. Apprends » aussi, que par une suite de cette grandeur & de ce » courage que l'amour inspire, apprends que je me suis » punie : le même poison qui t'a privé de ta fille, coule » à présent dans mes veines, & je ne serai plus moi-» même quand tu liras ce billet : il m'importe fort peu » que tu dévoiles mon crime, ou que tu le tiennes » caché : je meurs contente, puisque je meurs vengée.

« LA MARQUISE DE VIEILHORME ».

Ah, Lindor ! Ah, ma fille ! Quel bonheur que cette méchante femme se soit fait justice ! Je dois vous la faire à mon tour. Ecoutez-moi donc, je vous prie.

(*A Julie.*) Penses-tu, ô ma fille, qu'en avouant si noblement ses fautes on ne les expie pas.

(*A Lindor.*) Et vous, sans qui ma fille ne serait plus ; vous, le plus généreux & le plus tendre des Amans, pensez-vous qu'un être qui sacrifie ses jours pour sa Maîtresse, ne l'ait pas conquise, & qu'on ne doive point la lui offrir comme son propre bien ?

Voilà ce que vous avez fait l'un & l'autre, c'était votre devoir, le mien va être rempli. Lindor, vous avez de la naissance, de la fortune, & des mœurs surtout, bien préférables aux deux autres. Quand vous m'avez fait demander ma fille en mariage, j'ai eu tort de vous la refuser : votre père fut mon ennemi, il est vrai, & depuis long-temps il règne une grande haine entre nos deux familles ; mais l'amour est étranger à tous ces débats, & l'acte le plus saint de la Nature & de la Loi, un mariage enfin, ne doit être, ni un marché, ni un traité de politique. Ma fille, quand vous m'avez fait entendre que vous seriez charmée d'avoir Lindor pour époux, j'ai eu tort encore, & très-grand tort, de vous en offrir un autre. C'est de ma sotte prévention & de mon entêtement, que sont nés en partie tous les malheurs d'aujourd'hui. Approchez-vous donc tous deux. (*Il les prend par la main, & les offre l'un à l'autre.*) Ma fille, voilà Lindor. Lindor, voilà ma fille. Je ne vous dis point, je vous la donne, vous vous êtes donnés depuis long-temps l'un à l'autre; il y a long-tems aussi que j'aurais dû approuver ce don: je l'approuve, soyez heureux.

JULIE.

Ah! mon père!

LINDOR.

Ah! Monsieur, que ne vous dois-je pas!

LE COMTE.

Allons, allons, point de remerciemens. (*A Lindor.*) Je lui ai donné la vie, vous la lui avez conservée, lequel de nous deux a plus de droits sur elle? Un Notaire, un Notaire, voilà maintenant tout ce qu'il nous faut. (*Au Médecin.*) Quant à vous, Monsieur, que mes soupçons ont outragé, il me sera plus difficile de réparer....

LE MÉDECIN.

Ces enfans sont heureux, tout n'est-il pas réparé?

Eſt-il ſi étonnant, d'ailleurs, qu'un Médecin tue ſans le vouloir, & empoiſonne ſes malades ? J'aurais pu faire comme tant d'autres. (*Montrant Lindor.*) Voilà le vrai Médecin qu'il fallait à Julie, ſa préſence rend la mienne inutile. Adieu, Monſieur le Comte, un peu moins d'amour pour les remèdes, c'eſt tout ce que je vous demande.

LE COMTE.

J'y conſens : mais pour cela, Docteur, continuez, je vous prie, d'être l'ami & le Médecin de la maiſon.

FIN DU TROISIÈME ET DERNIER ACTE.

LA DILIGENCE DE LYON,

COMÉDIE

EN TROIS ACTES, ET EN PROSE.

Se croire un Personnage, est fort commun en France :
On y fait l'homme d'importance,
Et l'on n'est souvent qu'un Bourgeois.
C'est proprement le mal-Français,
La sotte vanité nous est particulière.

LA FONTAINE.

PERSONNAGES.

LE PRINCE SALVATOR.

MILADY SEMOURS.

MILORD BRUMTON.

MORON, Ecuyer du Prince.

UN MAITRE-D'HOTEL.

UN COEFFEUR.

UN TAILLEUR.

LA PRÉSIDENTE DE TONANVILLE.

Mademoiselle POUF, Marchande de Modes.

L'HOTESSE.

UNE SERVANTE.

PLUSIEURS OFFICIERS DE JUSTICE.

UN NOTAIRE.

La Scène est dans une Auberge de Village.

LA DILIGENCE DE LYON.

COMÉDIE.

ACTE PREMIER.

SCENE PREMIERE.

LE PRINCE, MORON.

LE PRINCE.

Eh bien ! Moron, que dis-tu de notre aventure ?

MORON.

Je dis, Monſeigneur, que j'admire votre ſang-froid, votre préſence d'eſprit, & ſur-tout votre courage. Vous ne démentez point la race auguſte dont vous deſcendez.

LE PRINCE.

Laiſſe-là mon courage & ma race auguſte, &

réponds-moi : où étais-tu quand je me défendais contre ces trois hommes?

MORON.

Ma foi, Monseigneur, comme je n'ai point eu des Héros pour ayeux, & que mon métier n'est point celui des armes, ne pouvant pas être acteur dans le combat, je me suis caché derrière une haye, d'où j'ai été spectateur tout à mon aise.

LE PRINCE.

Me laisser seul contre trois! Et si j'avais succombé?...

MORON.

Oh! je vous connais : je savais bien que vous vous en tireriez avec gloire. Dans tout autre cas, vous auriez vu si Moron est un brave homme.

LE PRINCE.

C'est-à-dire que tu serais venu à mon secours, si les voleurs avaient été en plus grand nombre.

MORON.

N'en doutez pas : j'aurais fait alors des prodiges : mais vous n'aviez pas besoin de moi; un bras comme le vôtre est bien assuré du triomphe. Convenez cependant, malgré l'honneur qui doit vous revenir de cette victoire, convenez Monseigneur, que de pareilles rencontres sont bien désagréables.

LE PRINCE.

Mais non. Si notre Postillon n'avait pas été tué, celle-ci ne m'eut point paru telle. Jamais je n'avais vu de Voleurs, & je ne suis pas absolument fâché de savoir comment sont faits ces messieurs.

MORON.

Quoique vous en disiez, Monseigneur, ce sont de vilaines connoissances à faire.

LE PRINCE.

Conviens, Moron, que nous en avons fait qui ne le sont guères moins, en venant jusqu'ici par cette maudite diligence. Vit-on jamais des personnages plus extravagans, plus tristes, & sur-tout plus impertinens que nos compagnons de voyage?

MORON.

Je conviens qu'ils ne sont pas aimables. A peine nous ont-ils regardés, quand nous sommes montés dans la voiture: je crois même que l'un deux ne m'a pas rendu le salut.

LE PRINCE.

J'ai fait quelques questions à mon voisin, qui m'a répondu d'un air de protection tout-à-fait risible. Veulent-ils se faire passer pour de grands Seigneurs? ou le sont-ils en effet?

MORON.

Eux de grands Seigneurs? Ah! Ne le croyez pas il n'est pas d'usage en France que de grands Seigneurs voyagent ainsi par la diligence de Lyon. Et puis vous vous rappellez bien cet homme court & gros avec une perruque ronde, un vieux habit d'écarlatte galonné, une canne à pomme d'or à la main.

LE PRINCE.

Celui qui n'a fait que parler du Comte de Cellcour son ami ?

MORON.

Justement. J'ai servi le Comte il y a plusieurs années, en qualité de valet de chambre. Je crois me souvenir que l'homme gros & court qui se dit son ami, n'étoit que son tailleur.

LE PRINCE.

Tu veux rire, Moron.

MORON.

Non vraiment, Monseigneur. Je ne l'ai pas reconnu bien positivement; les physionomies changent avec l'âge: il me semble bien, cependant que cette figure m'a pris mesure d'un habit.

LE PRINCE.

Et les autres ?

MORON.

Ah! les autres, ainsi que lui, ne sont guères, à ce que je crois, que des habitués d'antichambres.

LE PRINCE.

Tu perds l'esprit, Moron. Eh quoi! tu veux que ces Messieurs qui ne parlent que des Ducs & des Comtes qu'ils voyent tous les jours....

MORON.

Ne soyez pas dupe de leur langage. Ces Messieurs fournissent souvent à crédit des marchandises aux personnes les plus distinguées; fatigués d'attendre leur payement, ils arrivent quelquefois chez leur débiteur avec une Sentence dans leur poche. On les laisse long-tems dans l'antichambre; mais enfin on les introduit, & ils peuvent dire le soir: j'ai passé la matinée avec Monsieur le Duc un tel; Monsieur le Comte un tel m'a raconté telle chose: Monsieur le Marquis un tel est l'homme du monde le plus aimable; il m'a comblé d'honnêtetés: les marauts n'en imposent point en parlant de la sorte: l'homme le moins poli le devient avec ses créanciers.

LE PRINCE.

La diligence étoit composée de quatre hommes & de deux femmes quand nous y sommes montés: tu ne me dis rien de ces dernieres; les crois-tu du même état que les hommes?

MORON.

L'une est la Présidente de Tonnenville, femme altiere & arrogante; l'autre....

LE PRINCE.

Comment sais-tu que c'est une Présidente?

MORON.

Mon ancien maître s'étant trouvé quelquefois assis à côté d'elle à table, j'ai pu la contempler à mon aise,

LE PRINCE.

Et si elle va te reconnaître ?

MORON.

Oh ! ne l'espérez pas. N'ayant jamais daigné jetter les yeux sur moi, comment voulez-vous qu'elle se rappelle mon visage ?

LE PRINCE.

Et celle qui se qualifie de Baronne, & à qui toute la voiture donne ce titre ?

MORON.

Celle-là, Monseigneur ? Elle m'a décoché des oeillades, & même des soupirs, qui prouvent qu'elle me distingue : ce goût qu'elle me témoigne, pourrait bien annoncer que c'est une grande Dame.

LE PRINCE.

Je n'en crois rien, Moron ; il est bien singulier que tous ces gens-là, n'étant que de plats Bourgeois, se donnent les airs de nous protéger ! Pour moi, en voyant leurs manières, j'ai cru être avec autant de Souverains. Candide, comme tu sais, se trouva un soir à souper avec six Rois.

MORON.

Le cas où nous sommes, Monseigneur, est un peu différent. Quoiqu'Etranger en France, vous êtes Souverain dans vos Etats, & il y a grande apparence que votre Excellence va souper avec des Roturiers.

LE PRINCE.

Ah! Moron, distingue, je te prie, celui de nos compagnons qui n'a pas dit un mot pendant toute la route, & qui souvent a haussé les épaules aux impertinences des autres; je juge à son silence, à son maintien, & sur-tout à ses habits, que cet homme est Anglais, & homme de qualité, sans doute.

MORON.

Je n'y ai pas trop pris garde: mais voici cet Anglais lui-même qui ne tardera pas à être suivi des autres. Voulez-vous que nous parvenions bientôt à les connaître? Retirons-nous au fond de cette salle, & observons-les pendant quelques minutes. Ces sortes de gens-là se décèlent vite par des manières de parler analogues à leur profession. Ecoutons-les donc attentivement, si vous voulez que je la devine.

SCENE II.

LES PRÉCÉDENS, *au fond du Théâtre*, MILORD BRUMTON, UNE SERVANTE.

MILORD.

HOLA hé! Servante! du feu! une pipe!

LA SERVANTE.

Une pipe!

MILORD.

Oui, sans doute : est-ce qu'il n'y a point de pipes dans cette Auberge ?

LA SERVANTE.

Monsieur, pardonnez-moi ; mais c'est que .....

MILORD.

Quoi ! c'est que....

LA SERVANTE.

C'est que dans ce moment il n'y en a qu'une dont Monsieur ne pourra point faire usage.

MILORD.

Et pourquoi cela, s'il vous plaît ?

LA SERVANTE.

C'est que, Monsieur, nous n'avons ici maintenant que celle de Monsieur notre Charretier.

MILORD.

De Monsieur votre Charretier ! Apportez-la toujours, que m'importe ? Un Charretier n'est-il pas un homme ? Et puis en l'essuyant bien......

SCENE III.

MILORD, *seul.*

QUE le Français est ridicule quand il voyage! Depuis que je voyage moi-même, & il y a bien des années que j'ai ce goût, je ne crois pas avoir jamais rencontré chez aucune Nation du monde, des personnages plus impertinens que nos compagnons, excepté les deux hommes qui nous sont venus joindre dans la Diligence, & qui paraissent plus raisonnables....

MORON, *au fond du Théâtre.*

Il parle bien de nous, Monseigneur; vous aviez bien raison de dire que cet Anglais était un homme de distinction. Les gens comme nous se devinent, sans se connaître.

SCENE IV.

MILORD, LA SERVANTE, *sur le devant du Theâtre*, LE PRINCE, MORON, *au fond du Théâtre.*

LA SERVANTE.

TENEZ, Monsieur, voilà la pipe que vous avez demandée.

MILORD.

Tenez, à votre tour. (*Il lui donne une guinée sans regarder*).

LA SERVANTE.

Qu'est-ce que c'est que vous me donnez-là, Monsieur ?

MILORD, *sans regarder*.

Je n'en sais rien.

LA SERVANTE.

Je ne connais pas cette chose.

MILORD, *regardant*.

C'est une guinée.

LA SERVANTE.

Une guinée ! C'est comme qui dirait une médaille ; je n'ai pas besoin de-çà, je pense. (*Elle jette la guinée.*) Cependant ce Monsieur a l'air brave, & je sens que je l'aime. (*Milord tire du tabac de sa poche, allume sa pipe & fume*).

SCENE V.

MORON, *ramassant la guinée.* LE PRINCE, *toujours au fond Théâtre.*

MORON.

JETTER une guinée ! Quel sacrilège ! Il est sans façon cet Anglais, il ne ressemble pas à nos Olibrius & à nos Mijaurées ; mais les voici tous à point nommé.

SCENE VI.

LES PRÉCÉDENS, *au fond du Théâtre.* LA PRÉSIDENTE, Mlle POUF, UN MAITRE-D'HOTEL, UN TAILLEUR, UN COEFFEUR, MILORD, *fumant & assis à côté d'une table.*

LE TAILLEUR, *à la Cantonnade.*

OUI, ma mie, sachez que vous êtes une impertinente de me donner une chambre où il n'y a point de robe-de-chambre. Comment voulez-vous que je fasse demain en me levant ? Faudra-t-il que violant le bel usage, je mette le matin un habit habillé, qui doit ne se mettre que l'après-diné? O ma garde-robe, où es-tu? Que n'ai-je pu te porter avec moi! je ne serais pas dans l'état où je me trouve. Sachez que j'ai chez moi deux robes-de-chambre & deux douzaines de camisoles, trois gilets de moleton, six pantalons de coutil, trois douzaines de fracs d'Espagne ou de Castorine, ou de drap verd de Saxe; cinquante redingottes à la Bostonienne, deux ou trois cens habits habillés, soit de drap de Louvier, soit de tricot d'Angleterre, soit de cannelé de Lyon, soit de ratine d'Hollande, soit de satin de Gênes, soit de drap de Vigogne, & tous pleins & double broche. Je ne parle point des habits de livrée de mes gens, il serait difficile d'en savoir le nombre; & ici, ici! je ne trouve pas seulement une robe-de-chambre.

MORON, *au Prince, au fond du Théâtre.*

Quel étalage d'habillemens! C'est le Tailleur dont je vous parlais tout-à-l'heure.

LE COEFFEUR.

Vous avez raison de vous plaindre, Monsieur, mais je l'ai bien plus que vous mille fois. On n'a point mis de robe-de-chambre dans votre chambre: & moi, diriez-vous que je n'ai trouvé dans la mienne, ni peignoir, ni nécessaire, ni boite à poudre, ni poudre grise, ni poudre rousse, ni poudre à la Maréchale, ni pâte d'amandes, ni essences, ni cassolettes, ni toilette enfin, ni toilette; comme si un joli homme, un homme de distinction, pouvait se passer de toilette en quelque pays qu'il se trouve. (*D'un ton de Petit-Maître.*) Aussi demain, Mesdames, je vous en demande pardon d'avance, mais je serai à faire peur, je vous en avertis. J'aurai le teint plombé, les yeux caves; & il faudra, oui, il faudra que je me cache, pour ne pas vous faire tomber en syncope.

LE PRINCE, *au fond du Théâtre.*

Et celui-là, Moron?

MORON.

Celui-là?.... Poudre à la Maréchale, poudre rousse, poudre grise... Ne voyez-vous pas à ces mots, que c'est un Coeffeur de Petites-Maîtresses?

LE MAITRE D'HOTEL.

Vous vous plaignez, Messieurs, vous, de n'avoir point de peignoir, & vous point de robe-de-chambre. Cela est fâcheux, sans doute, mais ce qui nous arrive est bien plus fâcheux encore. Vous savez que dans les bonnes maisons on met toujours le menu sur la table, pour instruire les convives de ce qui doit leur être servi. Diriez-vous qu'il n'y aura point de menu à notre table, & qu'avant de manger nous saurons à peine....

LE COEFFEUR.

Point de menu! Qu'entens-je! Cela crie vengeance: point de menu!... (*A part.*) Je ne sais ce que c'est; mais il faut avoir l'air de le connoître.

LE TAILLEUR.

Je suis très-scandalisé qu'il n'y ait point de menu à notre table. (*A part.*) Je veux être pendu, si j'y comprens la moindre chose.

LA PRÉSIDENTE.

Eh quoi! Monsieur, point de menu! Cela est-il possible? feu mon mari en avoit toujours un sous sa serviette, dont avant tout il me faisoit la lecture.

LE MAITRE D'HOTEL.

Rien n'est plus vrai cependant, je viens de le demander à l'hôtesse.

MADEMOISELLE POUF.

Êtes-vous bien sûr, Monsieur, qu'il n'y aura point de menu à notre souper? D'honneur! c'est incroyable.

LE MAITRE D'HOTEL.

Parbleu, Mesdames, puisqu'il faut vous en convaincre, je m'en vais appeller la fille. Holà hée, la fille!

SCENE VII.

LES PRÉCÉDENS, LA SERVANTE.

LE MAITRE D'HOTEL.

APPORTEZ-MOI le menu, je vous en prie.

LA SERVANTE, *avec surprise.*

Le menu !

LE MAITRE D'HOTEL.

Oui, le menu, vous dis-je.

LA SERVANTE.

Monsieur veut badiner sans doute.

LE MAITRE D'HOTEL.

Pourquoi donc ? Est-ce que vous ne savez pas ce que c'est que le menu ?

LA SERVANTE.

Je n'en ai jamais vu de ma vie. (*Elle sort.*)

LE MAITRE D'HOTEL.

Vous le voyez, Mesdames : mais n'avoir point de menu seroit un petit malheur ; je viens de faire un tour à la cuisine, & croiriez-vous que nous n'aurons à souper, ni potages, ni entrées fines, ni pâtisseries. J'ignore si vous faites grand cas de la grosse viande ;

pour moi, je suis un peu friand, je l'avoue: accoutumé d'ailleurs à faire chez moi la chère la plus exquise, j'aime les morceaux recherchés, les pièces délicates, des bisques, des sarcelles au suc de navet, des saucisses de blanc de perdrix, des faisans, des allebrans, des gelinottes, rale de genest ; rale de bruyere, cailletaux, pluviers, longe de chevreuil, grives, beccassines, oie sauvage, poulette d'eau, cul blanc ou thiathias, héron, batteur de pavé, allouette, pâté à la Choisy, gelée de corne de cerf, blanc-manger, langues à l'écarlatte de Vierzon, pied à la pere douillet, panaches farcis aux trufes & pistaches, palais de bœuf, arbolade, pâté à la cardinale, pâté de foye de Strasbourg, voilà ce dont je me nourris les jours de charnage. Les jours maigres, on me sert d'abord un bon potage, les entrées & le rôti lui succedent; le poisson vient ensuite : c'est de la solle, du brochet, de l'esturgeon ; du rouget, de la lamproye, du saumon, des truites saumonées, de la bresme, des lottes, du turbot, de l'aloze, du hautmare, de la langouste, du grenaut, de la dorade & plusieurs autres que l'on me sert accommodés dans le dernier goût; & suivis presque toujours pour entremets de cervelats d'anguille, de foyes de lottes, de ramequins de toute sorte, & de tourtes de laitance.

MORON.

A cette érudition de cuisine, si cet homme avoit un habit noir, ne croiriez-vous pas qu'il est Prieur ou Chanoine ?

LE PRINCE.

Oui vraiment.

MORON.

Il faut donc croire que c'eſt, ou un Maitre-d'Hôtel de quelque millionnaire ou quelque Traiteur renforcé.

LE MAITRE D'HOTEL.

Vous ſentez, meſdames, que gâté par tant de bons morceaux, il me ſera difficile de me bourrer de viandes de boucherie, apprêtée à la bourgeoiſe. Cependant une choſe me conſole; nous ſommes dans le pays des truffes, & par bonheur nous aurons une dinde qui en ſera farcie. Quoique ce ne ſoit pas un mets bien recherché qu'une dinde aux truffes, je ne mangerai que de ce plat: quant aux autres, je n'ai fait que les voir, & j'en ai juſques-là.

LE TAILLEUR.

Point de potage! d'entrée fine! de pâtiſſerie! point de menu ſur-tout! Quelle Auberge, bon Dieu! Convient-elle à des gens de notre étoffe!

LE MAITRE D'HOTEL.

Vous lui faites beaucoup d'honneur de l'appeller une Auberge, c'eſt tout au plus une Gargotte.

LE COEFFEUR.

Des barbiers de village s'y trouveroient mal, à plus forte raiſon, un homme à bonnes fortunes comme moi, qui paſſe ſa vie à la toilette des jolies femmes

MORON, *dans le fond du Théatre.*

Qu'il met en papillottes.

LE TAILLEUR.

On n'y reçoit sans doute que des garçons Frippiers.

MORON, *au Prince.*

Comme ceux qui le servent.

LE MAITRE D'HOTEL.

Que diroit-on de moi dans le monde, si l'on voyoit ici un homme qui régale tant de grands Seigueurs ?

MORON, *au Prince.*

Avec l'argent de son maître.

LE COEFFEUR.

Le ministre est mon ami, & je lui en porterai ma plainte.

LE MAITRE D'OTEL.

Fort bien : que notre hôte apprenne de quel bois se chauffent des gens comme nous.

LE TAILLEUR.

Taillons-lui de la besogne, pour lui & toute sa race.

LE COEFFEUR.

Je lui ferai laver la tête d'importance.

LE MAITRE D'HOTEL.

Je lui ferai donner une *graisse* dont il se souviendra.

LE TAILLEUR.

Il saura ce qu'en vaut *l'aune.*

LE COEFFEUR.

LE COEFFEUR.

C'est une véritable *tête à perruque.*

LE MAITRE D'HOTEL.

Une bête à manger du foin.

LE TAILLEUR.

Un second Monsieur Guillaume (*).

Mademoiselle POUF.

Vos plaintes peuvent être justes, Messieurs, mais j'ai toujours observé que, ce qui distinguait en route les gens comme il faut, c'était la patience avec laquelle ils souffraient mille petites incommodités passagères, & la douceur qu'ils montraient en parlant aux hôtesses. L'appartement qu'on a donné à Madame la Présidente & à moi, n'est pas mieux pourvu que les vôtres; il n'y a point de glaces à la cheminée, point de rideaux de gaze aux fenêtres, point de nœuds pour les rattacher, point de chiffonnière, point de cabinet de toilette, point de meubles de propreté, point de boudoir sur-tout, point de boudoir pour des femmes de notre ordre, pour des femmes de qualité; & cependant, voyez si nous nous plaignons. C'est nous manquer essentiellement, que de nous loger ainsi; mais, que nous importe l'opinion d'une maîtresse d'Auberge? Il serait beau vraiment, qu'une pareille espèce pût se glorifier de nous avoir offensées! Nous sommes trop au-dessus

(*) C'est apparemment celui de l'Avocat-Patelin, dont on veut parler.

d'elle, pour nous affecter de ses négligences, n'est-ce pas, Madame la Présidente ?

LA PRÉSIDENTE.

Cela est vrai, Madame la Baronne.

LE MAITRE D'HOTEL.

Madame la Baronne voudrait-elle faire entendre par ce discours que nous ne sommes pas des gens de qualité comme elle ? Elle compterait sans son hôte, au moins.

LE TAILLEUR.

On pourrait lui prouver qu'elle prend fort mal ses *mesures.*

LE COEFFEUR.

Il ne serait pas prudent qu'elle se mocquât de nous à *notre barbe.*

Mademoiselle POUF.

Ah! Messieurs, comment pouvez-vous croire que je me trompe sur ce que vous êtes ? Il n'y a qu'à vous regarder, pour voir vîte de quoi il retourne; vous avez des façons, des airs de tête, & un langage si nobles! En disant que les gens comme nous ne se plaignaient guères en route, je n'ai pas avancé qu'il n'y eût point d'exception à cette règle : je me plains moi-même comme un autre quand l'occasion se présente. Eh! tenez, par exemple, depuis que nous sommes arrivés dans cette salle, est-il concevable, que, tous tant que nous sommes, nous ayons pu supporter, sans nous trouver mal, l'odeur dont Monsieur nous régale ? (*Elle montre Milord Brumton fumant sa pipe.*)

LA PRÉSIDENTE.

Il eſt vrai qu'on devrait bien ne pas s'accoſter d'un certain monde, quand on a des manières de Corps-de-Garde.

Mademoiſelle POUF.

Pour moi, qui toute ma vie ai reſpiré le parfum des fleurs, & qui vis, pour ainſi dire, au milieu des roſes, je vous avoue qu'il m'eſt bien dur d'être infectée; & je ne réponds pas, ſi cela dure, de ne pas tomber pâmée les quatre fers en l'air.

LA PRÉSIDENTE.

Je ſuis dans le même cas, Madame, je n'y ſaurais tenir: il faudrait bien dire à cet homme de nous faire grace de ſa caſſolette.

LE TAILLEUR.

Que voulez-vous, Madame, s'il avait à nous en faire grace, ne vous aurait-il pas entendues? Vous venez de parler aſſez clairement l'une & l'autre: mais il y a des perſonnes dont l'éducation eſt ſi négligée! Et puis, dans les voitures publiques, on ſe trouve avec des gens.... (*Bas à la même.*) Cet homme n'a point la mine très-diſtinguée, & d'après ſon goût ſoldateſque, je crois que c'eſt, ou un Boſſeman ou un Caporal d'Infanterie.

LE COEFFEUR, *à demi-voix.*

C'eſt peut-être un Charretier déguiſé.

LE MAITRE-D'HOTEL.

Peut-être un pillier de taverne.

Mademoiselle POUF.

Si vous lui disiez qui vous êtes, Messieurs, vos noms lui en imposeraient sans doute. (*Au Maître-d'Hôtel.*) Vous sur-tout, Monsieur, qui avez l'air d'un homme de poids.

LE MAITRE D'HOTEL.

Moi ! lui dire qui je suis, Madame ! Ah ! Dieu m'en préserve. Si vous saviez ce qui m'est arrivé il y a quelques années dans une Auberge pour m'y être fait connoître ! Ah ! Je ne m'exposerai plus à pareille aventure.

Mademoiselle POUF.

Pourroit-on savoir, Monsieur, ce qui vous est arrivé dans cette Auberge ?

LE MAITRE-D'HOTEL.

La curiosité est le foible des Baronnes, je le vois, Madame. Eh bien ! Ecoutez ma petite histoire, elle est assez réjouissante. Mais il y a ici des gens sans façon qui ont pris leurs aises d'avance, & je ne sais pourquoi nous avons tant tardé à les imiter, puisque voilà un grand nombre de chaises.... *Ils s'asseyent tous sur le théâtre en demi-cercle. Milord fume toujours la pipe, & arrange sa chaise, de manière qu'il leur tourne le dos.*

Mademoiselle POUF.

Une histoire ! Je les aime à la folie. Ecoutons bien, Madame la Présidente.

LA PRÉSIDENTE.

Ecoutons, Madame la Baronne, j'aime aussi les histoires.

LE MAITRE D'HOTEL.

Je voyageois avec Milord Brumton....

MILORD, *cessant de fumer & retournant sa chaise.*

Milord Brumton! C'est de moi qu'on parle, écoutons.

LE MAITRE-D'HOTEL.

Vous le connoissez peut-être.

LE TAILLEUR.

N'est-ce pas un petit homme d'assez mauvaise mine?

LE COEFFEUR.

Dont la figure n'a rien de distingué, & qui n'a pas encore pu se former à nos manières, quoiqu'il voyage sans cesse.

MILORD. (*A part.*)

Me peindre ainsi sans me connoitre! Goddam! Voilà de plaisans originaux!

LE MAITRE-D'HOTEL.

Justement, Messieurs, je vois que vous le connoissez à merveilles. Mais la mine & les manières ne font rien à mon histoire. Vous n'ignorez pas que Milord Brumton est d'une des plus anciennes maisons d'Ecosse, &...

LE COEFFEUR.

Oui, je connois sa Généalogie, & l'autre jour en parcourant mes titres, je crois m'être apperçu que nous étions alliés par les femmes.

LE TAILLEUR.

Je crois me souvenir que nous sommes cousins à la mode de Bretagne.

MILORD. (*A part.*)

Les faquins ! Voyons jusqu'où ira leur impertinence.

LE MAITRE-D'HOTEL.

Je vous disois donc que je voyageois avec Milord Brumton .... *montrant Milord.* Mais voyez-vous notre homme comme il écoute ! Il aime aussi les histoires.

Mademoiselle POUF, *à demi voix.*

Comme il a quitté sa pipe au nom de Milord Brumton !

LE MAITRE-D'HOTEL, *à demi voix en ricanant.*

C'est que le nom de Milord sonne haut à de certaines oreilles. Mais plus de chuchotage, je vous prie, le foible des gens de qualité, est de vouloir qu'on les écoute; c'est le mien, je l'avoue: ainsi donc ne m'interrompez plus. Je voyageois avec Milord Brumton & le Prince Salvator.

MORON, *au Prince dans le fond du théâtre.*

Le Prince Salvator !.. A vous le dez, Monseigneur, vous allez bien écouter; car vous aimez aussi les histoires.

LE PRINCE.

Tais-toi donc, si tu veux que j'écoute.

LE MAITRE-D'HOTEL.

Encore du bruit ! encore des commentaires ? vous ne voulez donc pas que je continue ?

LE TAILLEUR.

Voilà bien les dames : elles aiment les histoires & les coupent.

Mademoiselle POUF.

Est-ce que vous avez coupé Monsieur, Madame la Présidente ?

LA PRÉSIDENTE.

Non assurément, je n'ai pas dit une parole.

LE MAITRE-D'HOTEL.

Qui est-ce donc qui vient de m'interrompre !

LE TAILLEUR, *montrant Brumton.*

Ce n'est sûrement pas notre silencieux camarade ; car il ne parle pas plus (*A demi voix.*) qu'il ne pense.

LE COEFFEUR.

C'est peut-être le vent qui vient de souffler dans les croisées.

Mademoiselle POUF.

Ce sont les chevaux peut-être qui se battent dans l'écurie, & dont le bruit est monté usqu'ici. Continuez donc votre histoire; car tout le monde a la plus grande envie de l'entendre. Vous voyagiez, dites-vous, avec Milord Brumton & le Prince Salvator.

LE MAITRE-D'HOTEL.

Eh bien donc! Je continue. Lorsque ces deux Seigneurs & moi eûmes fait une cinquantaine de lieues ensemble, nous descendimes dans une Auberge, dont la maitresse étoit jeune, jolie, & d'une humeur gaie & folâtre. Charmés de sa figure, nous la priâmes de souper avec nous : nous étions vêtus en voyageurs, à peu-près comme je le suis à présent, sans marque distinctive, sans dorure, sans épée, un habit tout simple & un chapeau rabattu. L'hôtesse étoit loin de nous prendre pour ce que nous étions, de soupçonner même ce que nous pouvions être : elle se mit donc à table avec nous. La bonne petite femme commençoit à nous charmer par ses reparties vives, par ses fines plaisanteries, & sur-tout par sa familiarité naïve ; nous étions aux anges, tout le monde rioit, tout le monde étoit heureux. Voila-t-il pas qu'un de nous appelle par son nom un de ses compagnons de voyage ! à ce nom illustre, la petite femme se trouble, son front s'obscurcit, son visage s'allonge ; elle avoit eu jusques à ce moment le ton de la liberté la plus aimable ; celui du respect lui succède, elle devient réservée, cérémonieuse, froide, & le souper finit aussi tristement qu'il avoit gaiement commencé. Jugez après cela, si.....

MILORD, *se levant, passant devant tout le monde sans saluer personne, & marchant sur le pied de son voisin.*

Que de mensonges ! Que de sottises ! Sortons, je n'y peux plus tenir.

LE TAILLEUR.

Ahi ! Ahi ! L'on devroit bien prendre garde où l'on marche, quand on a cette tournure.

LA PRÉSIDENTE.

Eh quoi ! Monsieur, le Prince Salvator, Milord Brumton & vous, vous ne rougîtes pas de souper avec une Aubergiste ?

LE MAITRE D'HOTEL.

Hélas! Madame, il eſt bien vrai que nous nous abbaiſſâmes un peu, en l'admettant à notre table; mais outre qu'elle étoit fort appétiſſante, le Prince Salvator lui trouva quelque reſſemblance avec Miladi Semours, femme célèbre par ſes charmes, & à qui dans ce tems-là j'avois l'honneur de faire ma cour.

LE PRINCE, *à demi voix.*

L'impertinent! Quel nom charmant il profane!

LE COEFFEUR.

Miladi Semours! C'eſt vraiment une jolie femme. J'ai eu auſſi l'honneur de la courtiſer, & ſi j'avois voulu pouſſer ma pointe auprès d'elle, je crois que...

LE MAITRE-D'HOTEL.

Eh bien! Vous croyez que....

LE COEFFEUR.

Je crois qu'elle ſe ſeroit coeffée de moi, comme beaucoup d'autres.

LE PRINCE, *à demi voix en s'approchant.*

L'inſolent! Il faut que je l'aſſomme.

MORON, *le retenant.*

Laiſſez, laiſſez, Monſeigneur: il veut dire qu'il l'a coeffée, ne voyez vous pas que c'eſt une mépriſe.

LA PRÉSIDENTE.

Souper avec une Aubergiſte! Fi donc, Monſieur! J'aurais envoyé paître tous les Princes du monde plutôt que...

LE COEFFEUR.

Vous avez raiſon, Madame : il y a de certaines gens qui ne devroient jamais manger qu'avec des Rois ou des Grands d'Eſpagne de la premiere claſſe. J'excepte pourtant les Baronnes & les Préſidentes, quand elles ont cet air de grandeur qui m'a frappé en vous, Meſdames.

LE MAITRE-D'HOTEL.

Ma foi, Monſieur, je n'aime pas à déroger plus qu'un autre; mais il y a dans la roture des gens qui dînent à merveille, & dès qu'on a un cuiſinier habile, je vous avoue que je m'humaniſe.

Mademoiſelle POUF.

Puiſque nous en ſommes ſur ce chapitre, permettez-moi, Meſſieurs, de vous faire une queſtion bien naturelle, & qui ſe préſente d'elle-même. Vous ſavez que dans les Auberges où s'arrête la Diligence, tous les voyageurs ſoupent enſemble. Dites-moi donc, je vous prie, ſouperons-nous ce ſoir avec les deux hommes qui ſont montés dans la voiture à quelques lieues de ce Village, & qui maintenant font la route avec nous ?

LE PRINCE, *au fond du Théâtre.*

C'eſt encore de nous qu'on parle. Ecoutons.

LE TAILLEUR.

Ma foi, Madame, s'il faut vous dire ce que j'en penſe, je croirois, à la *coupe meſquine* de leurs habits, que ce ſont des aventuriers.

LE COEFFEUR.

La coupe de leurs cheveux me donne la même idée.

LE MAITRE-D'HOTEL.

Pour moi, Messieurs, je crois que ce sont des écornifleurs ou des piqueurs d'assiete.

Mademoiselle POUF.

Qu'en pense Madame la Présidente?

LA PRESIDENTE.

Puisque vous m'interrogez, Madame, je ne crois pas qu'il soit sûr de voyager avec eux.

Mademoiselle POUF.

L'un deux cependant a l'air assez distingué.

MORON, *dans le fond du théâtre.*

C'est moi.

LA PRESIDENTE.

Cela est possible: je les ai peu regardés; mais l'autre a bien mauvaise mine.

MORON.

Ce n'est plus moi.

Mademoiselle POUF.

L'un a les traits fort nobles.

MORON.

C'est moi.

LA PRESIDENTE

Soit: mais l'autre a la figure patibulaire.

MORON.

Ce n'eſt plus moi.

Mademoiſelle POUF.

L'un s'exprime en termes choiſis & élégans.

MORON.

C'eſt moi.

LA PRÉSIDENTE.

L'autre n'a que des manières de parler baſſes & triviales.

MORON.

Ce n'eſt plus moi.

Mademoiſelle POUF.

L'un parait être un gentilhomme.

MORON.

C'eſt moi.

LA PRÉSIDENTE.

L'autre a l'air d'un méchant valet.

MORON, *avec réflexion.*

Morbleu! C'eſt peut-être moi.

LA PRÉSIDENTE.

Meſſieurs, il me vient une idée qui vous ſurprendra peut être, mais qui n'eſt pas ſans vraiſemblance. Ils ont dit qu'ils venoient d'être arrêtés par des voleurs, lorſqu'ils ont pris la Diligence : ils étoient à pied, ils avoient l'air tout effaré: s'ils étaient les voleurs eux-mêmes, & s'ils n'avaient gagné notre voiture que pour éviter la Maréchauſſée, ou pour nous égorger cette nuit.

LE MAITRE-D'HOTEL.

Morbleu ! Madame la Préſidente, vous me faites trembler ! Quelqu'accoutumé que l'on ſoit au feu, il eſt déſagréable de ſe trouver avec ces gens qui....

LE TAILLEUR.

Ils veulent peut-être nous dépouiller.

LE COEFFEUR.

Et nous couper enſuite la jugulaire. Heureuſement que je ſais un peu manier le fer, & que....

Mademoiſelle POUF.

Il ſe peut bien que l'un des deux ſoit un voleur ; mais l'autre, Meſſieurs, quelle apparence qu'avec cet air, ce port, & ces manières....

LA PRÉSIDENTE.

Madame, il y a quelquefois de ces coquins, qui ont très-bonne mine, & celui-la eſt peut-être le Capitaine de la troupe....

LE PRINCE.

Ceci eſt trop fort pour n'en pas rire, avançons. (*A la Préſidente.*) (*Tout le monde ſe lève.*) Vous allez un peu vite dans vos jugemens, Madame la Préſidente.

LA PRÉSIDENTE.

Eh quoi ! Vous avez entendu !... (*A part.*) La Baronne avoit raiſon, cet homme a l'air tout-à-fait noble.

LE PRINCE.

Oui, Madame, & je viens vous remercier de la bonne

opinion que vous avez de moi. Je suis donc un Capitaine de voleurs à votre compte.

MORON.

Nous avons donc la figure patibulaire?

LA PRÉSIDENTE.

Quant à vous, je ne m'en dédis pas. Oui, vous avez tout-à-fait l'air d'un malfaiteur. Quant à votre camarade, c'est autre chose : je ne l'avois pas bien regardé, & je trouve (*A part.*) qu'il est fait à peindre.

LE MAITRE-D'HOTEL.

Eh parbleu! Messieurs, il ne faut pas tant de beurre pour un quarteron. Voulez-vous nous mettre l'esprit en repos? Vous n'avez qu'à nous dire qui vous êtes.

LE TAILLEUR.

Sans doute, quel est votre état?

LE COEFFEUR.

De quelle profession êtes-vous?

LE MAITRE-D'HOTEL.

Apprenez-nous quel métier vous faites.

LE PRINCE.

(*A part.*) Amusons-nous de ces gens-ci. (*Haut.*) Eh bien! Il faut vous satisfaire. Vous me paroissez, Mesdames, être d'un sang illustre; & vous, Messieurs, vous ressemblez fort à de grands Seigneurs. Pour moi, je n'ai pas cet avantage; je suis depuis long-tems chez une Dame, en qualité d'Intendant, & Monsieur que voilà. (*Montrant Moron*,) remplit dans la cuisine l'office de Marmiton.

LA PRÉSIDENTE, *à la Baronne*.

Un Intendant & un Marmiton! Voilà la réponse à votre question, Madame la Baronne. Je pense bien que ni vous ni moi, n'aurons l'honneur de souper avec ces personnages. *Plusieurs domestiques entrent & sortent pendant cette Scène, & mettent le souper sur la table.* (*Apart.*) Quel dommage qu'il ne soit qu'un Intendant. (*Haut.*) Il n'y a pas apparence que ces Messieurs veuillent non plus avoir cet honneur.

LE TAILLEUR & le COEFFEUR, *ensemble*.

Oh! non certainement, Madame la Présidente.

LE PRINCE.

Liberté entière, Mesdames, liberté entière: elle est le charme des voyages.

SCENE VIII.

MILORD, LES PRÉCÉDENS.

MILORD.

QUANT à moi, Mesdames, vous permettrez que j'y soupe, & tout-à-l'heure même, je ne viens ici que pour cela.

LE PRINCE.

Eh quoi! Monsieur, avec un Intendant!

MILORD.

Et pourquoi pas, je vous prie? J'aime bien mieux souper avec un Intendant, qu'avec certains grands Seigneurs & certaines Baronnes qui....

LE MAITRE-D'HOTEL.

Il se fâche, notre cher camarade! La moutarde lui monte au nez.

LE COEFFEUR.

Il se souvient de tantôt, il met sa perruque de travers.

LE PRINCE, *à Milord.*

Je suis charmé Monsieur, de l'honneur que vous me faites; puisqu'on vient de servir, nous allons nous mettre à table. (*Ils s'assayent,*) & comme le Murmiton est pour l'ordinaire aux ordres de l'Intendant, (*montrant Moron.*) Monsieur nous versera à boire.

MORON, *prenant une serviette.*

Rien de plus juste. Allons, Mesdames les Princesses, ne troublez pas le service.

LE MAITRE-D'HOTEL.

Ces Messieurs ne se gênent point, à ce qu'il paroît: mais il faut que nous soupions aussi. Hola hée, Madame l'Hôtesse.

SCENE

SCENE IX.

LES PRÉCÉDENS, L'HOTESSE.

L'HOTESSE.

Eh bien! Messieurs, qu'est-ce qu'il y a?

LE COEFFEUR.

Il faut que dans l'instant, Madame, vous nous fassiez dresser une table dans une autre salle. Nous ne pouvons pas, pour beaucoup de raisons, manger avec ces Messieurs.

L'HOTESSE.

Je suis bien fâchée, Messieurs, de ne pouvoir pas vous satisfaire; mais il nous est défendu d'avoir deux tables pour les personnes de la Diligence, & depuis vingt ans à peu-près que nous les recevons, elles ont toujours mangé à la même.

LA PRÉSIDENTE.

Voilà, ma mie, une défense bien singulière. Savez-vous ce qu'il faut faire, Madame la Baronne? La soirée est des plus belles: allons nous promener quelques instans, nous ne tarderons pas à revenir: Monsieur l'Intendant aura soupé sans doute, & nous souperons après lui. *Elles sortent.* (*A part en regardant le Prince.*) Quel dommage qu'il ne soit qu'un Intendant!

LE MAITRE-D'HOTEL.

(*A part.*) Je voudrois bien ne pas souper avec eux; mais la dinde aux truffes.... (*Haut au Coeffeur & au Tailleur.*) Vous allez suivre ces Dames à la promenade? Pour moi, je vous ai déja avoué qu'à table je me mocquois de l'étiquette, & si Monsieur l'Intendant veut bien le permettre....

LE PRINCE.

Qui? Moi, Monsieur! Je permettrois qu'un illustre comme vous s'abaissât à me tenir compagnie! Moron, ne souffrez pas que Monsieur se déshonore.

MORON, *le repoussant.*

Hors d'ici, Monsieur le Grand-d'Espagne, hors d'ici.

LE MAITRE-D'HOTEL, *d'un ton menaçant.*

Doucement, Monsieur le Marmiton, j'ai grand appétit, & je veux....

LE PRINCE, *au Coeffeur & au Tailleur.*

Et vous, Messieurs, qui avez si bien dit tantôt que de certains hommes ne devoient manger qu'avec des Rois, de quel œil verriez-vous avec des bourgeois comme nous, votre compagnon respectable?

LE COEFFEUR.

Il a raison, Monsieur l'Intendant. Allons, allons, venez joindre ces Dames à la promenade, & ne vous compromettez pas davantage avec l'intendance. (*Le Tailleur & le Coeffeur entrainent le Maître-d'hôtel*).

SCENE X.

LE PRINCE, LE MILORD *à table*, MORON *avec une serviette sur le bras & debout.*

LE PRINCE.

ENFIN, nous en sommes délivrés. Il faut avouer que voilà des Français bien maussades, & l'on prendroit une bien mauvaise opinion de cette nation charmante, s'il fallait en juger sur de pareils individus Quelle morgue! Quelle hauteur burlesque! Quelle envie, sur-tout, de se faire passer pour ce qu'on n'est pas? Un de leurs Poëtes a dit plaisamment :

Se croire un Personnage est fort commun en France :
On y fait l'homme d'importance,
Et l'on n'est souvent qu'un Bourgeois.
C'est proprement le mal François.

Que ce mal est bien nommé! *Le mal François!* Les Anglois sont bien plus raisonnables.

MILORD, *regardant le Prince avec intérêt.*

A votre santé, Monsieur l'Intendant.

LE PRINCE.

Monsieur, je vous remercie.

MILORD. (*A part.*)

Il n'est pas François celui-là, quoiqu'il en ait toutes

les graces. (*Haut.*) Mais vous ne mangez pas, ce me semble.

LE PRINCE.

Est-ce qu'on mange quand on est amoureux ?

MILORD, *qui a toujours mangé.*

Vous êtes amoureux ! Je vous en félicite : je n'ai jamais pu l'être moi, & voilà, sans doute, pourquoi je mange tant.

LE PRINCE.

Je songe même que voici l'heure de la poste, j'ai une lettte importante à écrire. Moron, va vite me querir du papier & une écritoire, va vite....

MORON.

Et votre souper ? Vous le laisserez-donc....

LE PRINCE.

Ma lettre presse bien plus que mon souper. Va, te dis-je, & reviens le plutôt possible.

MORON.

Préférer sa Maitresse à une dinde aux truffes ! Qu'il est bizarre !

SCENE XI.

E PRINCE, MILORD, *mangeant toujours.*

LE PRINCE.

Belle Miladi! Que je vais être heureux, si je vous rouve encore à Pise! Vous ne m'attendez pas, vous erez surprise de ma visite, il faut vous en prévenir.

SCENE XII.

ES PRÉCÉDENS, MORON, *accourant.*

MORON.

H! Monseigneur, je suis d'une joie....

LE PRINCE.

Eh bien! Qu'est-il arrivé?

MORON.

Une rencontre la plus imprévue, la plus....

LE PRINCE.

Parle enfin clairement, explique-toi.

MORON.

Miladi Semours vient de descendre dans cette Auberge.

LE PRINCE, *se levant.*

(*A demi voix.* Miladi Semours! Celle que j'adore!

MILORD, *se levant aussi, & à demi voix.*

Miladi Semours! ma nièce!

(*Ils sortent tous les trois. Moron prend les deux flambeaux qui étoient sur la table & le Théâtre reste dans l'obscurité.*)

FIN DU PREMIER ACTE.

ACTE II.

SCENE PREMIERE.

MORON, *seul, entre par un côté du Théâtre; & après qu'il a parlé, on voit entrer* LE MAITRE-D'HOTEL *par l'autre côté.*

MORON.

TANDIS que mon Maitre, Miladi & son oncle, sont à se complimenter sur l'heureux hazard qui les a réunis, voyons si je ne pourrai pas me réunir moi-même avec certain compagnon garni de truffes que j'ai apperçu sur cette table. Je ressemble à Milord, moi; l'amour ne m'empêche point de manger.

LE MAITRE D'HOTEL, *entrant.*

On a beau vouloir m'empêcher de souper avec cet Intendant, je sens que je meurs de faim: la table doit être servie encore. Voyons si en cherchant bien il ne me tombera point sous la main quelque morceau. Ces Messieurs ne pourront point me voir, il n'y a point ici de lumière. (*Il cherche à tâtons & dans l'ombre*).

MORON. (*A part & à demi voix.*)

Il n'y a personne qui me puisse décéler. Avançons....

LE MAITRE-D'HOTEL. (*A part.*)

Qu'entens-je ! Il y a quelqu'un ici : n'allons pas faire quelque imprudence : Ecoutons.

MORON, (*A part.*)

J'ai un bon couteau ; je commencerai par lui ouvrir le ventre.

LE MAITRE-D'HOTEL. (*A part.*)

Ciel ! c'eſt la voix d'un de ces hommes que nous avons pris pour des voleurs. Je lui ouvrirai le ventre, dit-il : nos ſoupçons n'étoient que trop juſtes ; c'eſt à quelqu'un de nous qu'il en veut......

MORON. (*A part.*)

Je lui arracherai les entrailles, je lui couperai le cou & les cuiſſes....

LE MAITRE-D'HOTEL.

Il lui coupera le cou & les cuiſſes ! C'eſt moi peut-être qu'il menace. Si je pouvais retrouver la porte... mais je la cherche envain, je ne ſais plus par où je ſuis entré.

MORON. (*A part.*)

Il a été bien empâté, bien nourri, auſſi eſt-il gros & gras.

LE MAITRE-D'HOTEL. (*A part.*)

Ah ! C'eſt moi qu'il déſigne, je n'en ſaurais douter, malheureux que je ſuis ! Funeſte voyage ! Il me ſautera deſſus ſi je crie ; taiſons-nous, peut-être à la faveur du silence, je pourrai.... (*Il cherche toujours la porte à tâtons.*)

MORON.

(*A part.*) Il n'est pas loin d'ici. (*Saisissant le Maître-d'Hôtel.*) Qui va là?

LE MAITRE D'HOTEL.

Au Voleur! A l'assassin! A l'aide.

SCENE II.

LES PRÉCÉDENS, LA PRÉSIDENTE, L'HOTESSE, *apportant des flambeaux.*

L'HOTESSE.

Eh bien! Qu'est-ce que c'est?

LE MAITRE D'HOTEL.

Ah! Madame l'Hotesse! sauvez-moi, je vous prie, délivrez-moi des mains de cet homme: il allait m'assassiner.

MORON.

Qu'est-ce que vous voulez dire, Monsieur? Etes-vous fou? Ou me prenez-vous comme tantôt, pour ce que je ne suis pas?

LE MAITRE-D'HOTEL.

Pour ce que tu n'es pas? Eh! Que faisois-tu ici, traitre abominable, que faisois-tu ici dans l'obscurité.

& à qui en voulais-tu ? Répons, lorsque tu as dit que tu lui ouvrirais le ventre, que tu lui couperais le cou & les cuisses ?

LA PRESIDENTE. (*A part.*)

J'avois bien raison de les prendre pour des Voleurs. N'importe, achevons le projet que je médite. (*Elle sort.*)

MORON.

A qui j'en voulais? Eh! Parbleu, à la dinde aux truffes. C'est donc vous qui êtes la dinde ?

L'HOTESSE.

Oh! Certainement, il l'est. Mais lui-même que venoit-faire ici sans lumière? C'est la dinde aussi qui l'attirait. Le gourmand! Je vais l'emporter, pour terminer la dispute; & pour mettre le reste du soupé à couvert, je vais ordonner que l'on desserve. (*Les domestiques entrent qui desservent tous les mets, & ôtent la table.*)

SCENE III.

LE PRINCE, MORON, LE MAITRE-D'HOTEL.

LE PRINCE.

QU'EST-CE donc? J'ai entendu crier à l'assassin, au Voleur. Quelques-uns de ceux qui nous ont attaqués dans la forêt, se seroient-ils glissés dans cette Auberge ?

MORON, *montrant le Maître-d'Hôtel.*

Le voila, Monſieur, le voleur qui cauſe nos allarmes, lui qui tantôt nous a ſoupçonnés d'en vouloir au bien d'autrui, à peine avons-nous eu tourné les talons, qu'il eſt venu ici à la faveur de l'ombre, pour dérober la dinde aux truffes.

LE PRINCE, *au Maître-d'Hôtel.*

Eh quoi! Monſieur! Un larcin nocturne! Un vol domeſtique! Sortez d'ici, & gardez-vous d'y reparoître.

LE MAITRE-D'HOTEL, *furieux.*

Je ſors, mais croyez que je reviendrai avec main-forte. Je vais avertir ces Meſſieurs & ces Dames, & nous verrons ſi à notre tour il ne nous ſera pas permis de ſouper tranquilles.

SCENE IV.

LE PRINCE, MORON.

LE PRINCE.

Eh bien! Moron, quelle rencontre! Tu vois ſi j'ai eu tort de vouloir à toute force traverſer cette forêt. Nous aurions pris une autre route; nous aurions ſoupé dans un autre village; des voleurs, en nous attaquant, ne nous auroient point forcés de prendre la Diligence;

elle ne nous auroit point conduit dans cette Auberge; & je n'aurais pas eu le bonheur d'y voir celle que j'adore.

MORON.

Voilà bien les amoureux : ils comptent pour rien leur existence, les dangers qu'elle peut courir, leurs peines, leurs travaux, tout cela ne les touche point, quand il s'agit de l'objet de leur flamme.

LE PRINCE.

Ne trouves-tu pas aussi bien extraordinaire la rencontre que nous avons faite de Milord Brumton ? Qui m'eut dit que le hazard, qui vient d'amener ici Miladi Semours, y amenerait aussi son oncle ? Il y a dans tout cela un merveilleux dont je rends grâce au sort, mais qu'en vérité je ne saurais comprendre.

MORON.

Si la joie, & sur-tout l'amour, ne troublaient point vos sens, je vous dirais bien que ces rencontres sont naturelles entre gens qui voyagent : mais non, je vois que vous aimez le merveilleux, & il faut vous y laisser croire. Ce qui me parait à moi plus merveilleux que ces rencontres, c'est que dans ce moment vous ne soyez pas avec celle que vous aimez. Cette indifférence....

LE PRINCE.

Ah ! ne donne pas le nom odieux d'indifférence à mon respect, pour l'entrevue d'un oncle & d'une nièce qui éloignés depuis long-tems l'un de l'autre, doivent avoir à se communiquer des secrets importans sur leurs intérêts respectifs. Tous deux causent maintenant de plusieurs affaires qui leur sont personnelles, & j'ai dû ne pas troubler leur tête-à-tête. Mais pourquoi cette Présidente vient-elle interrompre le nôtre? Elle paraît vouloir m'entretenir.

SCENE V.

LES PRÉCÉDENS, LA PRÉSIDENTE.

LA PRÉSIDENTE.

MONSIEUR l'intendant, on auroit à vous dire en particulier des choses de conséquence : puis-je me flatter que vous ordonnerez à cet homme de ne pas nous importuner plus long-tems.

MORON, *derrière la Présidente, mangeant un morceau de viande qu'il a dérobé.*

Ah! Madame, on n'a que trop tôt soustrait à ma vue un objet dont les charmes font venir l'eau à la bouche, & qui....

LA PRÉSIDENTE.

Il m'en conte, je crois : retirez-vous, insolent!

LE PRINCE.

Faites ce que dit Madame.

SCENE VI.

LA PRÉSIDENTE, LE PRINCE.

LE PRINCE.

IL parait, Madame, que vous avez à m'entretenir de choses bien importantes, puisque vous renvoyez ce domestique.

LA PRESIDENTE.

Oui, mon cher : j'ai à vous dire des choses qui vous intéressent, on ne peut davantage.

LE PRINCE.

(*A part.*) Mon cher ! Elle a bien changé de ton !

LA PRESIDENTE.

Tantôt vous m'avez entendue annoncer à ces Messieurs que vous & votre compagnon pourriez bien être de ces gens qui attendent les passans sur les grandes routes, & qui....

LE PRINCE.

Eh bien ! Madame, ne vous ai-jepoint désabusée, en vous apprenant que j'étais l'Intendant d'une Dame de qualité ?

LA PRESIDENTE

Cette fausse confidence aurait pu désabuser une autre personne : mais moi, qui ai l'expérience du grand monde, mais moi surtout, qui me connais en phisionomie, pensez-vous m'avoir donné le change ? Croyez-vous bonnement que je vous prenne pour ce que vous prétendez être ?

LE PRINCE.

Il me semble, Madame, que j'ai eu l'honneur de vous assurer....

LA PRESIDENTE.

Cherchez ailleurs vos dupes ; ce n'est pas moi qui suis faite pour l'être. Tenez, mon cher ami ! Voulez-vous que je vous dise, moi, ce qu'en effet vous êtes ?

LE PRINCE. (*A part.*)

Mon cher ami, je ne conçois plus rien à cette femme.

LA PRESIDENTE.

Voici en peu de mots votre histoire qui l'emportera bien par la vérité sur celle que vous nous avez faite. Vous prétendez être l'Intendant d'une Dame, & vous donnez le titre de Marmiton à l'homme qui vous accompagne : celui-là a bien l'air d'un laveur d'écuelles, je l'avoue ; mais vous, Monsieur l'Intendant, vous n'en êtes point un, ne vous en déplaise.

LE PRINCE.

Et comment pouvez-vous savoir ?...

LA PRESIDENTE.

Ne m'interrompez point, je vous prie : non, Monsieur, non ; vous n'êtes point un Intendant, mais un homme bien né, je vous l'assure, mais un gentilhomme peut-être.

LE PRINCE. (*A part.*)

O Ciel! Qu'entens-je! Moron m'aurait-il trahi?

LA PRESIDENTE.

La jeunesse est sujette à faire des fautes: vous en aurez fait de grandes, d'irrémissibles. Brouillé avec vos parens & avec la justice, poursuivi par cette dernière, abandonné par les autres & ne sachant plus enfin où donner de la tête; vous vous serez engagé dans une de ces troupes qui n'ont de combats qu'avec la maréchaussée ou les malheureux voyageurs qu'elles égorgent. Votre intrépidité, votre bonne mine vous auront fait parvenir aux premiers grades; & quoique vous en disiez, vous êtes, je vous le proteste, un Capitaine de voleurs. L'air d'égarement & d'embarras avec lequel vous êtes entré dans la Diligence; l'audace que votre compagnon a eue d'arrêter, il n'y a qu'un instant, un de nos Messieurs dans cette salle; le sourire forcé même, qui maintenant vous échappe, & le maintien que vous vous efforcez d'avoir, tout me confirme dans cette idée, qui a été ma première; tout me ramène au sentiment que j'ai eu d'abord, tout me dit, enfin, tout m'annonce que vous n'êtes point ce que vous prétendez être, que vous n'êtes point un Intendant, mais un Héros à la manière de Cartouche, mais un voleur de distinction, mais un scélérat de qualité.

LE PRINCE. (*A part.*)

Rien de plus plaisant que cette méprise renouvellée: tâchons de la faire durer. (*Haut.*) Me croire un Capitaine de voleurs; parce que mon compagnon & moi sommes

ſommes entrés avec un air d'embarras dans la Diligence, parce que j'ai ſouri, parce que je cherche à avoir un maintien!... Voilà, Madame, comme ſur de fauſſes apparences on ſe joue de l'honneur des gens; voilà comment on cherche à renverſer les réputations les mieux établies; voilà enfin comment agit le monde. Mais pour juger de l'honneur d'un homme, de ſimples apparences devraient-elles ſuffire, & ne faudrait-il pas qu'un aveu formel....

LA PRESIDENTE.

J'eſpère bien auſſi que vous allez me faire votre confeſſion générale: nous ſommes ſeuls, perſonne ne nous écoute; je puis d'ailleurs vous être fort utile dans les circonſtances préſentes, ainſi donc avouez moi....

LE PRINCE.

(*A part.*) Réſiſtons-lui pour exciter ſa curioſité. (*Haut.*) Je n'ai rien à vous avouer, Madame, ſinon que je ſuis un honnête homme, & que tout ce qu'il vous plait d'imaginer eſt auſſi fabuleux que ridicule.

LA PRESIDENTE.

Tu ne veux donc point me faire la confidence de tous tes crimes!

LE PRINCE.

Non, Madame, non; je n'ai point de confidence à vous faire.

LA PRESIDENTE.

Eh bien! Perfide! Tremble! je vais envoyer chez le Juge, je vais t'y dénoncer moi-même, je reviens avec les officiers de justice, je te fais arrêter sur l'heure; je te fais conduire en prison, & c'est pour la dernière fois que tu auras vu la lumière.

LE PRINCE, *avec un effroi simulé.*

Eh! Madame, ne me perdez pas, ne me perdez pas, je vous en conjure. Vous demandez un aveu: Eh bien! je suis en effet un homme bien né que des circonstances très-singulières, que de certaines personnes qu'il a rencontrées, ont forcé de déguiser sa naissance, & de se faire passer pour l'Intendant d'une Dame.

LA PRESIDENTE.

Vous ne me dites pas tout, mon cher Capitaine; vous ne me dites pas tout! mais dans votre état; tout criminel qu'il est, on a une sorte de pudeur, & je ne veux point faire violence à la vôtre. Apprenez seulement, & cet aveu va couter bien plus cher à la mienne; apprenez que, malgré mon rang, que malgré l'intervalle immense qui nous sépare, car le crime vous ravale au plus bas degré; apprenez que, malgré l'effroi qu'on doit ressentir à l'aspect d'un homme qui vous ressemble; apprenez.... la force me manque, je me meurs. (*A part.*) Jamais je ne pourrai achever.

LE PRINCE.

Eh! mon Dieu! Madame! Qu'est-ce donc qui vous arrive! La pâleur de la mort est sur votre visage. Auriez-vous mal au cœur? Seriez-vous malade?

LA PRESIDENTE.

Tu me demandes si j'ai mal au cœur! l'oses-tu bien;

perfide ! mes regards, mon trouble, mes soupirs, tout n'a-t-il pas dû t'apprendre qu'il n'était plus à moi, ce cœur que je regrette; que tu l'avais dérobé; que tu l'avais percé de mille coups; que tu es enfin le seul voleur qu'on ne puisse faire pendre, le seul assassin à qui l'on pardonne; & qu'il faut t'aimer, qu'il faut t'adorer même en te méprisant, même en frémissant à ta vue.

LE PRINCE.

(*A part.*) Oh ! pour le coup elle perd la tête, tâchons de la guérir. (*Haut.*) Eh quoi ! Madame la Présidente ! un homme d'une naissance si inférieure à la vôtre, un homme si indigne de vous à tous égards, un Intendant ! vous vous dégradez au point de lui déclarer.....

LA PRESIDENTE.

Eh ! Que t'importe que je me dégrade ! Que t'importe, quand je veux bien descendre jusqu'à toi, que ma réputation, que mon honneur me restent ou qu'ils périssent l'un & l'autre confondus avec ta bassesse ? Rien ne t'est enlevé par cette alliance honteuse, & c'est à moi, à moi seule qu'elle fait tout perdre. Crois-tu d'ailleurs, crois-tu que, pour sentir mes torts, j'aye besoin qu'on me les reproche ? Ne vois-tu pas que l'amour seul est coupable de mon crime ? que c'est ce Dieu seul qui me livre à toi, & crois-tu, si j'étois encore maîtresse de moi-même, que ma faiblesse t'eut jamais donné le droit de me la rappeller.

LE PRINCE.

De tels sentimens sont bien généreux, Madame : vous

ne descendriez point jusqu'à moi en m'épousant, vous m'éleveriez jusqu'à vous. Mais pensez-vous qu'on n'ait ni délicatesse, ni grandeur d'ame, parce qu'on est d'un état au-dessous du vôtre ? Présumez-vous qu'un Intendant, qu'un simple domestique ne puisse pas quelquefois égaler ses maîtres en nobles procédés ? Détrompez-vous, je vous prie ; l'amour vous fait oublier ce que vous devez à votre gloire ; c'est à moi à m'en souvenir ; c'est à moi à veiller sur elle ; c'est à moi enfin à la conserver pure. Souffrez donc que je m'en tienne à la reconnoissance & que....

LA PRESIDENTE.

Ce n'est pas de la reconnoissance qu'il me faut, & tu le vois sans doute ; mais puisque l'amour ne peut rien sur toi, il faudra bien que tu cèdes à la force. Ecoute-moi donc, traitre, écoute-moi : c'est pour la dernière fois que je te parle. Je suis veuve, maitresse par conséquent de ma main & de ma fortune : je mets l'une & l'autre à tes pieds ; oui, à tes pieds que j'abhorre, je m'y jette moi-même, je m'y couvre volontairement d'une honte qui me ravit, d'un opprobre qui fait mes délices ; mais il faut qu'à l'instant tu me suives à Paris. Si tu hésites, tu es mort.

LE PRINCE.

(*A part.*) Continuons de feindre, c'est le seul moyen de m'en tirer. (*Haut.*) Qu'osez-vous me proposer, Madame ? Eh si en vous suivant à Paris, j'allais être reconnu, arrêté & puni comme tant d'autres....

LA PRÉSIDENTE.

Ta physionomie n'annonce pas que tu sois né cruel : tu n'as jamais tué peut-être, ou tu n'as tué que pour te défendre.

LE PRINCE.

Il est vrai, Madame, que j'ai toujours respecté la vie des autres, tant qu'on n'a point attaqué la mienne.

LA PRÉSIDENTE.

Eh bien ! Eh bien ! Sois tranquille : tu ne serais pas le premier à qui on aurait fait grace, & puisque Dieu pardonne, les hommes peuvent bien pardonner. D'ailleurs, est ce pour rien que je suis Présidente ? Je peux te perdre avec un seul mot ; mais aussi mon crédit peut te sauver. Promets-moi donc de me suivre, & sois sûr que, graces à ma vigilance, on n'attentera ni à ta liberté ni à ta vie. J'allais à Lyon, pour y voir une parente, je la verrai une autre fois : promets-moi de te trouver ici dans une heure, il sera nuit close, tous les voyageurs seront couchés, toute la maison dormira. Nous monterons ensemble dans une chaise de poste que je vais faire préparer : deux jours nous suffiront pour arriver à Paris, je te mène à l'autel le troisième, & le quatrième tu pourras avouer hautement pour ta femme une Présidente qui t'adore.

LE PRINCE.

(*Apart.*) Il faut que je m'en débarrasse. (*Haut.*) Eh bien ! Madame, je serai ici dans une heure.

LA PRÉSIDENTE.

Cher & charmant voleur, adieu : adieu le plus aimable, & le plus dangéreux de tous les capitaines.

SCENE VII.

LE PRINCE, *seul.*

A CINQUANTE ans s'amouracher de la sorte! Et de qui encore? De l'homme qui brûle du feu le plus constant pour la femme la plus adorable, de l'amant de Miladi Semours! La pauvre Présidente! Que je la plains! Mais ce n'est pas tout que de la plaindre, il faut que l'on m'en délivre, & voici Moron qui vient fort à propos pour cela.

SCENE VIII.

LE PRINCE, MORON.

MORON.

EH bien! Monseigneur! Ne suis-je pas un confident bien docile? Vous avez vu comme je me suis promptement retiré au signal que m'a fait Madame la Présidente.

LE PRINCE.

Ma foi, mon cher Moron, & pour elle & pour moi, il auroit bien mieux valu que tu restasses. Croirais-tu que cette femme est devenue tout-à-coup amoureuse de moi, à la rage, & qu'elle me demandait un entretien particulier pour me conter son tendre martire?

MORON.

Elle vous l'a conté sans doute ?

LE PRINCE.

En termes si pathétiques, si passionnés, qu'elle m'a touché en me faisant rire.

MORON.

Eh quoi ! Prince ! vous avez ri ! Vous qui avez toujours été le Chevalier des Dames ! Celle-ci devroit-elle vous trouver insensible ?

LE PRINCE.

Y penses-tu, Moron ? Elle a cinquante ans, & autant de ridicules : & fût-elle Vénus même, quelle beauté pourrait balancer Miladi Semours dans mon cœur ! Tu sais, depuis que je l'aime, combien je lui ai été fidèle ! Ce ne sera point Madame la Présidente qui me fera changer.

MORON.

Vous ne savez pas, Monseigneur, combien les Présidentes sont obstinées ! Celle-ci va peut-être s'attacher à vous, comme une sangsue.

LE PRINCE.

Tu la connais bien, à ce qu'il me semble. C'est peu que de m'avoir déclaré sa flamme ; figure-toi, Moron, qu'elle m'a prié .... que dis-je ! qu'elle m'a ordonné de me rendre ici dans une heure ; qu'elle est aussi-tôt sortie pour faire préparer une chaise de poste ; qu'elle veut m'y jetter dedans, me mener à Paris tout de suite, & m'y épouser au bout de trois jours à la barbe de tout le monde.

MORON.

Juste Ciel ! un enlevement ! Ah ! Je ne souffrirai point qu'on vous enlève. Comment se fait-il néanmoins qu'avec sa hauteur & sa morgue, elle ait pu se résoudre à enlever un Intendant.

LE PRINCE.

Oh ! ce n'est plus un Intendant qu'elle voit en moi. Ce qu'il y a de plus plaisant dans tout ceci, c'est que revenue à sa premiere idée, elle me prend de nouveau pour un Capitaine de voleurs ; que malgré cela elle m'aime, qu'elle veut m'épouser malgré cela ; qu'elle se demande pardon à elle-même de cette faiblesse, qu'elle en rougit, qu'elle en pleure de rage, qu'elle souhaite & redoute ma présence ; qu'elle me craint à-la-fois, me desire, me hait, me méprise & m'adore. Sa situation est tout-à-fait comique.

MORON.

Et moi, Monseigneur ! me fait-elle toujours l'honneur de me croire un coupeur de bourses, & ne voit-elle plus en moi le digne serviteur de Monsieur l'Intendant ?

LE PRINCE.

Elle a eu la bonté de démêler dans mes traits quelque grandeur : pour toi, mon cher Moron, elle s'obstine à trouver ta figure patibulaire.

MORON.

Elle est bien hardie ! il faut que je l'en punisse ; & pour cela, Monseigneur, m'accorderez-vous une grande grace ?

LE PRINCE.

Eh bien ! Qu'est-ce que c'est ?

MORON.

Vous ne vous souciez guères, je crois, d'aller à ce rendez-vous que vous a donné la Présidente. Souffrez que j'y prenne votre place : il sera nuit, je contreferai ma voix, elle me prendra pour le Capitaine qu'elle adore ; l'homme aux traits patibulaires aura le plaisir de lui dire ses vérités en face, & nous verrons....

LE PRINCE.

Que dis-tu là, Moron ? Jouer ainsi cette pauvre Présidente ! Cela serait cruel.

MORON.

C'est le seul moyen de la corriger de son fol amour & de sa hauteur, plus folle encore ; & la corriger, n'est-ce pas lui rendre service ?

LE PRINCE.

Ce motif me détermine. Va donc, vole dans les bras de notre auguste Présidente ; mais ne lui dis point d'injures : fais mieux, si tu veux m'en croire. Cette femme est riche, elle a du crédit, une espèce de rang dans la robe : laisse-toi enlever à ma place, laisse-toi épouser même si elle le desire, & si ce mariage peut faire son bonheur. Il lui importe fort peu, je pense, que ce soit un Prince ou un Marmiton qu'elle épouse : cherche à lui plaire, à la consoler, à la dédommager de ma perte ; tâche d'obtenir ses bonnes graces, elle t'achettera une charge, te produira dans le monde, & tu seras un jour, peut-être, Monsieur le Président.

MORON.

Monseigneur plaisante, & avec grace même : il s'imagine qu'il n'y a que lui au monde qui puisse faire des conquêtes, & qu'à moins d'avoir sa taille & sa figure, on ne saurait réussir auprès des Dames. Que Monseigneur se détrompe ; sans lui ressembler tout-à-fait, on peut avoir une certaine tournure qui séduise les Présidentes, & je ne serais pas le premier Valet qu'elles auraient bien traité. (*A part.*) D'ailleurs, je m'y prendrai si adroitement, qu'il faudra bien qu'elle m'épouse.

LE PRINCE.

Tais-toi : voici Miladi Semours & son oncle : je brûlais de les revoir l'un & l'autre.

SCENE IX.

LES PRÉCÉDENS, MILADY SEMOURS.

MILORD, *à Milady.*

Je suis enchanté, ma nièce, de tout ce que je viens d'apprendre, & je pense que le Prince en sera aussi charmé que moi. Ne tardez pas davantage à lui en faire part ; & comme vous n'avez point soupé, & que je n'ai soupé qu'à moitié, je vais donner des ordres pour qu'on nous serve.

SCENE X.

MILADY, LE PRINCE, MORON.

LE PRINCE.

Est-il possible, belle Milady, que je vous trouve dans ce village au moment où j'allais vous joindre à Pise; au moment où l'amour semblait me donner des ailes pour arriver plutôt?

MILADY.

Mais, vous-même, Prince, comment se fait-il que je vous trouve ici, & que le hasard nous ait fait descendre le même soir dans la même Auberge

LE PRINCE.

On dit que l'amour est aveugle, Madame, il a prouvé qu'il avait des yeux.

MILADY.

Laissons ce Dieu, Prince: vous savez que les femmes sont un peu curieuses. Apprenez-moi donc ce qui vous est arrivé, car sûrement il vous est arrivé quelque chose. Mon oncle, qui depuis long-tems voyage, & qui va par toutes sortes de voitures, m'a assuré que vous aviez pris la Diligence à quelques lieues de ce village, que Moron avait l'air effrayé....

MORON.

Effrayé! Eh! qui ne l'aurait pas été, Madame, après l'algarade la plus imprévue, la plus....

MILADY.

Me voilà effrayée moi-même : me voilà très-affligée, si vous ne me dites point la cause de ces allarmes.

LE PRINCE.

C'est un rien, Madame, une misère, qui ne mérite pas que vous y preniez garde. Il y a, à quelques lieues de ce village, une forêt que j'ai voulu traverser la nuit, pour arriver plutôt dans l'asyle que devoit embellir votre présence. Cette forêt n'étoit pas sûre, on n'avait pas manqué de me le dire : Moron lui-même était d'avis que je prisse une autre route. Nulle considération, nul conseil n'a tenu contre mon impatience. J'ai choisi le chemin de la forêt, comme le plus court, & j'ai vu bientôt qu'il était le plus dangereux : plusieurs raisons que je vous dirai, m'obligeaient de voyager sans cortège, je n'avais qu'un Postillon, & Moron qui courait à cheval devant ma chaise. Tout-à-coup on tire un coup de pistolet, les chevaux s'arrêtent, le Postillon tombe ; & moi, pour venger sa mort, autant que pour défendre ma vie, je saute soudain sur mes armes, & je suis assez heureux pour vaincre trois hommes qui nous avaient attaqué tous les trois.

MILADY.

Eh quoi, Prince ? vous appellez une misère, un accident qui a si fort exposé vos jours !

LE PRINCE.

Je devrais sans doute lui donner un autre nom, puisqu'il m'a procuré le bonheur de vous rencontrer, &

l'appeller le plus heureux de ma vie. Mais, Madame, j'ai satisfait votre curiosité autant qu'il m'a été possible ; ne pourrais-je savoir à mon tour, quel évènement singulier vous a fait si-tôt revenir d'Italie ?

MILADY.

Hélas ! Prince ! Que me demandez-vous ? Le récit que vous venez de faire, m'a saisie au point que je n'ai plus la force de rien dire. Je crois vous voir au milieu de ces bandits : je les vois lever sur vous une main meurtrière : je vois ruisseller le sang de ce malheureux postillon.

MORON.

Vous ne voyez-pas tout, Madame : le Prince ne vous a dit que la moitié des choses. Ah ! si vous aviez pu, comme moi, le contempler au moment de la bataille.... Quels coups il a portés ! Quelle valeur ! Quel courage ! Comme son front étoit calme, & cependant terrible ! Comme il sortoit de ses yeux des éclairs & des flammes, & comme sa main paraissait brandir le tonnerre !

LE PRINCE.

Tais-toi, & ne t'avise plus d'interrompre Madame. (*à Millady.*) Je suis touché & reconnaissant de l'intérêt que je vous inspire ; mais, Madame, le danger est passé. Calmez vos sens, & permettez que je vous renouvelle ma demande. Comment, & pour quelles raisons ai-je eu le bonheur de vous rencontrer ici ? Vos affaires ont-elles pris une face nouvelle ? Milord Bruman, votre père....

MILADY.

Félicitez-moi, Prince. Il avait été disgracié, quoiqu'il eût pour lui les deux tiers des Membres de la Chambre-Basse : il s'était démis de sa Charge entre les mains du Roi ; & depuis trois semaines rétabli dans tous ses honneurs, il a été nommé Viceroi d'Irlande. L'innocence a triomphé de l'imposture & de l'envie : il m'a écrit à Pise, où des raisons de santé m'avaient conduite ; je vais à Londres, me jetter dans ses bras, & répandre dans son sein les larmes de joie que je retiens à peine.

LE PRINCE.

Ah ! Madame ! voyez les miennes : voyez l'enchantement où me jette votre félicité. Vous savez combien j'honore votre digne père ; combien je vous révère tous deux : mais, Madame, vous devez un prix à des sentiments plus tendres : que dis-je ! à l'ardeur la plus vive, à une passion que vous seule avez fait naître.

MILADY.

Ces sentiments me sont connus, ils me sont chers ; mon père même les a approuvés ; mais si depuis son changement de fortune, il avoit été forcé de prendre d'autres arrangements.... Les faveurs de l'aveugle Déesse ne s'obtiennent quelquefois qu'à des conditions bien cruelles. Ce père est si bon, si généreux, si tendre ! Quoique veuve, & pouvant disposer de moi, il me serait affreux de lui déplaire.

LE PRINCE.

Quelle raison pouvait-il avoir de vous arracher à mes plus doux vœux ! Ni lui, ni vous, n'avez rejetté mes hommages dans le temps que je vous les ai offerts. Sans la disgrace même où il est tombé, déjà je serais votre époux, & le plus fortuné des mortels. Vous m'avez condamné à ne point le devenir, lorsqu'il était dans la douleur.

MILADY.

Cela est vrai : mais enfin, si les circonstances forçaient mon père à retirer sa parole, quel parti prendriez-vous alors ?

LE PRINCE.

Ah ! Madame ! quelle question vous me faites ?

MILADY.

Répondez-y, je vous prie.

LE PRINCE.

Vous l'ordonnez ? Eh bien ! Madame, je chercherais par-tout les brigands que je viens de mettre en fuite ; & si j'avais le bonheur de les découvrir, je leur dirais : il faut que je renonce à Milady Semours : tuez-moi, mes amis, tuez-moi : je n'ai plus besoin de la vie : & s'ils n'avoient point pitié de mon malheur, je saurais prévenir leurs coups, je sçaurais.....

MILADY.

C'en est trop. Cette lettre est de mon père. Lisez, Prince, lisez.

LE PRINCE.

C'eſt mon Arrêt, peut-être ; mais n'importe, liſons. « Apprenez, ma fille, qu'enfin la vérité s'eſt fait en- » tendre, & que je ſuis rentré dans tous mes droits ; » mais mon bonheur ſerait imparfait ſans le vôtre. Vous » aimez le Prince Salvator, il vous a offert ſa main, je » vous invite à l'accepter, nous célébrerons ce mariage » à votre retour à Londres ; croyez, ma chère fille, que » ma joie ſera égale à la vôtre ».

O bonheur ! Eh quoi ! Madame ! vous avez donc voulu m'éprouver ?

MILADY.

Oui, Prince, pardonnez-moi ce ſtratagême : en me faiſant lire dans votre ame, il tourne à votre avantage & au profit de notre amour. Allons trouver mon oncle, il ne ſavait pas mon projet, il faut l'en inſtruire. Prions-le de nous conduire à Londres, & jettons-nous, ſous ſes auſpices, dans les bras d'un père qui nous attend.

LE PRINCE.

Allons, Madame, je brûle de m'y rendre avec vous, & de m'allier avec un homme ſi eſtimable.

MILADY, *à Moron.*

Moron, nous reviendrons ici pour ſouper, car il faut ſouper en voyage, & je me ſens de l'appétit.

SCENE XI.

SCENE XI.

MORON, *seul.*

DIEU soit loué ! voilà Milady qui consent à épouser mon maître ; il ne me reste plus qu'à me faire épouser aussi par ma Présidente. J'entends du bruit, c'est elle peut être, éteignons les lumières.

SCENE XII.

LA PRÉSIDENTE, MORON.

LA PRÉSIDENTE, *au fond du Théâtre.*

IL faut que je sois bien malheureuse, pour être devenue tout-à-coup éprise d'un homme si méprisable. Moi, Présidente ; moi, dont les ayeux ont exercé les premières charges de la Magistrature ! Moi... je frémis d'y songer. Mais, qui ne connait le pouvoir du Dieu qui me maîtrise ! AMOUR ! CE SONT LA DE TES COUPS ! Il y a quelqu'un ici : j'entends marcher & remuer : c'est sûrement mon cher Capitaine. Mon cher Capitaine, est-ce vous ?

MORON, *contrefaisant sa voix.*

Oui, ma chère Présidente, c'est moi-même.

LA PRÉSIDENTE.

Tout eſt prêt, mon cher Capitaine, les chevaux ſont mis, & la chaiſe & le Poſtillon ſont là-bas qui nous attendent : il n'eſt plus rien qui nous arrête, partons, mon cher Capitaine.

MORON.

Partons, ma chère Préſidente ; avant que de partir néanmoins, permettez que je vous demande....

LA PRÉSIDENTE.

Déjà des demandes ? mon cher Capitaine ! Ah ! modérez-vous, je vous prie : cet empreſſement a droit de me plaire ; mais penſez-vous que je m'oublie au point de vous accorder la moindre choſe avant le mariage ?

MORON.

Juſte Ciel ! ma chère Préſidente ! Quelle idée eſt donc la vôtre ? Penſez-vous que moi-même j'aie aſſez peu de retenue pour vouloir abuſer de votre tendreſſe ? Détrompez-vous, je vous prie. Eh ! qui pourrait ne pas reſpecter autant que ſes ayeux, les charmes de ma chère Préſidente ? (*A part.*) Ils ſont auſſi anciens les uns que les autres.

LA PRÉSIDENTE.

Finiſſez, petit badin, finiſſez, je vous en conjure : tout en me parlant de votre retenue, vous me ſerrez la main d'une force....

MORON.

Je ne l'ai pas touchée, ma chère Préſidente, mais vous

m'y faites songer, je vous en remercie ; cette main doit être à moi, n'est-ce pas ? Vous me la destinez, vous devez me la céder dans trois jours : donnez-la moi, il est juste que je m'empare de mon domaine ?

LA PRESIDENTE.

Vous n'avez-pas encore le droit de posséder, mon cher Capitaine ; attendez que le Notaire vous ait donné cette puissance ; & alors, meubles & immeubles, acquêts & conquêts, tout vous appartiendra, mon cher Capitaine.

MORON.

Un baiser est bien peu de chose : ne pourriez-vous me l'accorder comme droit d'hypothèque?

LA PRESIDENTE.

La loi ne s'est point expliquée là-dessus, mon cher Capitaine : prenez donc un baiser, puisque c'est votre envie ; mais songez, si vous alliez plus loin, que vous seriez condamné à des dommages & intérêts considérables. Prenez-donc un baiser, mais un seul, mon cher Capitaine. (*Elle lui tend la main.*)

MORON.

Je prends, ma chère Présidente, je prends. (*A part.*) Mais au diable si je restitue.

LA PRESIDENTE.

Que dites-vous, mon cher Capitaine ?

MORON.

Que je sens un feu qui me tue, ma chère Présidente. (*A part.*) Ou plutôt un dégoût qui me tue.

LA PRESIDENTE.

Je le crois, mon cher Capitaine, je sens le même feu; je vous jure; mais faisons-nous violence, & l'hymen, d'accord avec l'amour, récompensera nos peines.

MORON.

Oui, ma chère Présidente, faisons-nous violence. (*A part.*) C'est mon rôle depuis un quart d'heure. (*Haut.*) Mais puisque vous avez satisfait à ma première demande, ma chère Présidente, permettez-moi de vous en faire une seconde.

LA PRÉSIDENTE.

Encore une, mon cher Capitaine! Ah! ne m'en faites plus, je vous prie. Savez-vous que l'on va loin de demande en demande?

MORON. (*A part.*)

Elle prend toujours le change: quelle femme! (*Haut.*) Vous ne m'entendez-pas, ma chère Présidente. La demande que j'ai à vous faire, n'a rien dont vous puissiez vous effaroucher. Ecoutez-moi donc sans colère. Vous m'adorez, ma chère Présidente?

LA PRÉSIDENTE.

Belle question, mon cher Capitaine! Ce que je fais n'en est-il pas la preuve?

MORON.

Vous m'adorez, & vous avez la plus grande envie de m'épouser, ma chère Présidente?

LA PRÉSIDENTE.

Sachez, mon cher Capitaine, que dans la Robe on

n'a jamais aimé les gens qu'avec des vues honnêtes : dans l'épée on peut en avoir d'autres.

MORON.

Eh bien ! ma chère Présidente, pourquoi ne pas m'épouser tout de suite ? Pourquoi retarder mon bonheur ? Quelque modéré que je sois, quelque violence que je me fasse, si vous me conduisez à Paris, sans que l'hymen nous ait joint ; savez-vous bien que vous courez des risques pendant le voyage ?

LA PRÉSIDENTE.

Des risques, mon cher Capitaine !

MORON.

Oui, ma chère Présidente, des risques. Je serais au désespoir de vous manquer de respect : mais l'amour, ma chère Présidente, l'amour ne s'accorde guère avec la retenue. Vous venez de me dire qu'un Notaire seul pouvait me donner le droit de vous posséder. J'en ai fait avertir un qui ne tardera pas à paraître ; épousons-nous donc tout de suite, c'est le seul moyen de vous mettre à couvert des dangers qui vous menacent.

LA PRÉSIDENTE.

Attendons encore, mon cher Capitaine : trois jours ne sont pas bien longs.

MORON.

Pas bien longs ! Ce sont trois siècles pour moi, ma chère Présidente ; & jugez un peu quel malheur ce serait pour vous, si le mariage se consommoit avant que le

Notaire.... Je frémis, quand j'y pense, & mes cheveux se dressent sur ma tête.

LA PRÉSIDENTE.

Mais comment voulez-vous que cétte affaire se termine en un jour? Le contrat....

MORON.

N'en soyez pas en peine, ma chère Présidente: meubles & immeubles, acquêts & conquêts, vous me donnez tout, n'est-ce pas? Vous me l'aviez déjà dit. J'ai instruit le Notaire de vos intentions, il s'est mis tout de suite à dresser le contrat, & nous n'avons qu'à le signer. Mais j'entends du bruit, c'est lui même, sans doute. (*A part.*) Il arrive trop vite, cela ne m'arrange pas; d'ailleurs, il me faut des témoins. (*Il va souffler la lumière que tient le Notaire, & l'éteint.*

SCENE XIII.

LES PRÉCÉDENS, LE NOTAIRE.

LE NOTAIRE.

QU'ESTCE donc? On m'a demandé un contrat que j'apporte ici tout dressé avec les noms en blanc: il n'y a plus qu'à les écrire, & l'on éteint la lumière! On ne peut signer sans voir, cependant... Hem!... Personne ne dit mot!... Seroit-ce pour jouer à la clémiſette que l'on m'a fait venir ici ?... Ce n'eſt pas d'un homme comme moi que l'on ſe mocque : apprenez que je ſuis Notaire & Avocat de ce village.

MORON.

Eh bien ! ne vous fâchez point, Monſieur le Notaire-Avocat, ne vous fâchez point, je vous prie : on n'a eu aucun deſſein de vous offenſer en vous privant de la lumière. Sachez ſeulement que ma prétendue eſt ſi belle, ſi belle, que j'en ſuis jaloux en diable, & que je ne puis ſouffrir qu'un autre que moi la regarde.

LA PRÉSIDENTE. (*A part.*)

Comme il eſt galant, ce cher Capitaine !

MORON.

Tous nos accords d'ailleurs n'étant pas encore faits entre nous, votre préſence pourrait nous devenir incommode. Retirez-vous donc pour quelques inſtans, Monſieur le Notaire, & ne manquez pas de revenir dans une demi-heure, vous nous trouverez très-diſpoſés à vous bien recevoir.

LE NOTAIRE.

Soit. Je m'en vais à l'inſtant même. (*A part.*) Mais au diable ſi je reviens : ceci m'a l'air d'une Comédie, & je ne veux pas leur ſervir de jouet.

SCENE XIV.

LA PRÉSIDENTE, MORON.

LA PRÉSIDENTE.

QUE votre jalousie me charme, mon cher Capitaine! Pourquoi néanmoins avoir éteint le flambeau dans les mains du Notaire? Il a eu quelques raisons de se plaindre.

MORON.

Eh! vouliez-vous, ma chère Présidente, que devant cet homme je vous confiasse deux secrets de la dernière importance.

LA PRESIDENTE.

Deux secrets! mon cher Capitaine; ah! répandez sans crainte dans mon sein tous ceux qui vous restent encore.

MORON.

Eh bien! ma chère Présidente, m'épouseriez-vous, si du rang de Capitaine, l'aveugle fortune me faisait descendre à celui de Soldat, par exemple....

LA PRESIDENTE.

De Soldat, mon cher Capitaine? Ah! que n'êtes-vous un Soldat comme on l'est d'ordinaire, plutôt que d'être un Capitaine comme on ne l'est pas? Vous m'entendez, mon cher Capitaine.

MORON.

Je vous entends; mais vous ne m'entendez-pas, ma chère Présidente, vous ne m'entendez-pas. Il arrive bien des évènements dans la vie, bien des accidens imprévus! Aujourd'hui on est riche, demain on est pauvre: on est beau le matin, & le soir on devient horrible; tantôt haut, tantôt bas, vous le savez, ainsi va la roue de fortune, & c'est sur elle que tourne le monde; il pourrait se faire enfin que je fusse d'une condition si peu relevée...

LA PRESIDENTE.

Que dites-vous, mon cher Capitaine? Vous êtes un homme bien né: vous me l'avez assuré vous-même, & pourquoi revenir là-dessus? J'ai démêlé votre naissance à votre bonne mine, à votre air majestueux & noble: cessez donc de vouloir feindre: allez, ce n'est pas moi à qui l'on en fait accroire, ce n'est pas moi que l'on attrape: fussiez-vous d'ailleurs de la condition la plus abjecte, pensez vous qu'une femme sensible compte pour beaucoup l'avantage de la naissance; & ne savez-vous pas que l'amour se plaît à rapprocher les distances, à confondre les rangs, & qu'il fallait ce Dieu pour me faire oublier ce que je me dois.

MORON.

(*A part.*) Me voilà rassuré sur un point, passons à l'autre. (*Haut.*) Vous croyez, en m'épousant, avoir pour mari un homme dont les traits nobles vous ont ravie, un homme qui vous a paru charmant. La nuit maintenant vous empêche de voir ma figure; mais je ſuis ſujet à des convulſions qui la démontent quelque-fois ; & ſi depuis tantôt j'étais enlaidi au point qu'en me revoyant, vous trouvaſſiez ma beauté moins frappante & mes traits moins intéreſſants....

LA PRESIDENTE.

Ah ! mon cher Capitaine, que vous me connaiſſez mal ! Eſt-ce par la figure qu'on ſe laiſſe prendre, quand on a de la délicateſſe ? Et croyez-vous, ſi je n'avais pas découvert en vous un autre mérite....

MORON.

(*A part.*) Le mérite d'un Capitaine de voleurs ! Quelle délicateſſe ! (*Haut.*) Il vous ferait donc égal que je fuſſe l'Ecuyer d'un Prince, ou le Prince lui-même ; que mes traits fuſſent beaux ou laids....

LA PRÉSIDENTE.

Eſt-il jamais laid, celui qu'on aime ? Et celui qui plaît n'eſt-il pas l'égal des Monarques.

MORON.

Le beſoin d'épouſer vous fera donc paſſer par-deſſus ma naiſſance & ma figure ?

LA PRÉSIDENTE.

Dis : le beſoin d'aimer, mon cher Capitaine : oui, viens ſur l'heure, viens aux lieux où l'hymen doit nous unir, & n'attendons pas davantage le Notaire.

SCENE XV.

LES PRÉCÉDENS, LE PRINCE, MILADY.

LE PRINCE.

(*A Milady.*) Nous n'avons, Madame, qu'à attendre votre oncle dans cette ſalle : il ne tardera sûrement pas à revenir. Mais pourquoi n'y a-t-il point ici de lumière? Holà, hée! des flambeaux.

MORON. (*A part.*)

O ciel! je ſuis perdu, tout va ſe découvrir. (*On apporte des flambeaux.*)

LA PRÉSIDENTE.

Qu'entens-je!... Qu'ai-je vu!... Le Capitaine!.. O Ciel! je ſuis trompée... Le Capitaine m'échappe, & c'eſt un vil eſclave, un marmiton que j'allais épouſer, mais je ne ſerai pas leur dupe. Je vais trouver le Juge, & je veux les faire pendre tous : tremblez l'un & l'autre! (*Au Prince.*) Et toi, ſur-tout, qui venois de m'engager ta foi, & qui devais recevoir la mienne, tremble! Le gibet ne ſerait point aſſez pour punir ton crime : il eſt des échaffauds & des roues pour les ſcélérats qui abuſent des Préſidentes. Tu verras à mon retour ſi l'on ſe joue impunément de moi.

MILADY.

Prince, qu'ai je entendu?.... Serais-je trahie? Auriez-vous en effet donné votre foi à cette femme? Auriez-vous reçu la sienne?

LA PRÉSIDENTE.

Eh! quoi! Madame, vous pourriez croire....

MILADY.

Eh! qui ne croirait pas que vous m'avez trompée; après les reproches que vous a faits cette Présidente?... Prince, laissez-moi fuir, laissez-moi aller trouver mon oncle; & sur-tout ne me suivez pas, votre présence m'est devenue insupportable.

LE PRINCE.

Moi! ne pas vous suivre! Ah! ne l'espérez pas. Je mourrais plutôt, que de vous laisser dans une erreur qui peut m'être si funeste.

SCENE XVI.

MORON, *seul.*

MILADY est jalouse, & vraiment il y a bien de quoi. Les apparences ne sont pas en faveur de mon maître: il peut résulter de tout ceci une assez forte brouillerie. Tâchons de la prévenir, & sur-tout rattrapons, s'il est possible, ma chère Présidente.

FIN DU SECOND ACTE.

ACTE III.

SCENE PREMIERE.

LE PRINCE, MILADY, MILORD, MORON.

MILORD.

PRINCE, vons avez beau dire, il faut que cette femme soit folle, ou que vous soyez un trompeur.

LE PRINCE.

Vous saurez tout Milord, soyez tranquille. Milady n'a point mangé encore, voilà maintenant ce qui m'occupe: vous avez ordonné le souper. (*A Moron.*) Moron, va dire qu'on l'apporte.

SCENE II.

MILORD, LE PRINCE, MILADY.

MILORD.

En attendant qu'il arrive, je vais fumer. Vous permettez, Prince? Quant à ma nièce, elle est Anglaise, & nos usages n'ont rien qui l'incommode. (*Il arrange sa pipe, se met à fumer dans un coin, & dit à part.*) (Voilà ce que c'est que d'être beau garçon & Prince, on fait des conquêtes jusques sur les grandes routes.

LE PRINCE, *à Milady.*

Vous allez vous mettre à table, Madame: vous m'avez dit tantôt que vous aviez de l'appétit.

MILADY.

Tantôt cela pouvait être, mais à présent j'ai le cœur trop serré pour pouvoir manger la moindre chose; & d'ailleurs, s'il faut tout vous dire, je n'aime point à souper avec un infidèle.

LE PRINCE.

Ce reproche a droit de me surprendre, Madame.

MILADY.

Et que signifient les reproches de la Présidente? Ils doivent me surprendre bien davantage.

LE PRINCE.

Que les difcours de cette folle ne fufpendent point votre fouper plus long-temps : je vous expliquerai tout dans quelques minutes.

MILADY.

Expliquez-le moi fur l'heure : je mourrais de faim, plutôt que de l'ignorer.

LE PRINCE.

Eh bien ! apprenez . . . . . Mais les confidences ne doivent pas être faites devant des importuns, & en voici un qui nous arrive.

SCENE III.

LES PRÉCÉDENS, LE COEFFEUR.

LE COEFFEUR, *au fond du Théâtre.*

Un Valet d'écurie m'a dit qu'il venait d'arriver ici une fort jolie femme. Tâchons d'en faire, ou ma conquête ou ma pratique.

LE PRINCE.

(*A Milady.*) Cet homme vous regarde avec bien de l'attention, Madame. (*A part.*) C'eft un de nos originaux : qu'eft-ce qu'il peut lui vouloir ?

LE COEFFEUR, *à Milady.*

Est-il bien possible, Madame, qu'une personne aussi belle que vous, se trouve dans un lieu si sauvage ? Je crois voir la lune parmi les étoiles, une rose environnée de coquelicots, un vase de porphyre au milieu de bouteilles noires, le flambeau du jour ; enfin, le soleil lui-même ne brillerait pas davantage au sein de la plus sombre nuit.

LE PRINCE.

(*A part.*) Il lui parle d'un ton bien familier ! La connaîtrait-il en effet ?

MILADY.

Voilà, Monsieur, un compliment fort bien tourné sans doute ; mais je suis bien fâchée pour vous que tout cet étalage soit en pure perte ; car je n'ai pas l'honneur de vous connaître.

LE COEFFEUR.

(*A part.*) L'effronterie réussit toujours auprès des Dames : feignons de l'avoir déjà rencontrée. (*Haut.*) Vous ne me connaissez point, Mignonne ? Eh ! quoi ! vous avez déjà oublié que nous avons passé une année ensemble dans ce Château si magnifique, situé sur le bord de la Seine ?

MILADY.

J'ai fort bonne mémoire, je vous jure, & je ne me souviens pas de vous avoir rencontré de ma vie.

LE COEFFEUR.

LE COEFFEUR.

Parbleu ! la Belle, il me semble pourtant....

LE PRINCE.

Il me semble, Monsieur, que vous êtes un impertinent. Sortez tout-à-l'heure, ou craignez de m'échauffer la bile.

LE COEFFEUR.

Doucement, Monsieur l'Intendant ! Ce n'est point à un homme de votre état à parler de la sorte à un homme de mon ordre.

LE PRINCE.

Je me mocque d'un homme de votre ordre. Vous n'êtes qu'un fat en trois lettres, & en voici la preuve. (*Il lui donne un soufflet.*)

LE COEFFEUR.

O ciel ! où suis-je !... un soufflet ! & de la main d'un Intendant ! Tremblez ! je saurai quel est votre maître : il écoutera la plainte d'un Gentilhomme, & je vous ferai casser aux gages.

SCENE IV.

LE PRINCE, MILADY, MILORD, *toujours fumant.*

MILADY.

EH bien! Prince, nous voilà seuls. M'expliquerez-vous ce que c'est que cette foi donnée par une Présidente....

LE PRINCE.

Oui, Madame : quand vous m'aurez appris depuis quel temps vous connaissez ce Gentilhomme. (*A part.*) J'ai eu l'air infidèle à ses yeux, feignons de la croire telle.

MILADY.

Je vous jure, Prince, que je le vois ici pour la première fois de ma vie : mais il paraît que cette Présidente....

LE PRINCE.

Vous n'êtes pas à ne pas sentir que c'est une connaissance de voyage : au lieu que ce Gentilhomme....

MILADY.

Je n'ai pas besoin de vous persuader que je n'ai jamais eu la moindre liaison avec lui : mais vous ne me persuaderez pas que cette Présidente....

LE PRINCE.

Cette Présidente ne m'a jamais rien été, vous en êtes bien sûre : mais un homme qui prétend avoir passé un an avec vous dans un Château, & qui vous appelle Mignonne, ne vous est sûrement pas étranger ; & ce Gentilhomme....

MILADY.

Ce Gentilhomme a fait comme la plupart des voyageurs, qui se donnent des libertés qu'on n'excuserait point dans le séjour des villes. D'ailleurs, il est pris de vin, peut-être, &....

LE PRINCE.

Oh ! pour cela non, Madame : car lui & ses autres camarades, n'ont ni bu, ni mangé depuis la dînée : j'en suis sûr, Madame : ainsi donc, sa tête n'était point troublée quand il a prétendu vous connaître.

MILADY.

Une preuve qu'elle l'était, Prince, c'est qu'il vous a appellé Monsieur l'Intendant ; qu'il vous a menacé d'aller se plaindre à votre maître du soufflet que vous lui avez donné : & à moins qu'on n'ait perdu l'esprit, comment peut-on prendre un Prince pour un Intendant ?

LE PRINCE.

Il a eu des raisons de m'appeller Monsieur l'Intendant : mais peut-il en avoir de vous appeller Mignonne, si ce n'est celles que peut-être ?...

MILADY.

Moi! j'aurais fourni à cet homme quelques raisons de m'appeller Mignonne? Assurément, Prince, voilà un reproche auquel je ne me serais guères attendue. Je ne lui ai point donné ma foi du moins : vous brûlez de rompre avec moi pour aller joindre cette Présidente, qui déjà est en possession de la vôtre : & n'ayant point de prétexte honnête pour me quitter, vous vous en faites un des discours d'un insensé, qu'enhardit la liberté des voyages. Mais je ne suis point votre dupe : un piège si grossier n'est point fait pour que j'y tombe. Allez, allez trouver votre Présidente; & moi, je vais prier mon oncle de me conduire en Angleterre.

LE PRINCE.

(*A part.*) Fâchons-nous plus qu'elle, afin de l'appaiser.... (*Haut.*) Allez en Angleterre, Madame; & moi, cependant, je vais chercher votre Gentilhomme dans cette Auberge; & si je le rencontre, nous nous verrons de près.

SCENE V.

LES PRÉCÉDENS, MORON.

MORON.

Le souper est prêt, Monseigneur : on va le servir de nouveau. Ainsi vous pouvez vous remettre à table.

LE PRINCE.

Va te promener avec ton souper.

MORON.

Oh, oh! voilà la seconde fois qu'il refuse de manger. L'amoureuse sera plus raisonnable, peut-être. (*A Milady.*) Vous devez avoir faim, Madame : on vous apporte une admirable dinde aux truffes: vous plairait-il de....

MILADY.

Laisse-moi tranquille avec ta dinde.

MORON.

Voilà qui est singulier! tous deux ont la même manie. Quand j'ai lu dans certains livres que les Amans ne mangeaient point, j'ai cru que c'était une fable. Je vois pour le coup que c'est une vérité. Comme ils soupirent!.., C'est ce qui les nourrit, peut-être... C'est pourtant une viande creuse, que des soupirs, Milord ne parait point en faire cas, voyons.

s'il voudra m'entendre. (*A Milord.*) Vous avez dit tantôt, Milord, que l'amour ne vous empêchait point de manger. Voudriez-vous bien en ce moment, donner un exemple très-nécessaire à Milady & à mon maître? (*Milord sans répondre, exhale au nez de Moron une gorgée de fumée.*) Voilà, Milord, une réponse fort obscure. Ne pourriez vous pas m'en faire une où il y ait un peu plus de clarté? (*Milord exhale une seconde gorgée.*) Quels Diables de gens! Milord m'enfume sans me rien dire! Milady & le Prince, qui tantôt étaient si charmés de se revoir, maintenant se tournent le dos & gardent un profond silence. Cette bouderie peut les amuser, mais je n'y trouve pas mon compte. N'ayant pu me marier avec la Présidente, il faut du moins que je marie Milady & le Prince. Dans le premier cas, c'est moi qui aurais fait les présens de nôces. Dans le second, c'est moi qui les recevrai; je ne puis que gagner à cette échange. Ainsi, tâchons de les raccommoder. (*Au Prince.*) Puisque vous ne voulez pas manger, Prince, me ferez-vous au moins la grace de me dire d'où peut naître votre colère?

LE PRINCE.

Tu te souviens, Moron, de cet homme qui a dit tantôt qu'il avait fait long-temps sa cour à Milady, & que, s'il avait voulu pousser sa pointe auprès d'elle....

MORON.

Si je m'en souviens, Monseigneur? Je crois vous avoir dit que c'était un Coëffeur de petites maîtresses.

LE PRINCE.

Tu l'as cru, Moron, mais cela n'est pas possible. Figure-toi que cet homme vient de parler à Milady du ton le plus familier, qu'il l'a appellée Mignonne, & qu'il prétend avoir passé un an avec elle dans un Château magnifique....

MORON.

N'avez-vous point contre Milady d'autres chefs d'accusation ?

LE PRINCE.

Il me semble que celui-là est assez fort pour mériter qu'on s'en lave.

MORON.

On s'en lavera, Prince, soyez tranquille, & laissez-moi maintenant interroger votre partie adverse. (*A Milady.*) Puisque vous m'avez caché, Madame, les raisons qui vous ont empêchée de vous mettre à table, me sera-t-il permis de savoir celles qui vous ont si fort irritée contre le Prince ?

MILADY.

Tu le sais bien, Moron : tu étais ici lorsque cette Présidente ....

MORON.

Je me souviens en effet, que tantôt j'étais ici avec la Présidente.

MILADY.

Eh bien! quelles paroles a-t-elle adressées au Prince ?

Et toi, a-t-elle dit, *qui venais de m'engager ta foi, & qui devais recevoir la mienne.* Après cela, Moron, puis-je encore aimer le Prince ?

MORON.

Vous n'avez point d'autre grief contre lui ?

MILADY.

En voilà bien assez, je pense.

MORON.

Approchez-vous donc tous les deux, & puisque vous m'avez choisi pour Juge, écoutez bien : voici mes conclusions. Vous vous plaignez, Madame, qu'une Présidente a rappellé au Prince la foi qu'il lui avait donnée. Sachez, que cette Présidente, est une vieille folle qui a cinquante ans passés : qu'elle s'est amourachée de mon maître, qui me l'a généreusement cédée ; & que je venais, moi, de lui déclarer ma tendre flamme, quand vous m'avez trouvé ici tête à tête avec elle.

MILADY.

Si elle a cinquante ans & qu'elle soit bien laide, il est difficile que j'en veuille davantage au Prince... Et s'il m'avait prévenue de ces deux choses, un mot nous eût épargné bien des chagrins.

MORON.

Eh! Madame, vous l'avez vue cette Présidente, & ces deux choses ne sont-elles pas gravées sur son front en caractères ineffaçables ?

MILADY.

Laide & cinquante ans ! La pauvre femme ! je sens qu'elle m'intéresse ... Et après cet éclaircissement, il n'est guères possible que...

MORON.

Que vous ne pardonniez point au Prince, n'est-ce pas ? A merveille, Madame, mais cela ne suffit pas. Il est fâché aussi, le Prince, & il faut aussi que je l'appaise. Prince, regardez-moi en face, je vous prie. (*Le Prince se tourne, & voyant Milady qui le regarde avec tendresse, il détourne la vue avec humeur.*) Tournez un peu la tête, Madame, le Prince n'est pas en état encore de soutenir vos regards : le soleil se montrera mieux quand j'aurai dissipé les nuages. (*Au Prince.*) Regardez-moi en face, Monseigneur : là là, je vous prie, & dites-moi : ai-je l'air d'un imbécille ? (*Le Prince hausse les épaules.*) Il n'est pas question de hausser les épaules, mais de répondre. Ecoutez-moi donc : si j'étais un imbécille, je ne connaîtrais point les hommes, je ne les observerais point. Ai-je l'air de ne lès avoir point observés & de ne les pas connaître ?

LE PRINCE.

Où veux-tu en venir avec ce préambule ?

MORON.

Quand je vous ai dit que l'homme de tantôt, que l'homme qui vous donne de la jalousie, était un Coëffeur de petites maîtresses, auriez-vous dû ne pas me croire. Tenez, lisez l'adresse de cette lettre qui est tombée de sa poche, & que je viens de ramasser.

LE PRINCE, *lisant.*

A Monsieur Paul-Isidore de la Fariniere, Maître Coëffeur, rue des Vieilles-Etuves, à Paris. (*Riant.*) Ah! ah! ah! ah! ah! ah!

MORON.

Vous riez, Prince! C'est bien le parti le plus sage, & celui que d'abord vous auriez dû prendre. Cet homme étant un Coëffeur, quelle vraisemblance y a-t-il qu'il ait fait sa cour à Madame, qu'il ait passé un an avec elle dans un Château magnifique.

MILADY.

Et comment se fait-il que le Prince ait pu croire....

LE PRINCE.

Et pensez-vous que j'aie rien cru, Milady? Pensez-vous qu'un objet si méprisable, ait pu m'inspirer de la jalousie? Je serais bien méprisable moi-même, & bien indigne de vous. Je n'aurais pu être vraiment jaloux, que d'un homme qui aurait sçu vous plaire.

MILADY.

Vous venez de le paraître, cependant....

LE PRINCE.

Pardonnez, belle Milady, pardonnez une ruse innocente, que votre exemple a autorisée. Tantôt pour m'éprouver vous en avez employé une, & j'ai cru ne pouvoir mieux faire que de vous imiter.

MILADY.

Il est vrai que tantôt j'ai voulu éprouver votre amour.

LE PRINCE.

Et moi, votre caractère. Je vous ai vue jalouse & fâchée, & j'ai feint d'être jaloux & fâché, pour m'assurer de l'impression que feraient sur vous mes reproches. Avant que de s'épouser, il est permis de chercher à se connaître : au lieu de vous plaindre, Milady, remerciez-moi ; vous n'avez fait que gagner au piège que je vous ai tendu.

MILADY.

Pourquoi ne pas me dire que vous étiez innocent ? vous vous seriez épargné la peine de m'éprouver ; & ni l'un, ni l'autre n'aurions témoigné de la jalousie.

LE PRINCE.

Je vous l'aurais dit vainement, vous ne m'auriez pas cru : fausse ou vraie d'ailleurs, la jalousie n'est point un sentiment qui puisse offenser la beauté. L'on prouve qu'on aime beaucoup, quand on craint de n'être plus aimé.

MILADY.

Il est vrai, Prince, que ce crime, si c'en est un, porte son excuse avec lui, & ne croyez pas que je sois offensée : je vous pardonne, étant aussi coupable que vous-même, & ayant le même besoin que vous d'être pardonnée. Laissons donc le prétendu Gentilhomme; ne parlons plus de la Présidente, mais de vous, Prince. Expliquez-moi.....

MORON.

Un moment, s'il vous plaît, Madame, ne passons point si légèrement sur les formes. Lorsqu'un Juge par sa sagesse, a mis d'acord deux ennemis, il les engage à s'embrasser.

MILADY.

Je viens de dire que je ne me croyais point offensée; ainsi cette formalité est inutile.

LE PRINCE.

Eh bien! Milady, donnez-moi un gage que vous ne l'êtes point, & permettez-moi de le prendre sur votre main charmante.

MILADY.

J'y consens. Ne croyez pas néanmoins que l'explication soit finie. Pourquoi donc le prétendu Gentilhomme vous a-t-il appellé Monsieur l'Intendant? Pourquoi vous a-t-il menacé d'aller se plaindre à votre Maître? Ces propos m'ont plus étonnée encore, que tous ceux qu'il m'a tenus; & je vous serai obligée de me donner le mot de cette énigme.

LE PRINCE.

Très-volontiers, Madame. Quoique vraiment risible, notre double méprise l'est moins que celle du prétendu Gentilhomme, & vous allez en juger. Je vous ai déjà raconté comment Moron & moi, après avoir été arrêtés, par des voleurs, avons pris la Diligence : à peine étions-nous dans cette Auberge où cette voiture nous a conduits, que voulant connaître nos compagnons de voyage, nous nous sommes mis en embuscade pour les épier. Il est impossible de vous donner une idée, même imparfaite, de leur extravagance & de leur ridicule.

MILADY.

Combien étaient-ils dans cette voiture ?

LE PRINCE.

Deux femmes & trois hommes, car nous exceptons Milord de cette cohue : le silence qu'il garde, soit par habitude, soit par prudence...

MILORD, *toujours assis & fumant.*

Par habitude & par prudence.

LE PRINCE.

Son silence, marque ordinaire d'un esprit sage, nous a prouvé qu'il fallait le distinguer des autres. Vous saurez donc, Milady, que ces Messieurs & ces Dames nous ont pris d'abord, moi pour un Capitaine de voleurs, & Moron pour un Soldat de ma Compagnie. Ce n'est pas tout ; les entendant vanter leur naissance, faire parade de leur richesse, & s'attribuer des prérogatives, qui, en France, n'appartiennent qu'à la noblesse & aux gens de qualité ; pour me venger de leurs impertinences, j'ai cru devoir me mettre autant au-dessous d'eux, qu'ils se mettaient au-dessus de moi ; en conséquence, lorsqu'ils m'ont interrogé, je leur ai dit que je servais chez une Dame en qualité d'Intendant, & que Moron remplissait chez la même Dame l'office de Marmiton.

MILADY.

Voilà une plaisante idée! D'après cela, ils n'auront pas voulu souper avec vous, je gage?

LE PRINCE.

Vous devinez, Milady : on servait en ce moment; ils avaient presque tous une faim de voyageurs, c'est tout dire; & pour ne point souper avec un Intendant, ils ne se sont point mis à table.

MILADY.

Voilà, il faut en convenir, des gens de qualité un peu difficiles.

LE PRINCE.

Des gens de qualité! Ah! vous leur faites beaucoup d'honneur, Madame; leur conversation nous a bientôt décélé leur origine. l'un est Coëffeur de son métier; & celui là, vous venez de le voir à l'instant, c'est l'insolent qui vient de vous appeller Mignonne, il ne s'est servi que de termes pris de sa profession. L'autre, qui n'a parlé que de mangeaille, est un Maitre-d'Hôtel ou un Traiteur; & tenez, voilà Moron, qui vous dira que le troisième lui a pris mesure d'un habit.

MORON.

Ah! mon Dieu! Milady, rien n'est plus vrai. Je servais alors chez le Comte de Célicour, & même cet habit était si étroit, le drôle avait tellement épargné étoffe, qu'il fut soupçonné, avec raison, d'en avoir ardé la moitié. Mais, Monseigneur, vous oubliez notre aronne, qui ne vit qu'au milieu des roses.

MILADY.

Eh bien! cette Baronne?

MORON.

Malgré les agaceries qu'elle m'a faites, cette Baronne, à ce que je crois, n'est qu'une Marchande de Modes.

MILADY.

Est-ce que parmi tout ce monde il n'y a pas une personne comme il faut?

LE PRINCE.

Cette folle de Présidente en est vraiment une: elle a toute la morgue de la Magistrature, & sûrement elle sera plus punie que moi, quand elle saura....

MILADY.

Il faudrait les avertir de ce que vous êtes, pour qu'on vous rendît enfin ce qui vous est dû. Ne ferais-je pas bien de vous nommer devant tout ce monde?

LE PRINCE.

Gardez-vous-en bien, Madame, je ne désire point d'en être connu.

MILADY.

Soit. D'ailleurs, il me parait juste de les punir, en ne leur disant pas qui nous sommes.

LE PRINCE.

Les voici tous : il est temps de nous mettre à table : Milord ne demande pas mieux, à ce qu'il me semble : recevons-les donc en mangeant ; & ne craignez pas qu'ils daignent nous faire l'honneur de souper avec nous. (*Milord, Milady, le Prince se mettant à table ; Moron les sert, une serviette sous le bras. Milord, selon sa coutume, mange sans rien dire.*

SCENE VI.

Mademoiselle POUF, LE MAITRE-D'HOTEL, LE TAILLEUR, LE COEFFEUR, LE PRINCE, MILADY, MILORD, L'HOTESSE.

LE MAITRE-D'HOTEL.

Eh bien ! Monsieur l'Intendant ! est-ce que vous n'avez pas encore soupé ?

LE PRINCE, *mangeant.*

Non, assurément : je commence à peine de manger ; & il n'y a pas apparence que j'aie fini si-tôt.

LE TAILLEUR.

Il est tems néanmoins que vous finissiez : la promenade que nous venons de faire a redoublé notre appétit ; & nous ne pouvons plus attendre.

LE MAITRE-D'HOTEL.

LE MAITRE-D'HOTEL.

Morbleu! je mangerais des pierres.

LE COEFFEUR.

Je sens que je vais dévorer.

Mademoiselle POUF.

Je meurs de besoin.

LE PRINCE.

Je suis bien fâché, Messieurs & Madame, de voir que la faim vous presse au point que vous le dites; mais il est certain qu'elle va vous presser bien davantage., car mon habitude, quand je suis en route, est de passer la nuit à table.

LE MAITRE-D'HOTEL.

Miséricorde! La nuit à table! Ma chère dinde aux truffes! c'est donc en vain que j'avais jetté sur toi un dévolu?

LE TAILLEUR.

La nuit à table! Et il faudra que durant cet intervalle, nous regardions souper Monsieur l'Intendant.

LE COEFFEUR.

Monsieur l'Intendant se donne des airs de Prince; il a un grand couvert comme eux.

MORON.

Qu'y a-t-il donc là de si nouveau? Monsieur l'Intendant se donne les airs (*A part.*) de ce qu'il est.

LE MAITRE-D'HOTEL.

Il n'est pas jusqu'à Monsieur le Marmiton, qui ne veuille aussi se donner des airs. Il est tems de rabattre ce caquet; où est l'hôtesse ?

L'HOTESSE.

Me voilà, Monsieur : qu'est-ce qu'il y a pour votre service ?

LE MAITRE-D'HOTEL.

Il est indécent, Madame l'hôtesse, qu'un homme comme Monsieur, reste si long-temps à table; & surtout, qu'il fasse attendre des gens comme nous. Voilà près d'une heure qu'il mange, ou plutôt, c'est pour la deuxième fois qu'il soupe, & nous n'avons rien pris depuis dîner.

LE TAILLEUR.

J'ai fait la folie de ne pas dîner, pour souper davantage, & j'en mourrai si je ne mange pas à l'heure même.

L'HOTESSE.

Je veux bien croire, Monsieur & Madame, que vous êtes des gens de la plus grande distinction, & que votre rang ne vous permet pas de manger avec Monsieur; mais, ma foi, en route, tout le monde est égal, &....

LE COEFFEUR.

Comment! tout le monde est égal! Vous pensez qu'une Baronne comme Madame, que des gens de qualité comme ces Messieurs, & qu'un Gentilhomme comme moi, ne sont pas à cent piques au-dessus d'un criquet d'Intendant.

LE PRINCE, *à Moron.*

A boire! (*Moron lui verse du vin.*) A votre santé, Madame la Baronne! A votre santé, hauts & puissants Seigneurs! Mes Seigneurs, mes Compagnons de voyage.

LE MAITRE-D'HOTEL.

Grand bien vous fasse, Monsieur l'Intendant. (*A part.*) Je voudrais que ce fût là son dernier verre.

L'HOTESSE, *au Coeffeur.*

Vous faites sonner bien haut ce nom de Baronne! Parce que Madame est Baronne, vous croyez....

Mademoiselle POUF.

Parlez plus doucement, ma mie; les Baronnes ont le droit de faire mettre en prison les Aubergistes insolentes, & prenez garde de ne point aller y passer la nuit.

L'HOTESSE.

Ma foi, Madame la Baronne, puisque Baronne y a, dussé-je y passer ma vie, cela ne m'empêchera pas de dire qu'on voit dans le monde des gens bien ridicules. Madame que voilà est une Lady, j'en suis sûre, & je l'aurais deviné à l'air de son visage, quand même ses domestiques ne me l'auraient pas dit; une Lady vaut bien une Baronne, je pense; & cependant, voyez si elle a fait tant de façons que vous autres pour se mettre à table? Tenez, Messieurs, qui faites tant les fiers; &

vous, Madame, qui êtes si haut montée, faut-il vous parler avec franchise ? Les Nobles véritables ne sont jamais orgueilleux. Il n'y a que les Parvenus ou les Roturiers, qui soient.... Dieu me pardonne ! J'allais dire une sottise, & il vaut bien mieux que je m'en aille. (*Elle sort.*)

LE COEFFEUR, *bas au Maître-d'Hôtel.*

Cette Belle, une Lady ! La pauvre Hôtesse ! comme elle est dupe !

LE MAITRE-D'HOTEL, *bas au Coëffeur.*

C'est une Lady comme je danse.

SCENE VII.

LES PRÉCÉDENS, LA PRÉSIDENTE, *suivie de plusieurs* OFFICIERS DE JUSTICE.

LA PRÉSIDENTE, *aux Officiers de Justice.*

AVANT de les arrêter, faites-leur décliner leurs noms & qualités sur l'heure, & commencez par le plus coupable.

LA BARONNE.

Eh quoi ! Madame la Présidente ! Que signifie ce ton de menace ? En quoi avons-nous mérité ?....

LA PRÉSIDENTE.

Ce n'est point à vous que j'en veux, Madame la

Baronne, ni à ces Messieurs, que je considère : c'est au scélérat que voici ; (*Montrant le Prince.*) il faut que je le fasse pendre, rouer, écarteler, brûler vif, & que je purge la société d'un Monstre....

LE PRINCE.

Doucement, Madame la Présidente ! Ne vous êtes-vous point déjà assez trompée sur mon compte ? Voulez-vous encore....

LA PRESIDENTE.

Je veux te punir, perfide ! je veux te faire traiter comme tu le mérites. Quand tu nous a dit tantôt que tu étois l'Intendant d'une Dame, penses-tu que j'aie été ta dupe ; & lorsque d'abord j'ai dit qui tu étois en effet, est-ce alors que je me suis trompée ? S'il est vrai que tu sois un Intendant de Maison, eh bien ! dis-nous d'abord le nom de ta maîtresse, le nom de son mari, son nom de famille, sa demeure, son âge, ses qualités ? Voyez-vous comme il se trouble à cette demande ! Ecrivez, Monsieur le Greffier. (*Le Greffier écrit.*) Ecrivez qu'il s'est troublé quand on a voulu savoir de lui le nom de sa maîtresse. Eh bien ! tu ne peux donc pas le dire, ce nom qu'on attend de toi ?

LE PRINCE, *se levant de table.*

Le nom de ma maitresse ? De celle, qui, régnant sur mon cœur, a le droit de me tout commander, & d'espérer tout de mon obéissance ? De celle enfin, dont je suis le serviteur le plus soumis & le plus fidèle ?

LA PRÉSIDENTE.

Voilà bien de grands mots pour peu de chose. De celle que tu sers en qualité d'Intendant, & dont tu es le domestique.

LE PRINCE, *montrant Milady.*

Eh bien! la voilà, Madame, la voilà cette maîtresse que je sers : cette souveraine dont je suis fier d'être l'esclave. Regardez-la, & jugez si je pouvais m'attacher à quelqu'autre ?

LA PRÉSIDENTE.

Et tu la nommes cette Dame ? Cette Souveraine ?

LE PRINCE.

Milady Semours, Madame.

LA PRESIDENTE.

Oh ! pour le coup voilà encore un bon mensonge ! Ecrivez ce qu'il vient de dire : que Milady Semours était sa maîtresse, & que la Belle ici présente, est Milady Semours. (*au Prince.*) A toi maintenant ! Auras-tu bien la complaisance, ou plutôt l'impudence, de nous dire comment tu te nommes ?

LE PRINCE.

Je n'aurai ni l'une ni l'autre, Madame, je ne fais rien par complaisance, & l'impudence n'est pas mon défaut. Je ne vous dirai point comment je me nomme.

LA PRÉSIDENTE, *à Mademoiselle Pouf.*

Oh ! je le crois : quand on est, peut-être, le parent de Cartouche...

LE PRINCE.

Et puis, que vous importe de ſavoir comment un pauvre Intendant ſe nomme?

LA PRÉSIDENTE.

Voyez-vous comme il revient toujours à cette qualité ſuppoſée d'Intendant! Vous ſeriez trop heureux, Monſieur le Capitaine, d'être un Intendant honnête; mais c'eſt en vain que vous voulez nous le faire croire. Excellente tantôt, cette plaiſanterie eſt maintenant très-déplacée: c'eſt au nom de la Juſtice qu'on vous interroge. Répondez donc avec vérité, ſans quoi...

MILADY.

Nommez-vous, Prince, que ſert de vous expoſer plus long-temps aux nobles ſarcaſmes de Madame la Préſidente.

LA PRESIDENTE, *à Mademoiſelle Pouf.*

Prince! lui dit-elle: ces gens-là s'entendent comme larrons en foire.

MILADY.

Les choſes d'ailleurs en ſont venues au point qu'il faut vous faire connaître.

LA PRÉSIDENTE.

Sans doute: mais cependant, ne croyez pas qu'il diſe ſon nom véritable.

LE PRINCE.

Vous vous trompez, Madame: je le dirai, puiſque Milady l'ordonne. Ecrivez: le Prince Salvator.

TOUS LES ACTEURS, *excepté Milady, Milord & Moron.*

Le Prince Salvator !

LA PRESIDENTE.

Excellent ! Monsieur le Greffier, excellent ! Ecrivez qu'il prend le nom d'un autre : il ne dit pas un mot qui ne fournisse des preuves contre lui. O le bon interrogatoire ! le bon interrogatoire !

LE PRINCE, *sans affectation.*

Oui, Monsieur, Ecrivez que je me nomme le Prince Salvator, & ajoutez que je vous en ai montré la preuve. *Il ouvre son habit, & montre les cordons de son Ordre.*

LA PRESIDENTE.

Ajoutez qu'il vous en a montré la preuve.

MORON.

En gros caractères, le Prince Salvator ; & plus bas, en lettres majuscules, César-Alexandre Moron, son Ecuyer.

LA PRÉSIDENTE, *vivement.*

Et son Complice. Mais il doit en avoir d'autres ; & Monsieur .... (*Montrant Milord.*) sans doute est du nombre, puisqu'il n'a pas craint de manger avec lui. Madame, (*Montrant Milady.*) croit-elle aussi qu'il ne craindra point de faire coucher son nom sur ce registre ?

MILADY.

Et pourquoi mon oncle refuserait-il de dire son nom ? N'est-il pas assez connu & assez noble ?

MILORD.

C'est Broumton que je me nomme.

LA PRESIDENTE.

Eh quoi! Broumton tout court! Monsieur n'est-il pas aussi Souverain de quelque contrée?

MILORD.

Je le suis de moi-même, & voilà le plus bel Empire. Faites ajouter, si vous voulez, Lord, Duc, & Chevalier de l'Ordre de la Jarretière, dont voici la marque. (*Il montre l'Ordre de la Jarretière.*)

LA PRESIDENTE.

Milord! Duc! Milady! Prince! Eh bien! (*Aux Officiers de Justice.*) En est-ce assez pour arrêter ces drôles? Vous ne doutez pas, je pense, que ces cordons & ces jarretières, ne soient des vols qu'ils aient faits; & que les titres de Milord & de Prince, ne soient de faux titres qu'ils se donnent? Eh quoi! vous ne bougez pas! vous ne leur mettez pas tout de suite les fers aux pieds & aux mains? Et lorsqu'une Présidente vous commande....

UN OFFICIER *de Justice.*

Modérez-vous, Madame la Présidente, modérez-vous. La Justice, vous ne l'ignorez pas, doit péser mûrement les choses, avant que d'en venir à des voies de fait. Pour prouver que ces Messieurs sont des malfaiteurs, il n'y a que votre délation, & elle n'est pas suffisante: vous savez la Loi, Madame: *testis unus, testis nullus.*

LA PRESIDENTE.

Fort bien, Monsieur, à merveille! Vous avez raison dans tous les points: mais, interrogez ces Messieurs & Madame la Baronne, & vous verrez si je suis la seule ici qui témoigne contre cette troupe.

Mademoiselle POUF.

Moi! Madame; quand vous avez pris le Prince pour un Capitaine de voleurs, ne vous ai-je pas dit qu'il avait un air noble & distingué qui annonçait sa haute naissance?

LA PRESIDENTE.

Oui: mais malgré cet air noble & distingué, vous & ces Messieurs, vous avez refusé de vous mettre avec lui à table.

LE TAILLEUR, *d'un air humble & timide.*

Mon appétit n'était pas encore ouvert, quand j'ai refusé de souper avec le Prince.

LE MAITRE-D'HOTEL.

Vous devez vous souvenir, Messieurs, que je brûlais de lui tenir compagnie, & que vous seuls vous y êtes opposés.

LE COEFFEUR.

Ce n'est pas la figure du Prince qui m'a empêché de souper avec lui: c'est, je vous l'avoue, celle de Monsieur Alexandre Moron, son Ecuyer.

MORON.

(*A part.*) Le fat! il faut le laisser dire, il sera bientôt puni.

Mademoiselle POUF.

Pour moi, je me ferais estimée fort heureuse de souper avec le Prince, mais lorsqu'il nous a dit qu'il était un Intendant . . . .

L'OFFICIER *de Justice.*

Vous voyez, Madame la Presidente, que Personne ne vous seconde. Vous prétendez que ces Messieurs ont usurpé ces marques d'une naissance auguste, qu'ils viennent de nous montrer : ces Messieurs, quoique vous en disiez, ne portent point sur leur physionomie les caractères de bassesse & de fausseté qui décèlent les criminels : & le fussent-ils en effet, n'étant point sûrs que ces marques respectables ne sont point leur bien propre, nous ne pourrions point les arrêter sans un ordre du Roi lui-même. Rassurez-vous donc, noble Milady ; rassurez-vous, Prince, & vous aussi, Milord, si notre présence a pu vous causer quelqu'allarme : & puisque vous avez soupé, couchez-vous & dormez tranquilles. D'après les plaintes que Madame la Présidente a portées, le Juge m'a ordonné de savoir les noms de toutes les personnes de la Diligence. Il ne me reste donc plus qu'à suivre l'ordre du Juge, & qu'à faire coucher sur ce registre, le nom de Madame & de ces Messieurs, comme on y a couché les vôtres.

LE MAITRE-D'HOTEL.

(*A part.*) Fâcheuse cérémonie ! (*Haut.*) Ne pourriez-vous point repasser pour avoir nos signatures ?

L'OFFICIER *de Justice.*

Non, Monsieur : comme voici l'heure où l'on se couche dans ce village...

LE MAITRE-D'HOTEL *furieux.*

Eh quoi! Monsieur, est-ce que dans ce village on se couche sans souper?

L'OFFICIER *de Justice.*

Ce n'est pas ma faute, si ce malheur vous arrive. Vous n'avez pas voulu souper avec un Prince & une Milady. A vous d'abord, Madame la Baronne.

Mademoiselle POUF.

(*A part.*) Je sens que j'ai trop fait la Bégueule, je vais m'exécuter tout de suite. (*Haut.*) Je ne suis point une Baronne. Je me nomme Mademoiselle Pouf, tout court : je suis Marchande de Modes, à vous servir; & ma demeure est à Paris, rue Saint-Honoré, à l'enseigne du *Trait-Galant.*

LA PRÉSIDENTE.

O Ciel! Et voilà la créature que je prenais pour une Baronne! Je vois qu'on m'a bafouée, vilipendée, jouée. Je voulais faire pendre ce traitre; j'ai eu le malheur de manquer mon coup; je vais me pendre moi-même. (*Elle sort.*)

SCENE VIII.

LE PRINCE, MILADY, MILORD, MORON, Mademoiselle POUF, LE MAITRE-D'HOTEL, LE TAILLEUR, LE COEFFEUR, LES OFFICIERS DE JUSTICE.

MORON.

ECRIVEZ: Mademoiselle Pouf. Ce nom est un peu court pour une Baronne.

LE MAITRE-D'HOTEL.

Allons-nous-en, Messieurs, je crois qu'il ne fait pas bon ici pour nous.

LE PRINCE *les arrêtant.*

Où allez-vous, Messieurs? Ne voyez-vous pas que les portes sont gardées? Arrêtez, s'il vous plaît, arrêtez. (*A part.*) Il faut qu'à mon tour je les interroge. (*Au Maître-d'Hôtel.*) Avant de vous en aller, faites-moi le plaisir de me dire, vous d'abord, en quel temps nous nous sommes trouvés à voyager ensemble, en quel lieu vous avez soupé avec Milord & moi?

LE MAITRE-D'HOTEL.

Ne me questionnez pas davantage, Monseigneur:

je sens combien je vous ai manqué : je mériterais que vous me donnassiez cent coups de pied dans le ventre. J'ai voulu me faire passer pour un homme d'importance, & je me nomme Jacques de la Rémoulade, & ne suis que le Maître-d'Hôtel d'un Fermier-Général.

MORON.

Ecrivez : Jacques de la Rémoulade.

LE PRINCE.

Qui ne vit que de Faisants & de Gelinotes. (*Au Tailleur.*) Et vous, qui vous êtes dit le cousin de Milord à la mode de Bretagne, peut-on savoir votre origine, & le nom illustre que vous portez ? Il est aussi noble, je gage, & aussi harmonieux que le sien.

LE TAILLEUR.

Hélas ! Monseigneur, vous avez deviné. Je me nomme Nicolas Frippart, & ne suis qu'un honnête Tailleur.

LE PRINCE.

Honnête ! c'est beaucoup dire. Vous faites les habits bien courts, Monsieur Frippart. (*A l'Officier.*) Ecrivez Nicolas Frippart.

MORON.

Nicolas Frippart, Tailleur : qu'il sache à son tour ce qu'en vaut l'aune.

LE PRINCE, *au Coëffeur.*

Et vous, Monsieur, qui vous cachez maintenant, & qui faites si bien, après vos impertinences ; me direz-vous qui vous a présenté à Milady, en quels lieux vous l'avez connue, & dans quels temps sur-tout elle vous a témoigné les bontés infinies dont vous avez eu l'insolence de vous prévaloir?

LE COEFFEUR.

Regardez ma joue, Monseigneur : elle a porté la peine de mon crime. Ne poussez pas plus loin votre vengeance, & prenez pitié du Coëffeur Paul-Isidore de la Farinière.

L'OFFICIER *de Justice.*

Ecrivez : Paul-Isidore de la Farinière... Voilà donc les gens qui ont osé vous manquer de respect! Prince, ordonnez de leur sort : si vous dites un mot, nous allons les conduire en prison tout de suite.

LE MAITRE-D'HOTEL, LE TAILLEUR, LE COEFFEUR, *aux genoux du Prince.*

Pardonnez-nous, Monseigneur : nous n'avions pas l'honneur de vous connaître.

LE PRINCE.

Levez-vous tous, & ne craignez rien de ma colère : vous n'êtes dignes que de pitié.

L'OFFICIER *de Justice.*

Rendez grace à la bonté du Prince, & allez vous coucher sans bruit : nous, retournons faire notre rapport au Juge.

SCENE IX.

LE PRINCE, MILADY, MILORD, Mademoiselle POUF, LE MAITRE-D'HOTEL, LE COEFFEUR, LE TAILLEUR.

LE PRINCE.

ENCORE un mot, Messieurs: il est juste que je vous donne mes ordres, après avoir essuyé vos dédains. Je dois me marier incessamment, & c'est Milady que j'épouse. Vous, Mademoiselle Pouf, vous fournirez les ajustements & modes nouvelles.

Mademoiselle POUF.

Je serai très-honorée de servir Milady.

LE PRINCE.

Vous, Monsieur Frippart; vous ferez les habits de mes gens, à condition qu'ils ne seront pas trop étroits.

LE TAILLEUR.

Soyez sûr de ma probité.

LE PRINCE.

Quant à vous, Monsieur de la Rémoulade, vous ferez le repas de nôces, & n'oubliez pas sur-tout la dinde aux truffes.

LE MAITRE-D'HOTEL.

LE MAITRE-D'HOTEL.

Ne doutez point de mon zèle.

LE COEFFEUR.

Et moi, Monseigneur, ne me donnez-vous aucun mploi?

LE PRINCE.

Vous viendrez demain faire la barbe à Moron.

MORON.

Qui saura bien le lui rendre.

LE PRINCE.

Les chevaux doivent être prêts; rien ne nous retient plus: partons, Milord; partons, Milady, & hâtons-ous d'aller remércier votre père. Adieu, Madame la Baronne.

MILORD.

Adieu, mes chers cousins.

SCENE X, ET DERNIERE.

MORON, Mademoiselle POUF, LE MAITRE-D'HOTEL, LE COEFFEUR, LE TAILLEUR.

MORON, *les rassemblant.*

Vous voyez ce qui arrive, quand on a de la morgue & de la hauteur : on se trouve, sans le savoir, avec de plus grands que soi : on devient leur risée, on se couvre d'humiliation & de honte, & l'on est obligé d'aller se coucher sans souper.

FIN DU TROISIEME ET DERNIER ACTE.

L'ÉPREUVE SINGULIERE, *OU* LA JAMBE DE BOIS.

COMÉDIE

EN TROIS ACTES, ET EN PROSE.

Omnia vincit Amor .....

VIRGILE.

Q 2

PERSONNAGES.

LE LORD DAMBI.

LADY WELTON.

TOM, Valet du Lord Dambi.

BETSI, Suivante de Lady Welton.

LE DOCTEUR JONESMANN.

UN LAQUAIS.

La Scène est à Londres.

L'ÉPREUVE SINGULIERE, OU LA JAMBE DE BOIS, COMÉDIE.

ACTE PREMIER.

SCENE PREMIERE.

LADY WELTON, BETSI.

BETSI.

Vous paraiſſez rêveuſe, Milady ; qu'eſt-ce donc qui vous chagrine ? Vous êtes veuve, vous avez de la fortune, de la beauté, de la liberté ſur-tout : rien ne vous manque enfin. Qu'est-ce donc qui peut répandre sur votre front les nuages qui l'obscurcissent ?

LADY WELTON.

Ah! Betsi, tu me juges sur les apparences; & pour bien connaître mon état, il faudrait lire dans mon cœur.

BETSI.

J'y lis plus que vous ne pensez, peut-être. D'abord, ma chère maitresse, il n'y a à votre âge qu'une chose qui puisse vraiment tourmenter, c'est l'amour: & si j'en crois mes soupçons, le Lord Dambi est la cause unique de votre inquiétude.

LADY WELTON.

Betsi, tu ne l'ignores pas, depuis long-tems je l'aime: mais hélas! suis-je payée de retour ?

BETSI.

Et pourquoi Dambi ne vous aimerait-il plus ?

LADY WELTON.

Il arrive aujourd'hui de Paris, où il a passé deux ans: & quel homme fit jamais ce voyage, sans en revenir infidèle ?

BETSI.

Il est vrai que les Français passent pour très-volages, & que leur société peut nuire à un homme qui a des principes; mais ceux de Dambi sont inébranlables.

LADY WELTON.

Ah! Dambi est homme, & faible par conséquent.

En arrivant à Paris, il aura voulu étudier les mœurs, les usages, les ridicules même : il se sera fait présenter dans les maisons les plus opulentes ; & une fois entraîné par le tourbillon, a-t-on le tems de penser à ce qu'on aime ? Je crois voir Lise, Eglé, Doris, Célimène, se disputer à l'envi l'honneur de sa conquête. L'une l'invite à un Bal, l'autre à un souper tête à tête. Celle-ci lui donne un rendez-vous, en feignant de vouloir le consulter sur une affaire ; celle-là l'emmène à la campagne sous prétexte de lui faire admirer la beauté du Printems, & y passe avec lui tout le tems de cette saison dangereuse. Entouré de tant de pièges, assailli de tant de périls, quel homme pourrait ne pas y succomber ! D'ambi s'efforce en vain de me conserver son cœur : son cœur m'est enlevé par une coquette ; son cœur, mon seul trésor, devient le partage de quelque femme frivole, qui n'en sent point le prix : mes traits y sont remplacés par une image nouvelle, & tu veux que je sois insensible à un pareil malheur ?

BETSI.

Non, Milady, si ce malheur était réel, mais vos allarmes me semblent très-peu fondées.

LADY WELTON.

Tu sais, Betsi, combien les Françaises sont jolies.

BETSI.

Soit : mais les Anglaises sont belles.

LADY WELTON.

La beauté, j'en conviens, peut quelquefois l'emporter sur les graces, mais tu ne parles point de la coquetterie des Françaises, de cet art insidieux qu'elles mettent dans leur parure, dans leurs regards, dans leurs moindres discours ; art d'autant plus dangereux, qu'il est plus caché, & qu'il paraît toujours être un simple effet de la Nature. Nous ne savons qu'aimer, Betsi, & les Françaises savent plaire.

BETSI.

Eh bien ! elles doivent inspirer des goûts, & nous des passions.

LADY WELTON.

A la bonne heure. Mais les passions ne sont que trop souvent détruites par les goûts. Dambi lassé de sa chaîne, aura fait comme tant d'autres ; il l'aura brisée une fois, pour en prendre que l'on brise tous les jours.

BETSI.

Comment pouvez-vous, Milady, le calomnier à ce point ? Avez-vous oublié qu'il a refusé pour vous la main d'une Duchesse ? Et que ....

LADY WELTON.

On refuse une fois, une seconde même ; une troisième on cède, on se rend, & Dambi aura cédé.

BETSI.

Vous comptez donc pour rien l'attention qu'il a eue de se choisir un logement dans le même Hôtel que vous, les lettres qu'il vous a régulièrement écrites à tous les paquebots : ces égards, ces attentions, ces respects....

LADY WELTON.

Eh! ne sait-on pas qu'à Paris on est d'une politesse extrême? Dambi aura vu les Français en avoir beaucoup avec le beau sexe, & il aura cru devoir les imiter.

BETSI.

Vous ne croyez donc pas qu'il vous soit resté fidèle?

LADY WELTON.

Non, je ne le crois pas.

BETSI.

Eh bien! il y a un moyen bien simple de s'en assurer.

LADY WELTON.

Et lequel?

BETSI.

C'est de l'éprouver.

LADY WELTON.

L'éprouver! Et comment?

BETSI.

Vous avez eu la petite vérole pendant l'absence de Milord.

LADY WELTON, *avec vivacité & inquiétude.*

Tu me fais trembler, Betsi. Eh quoi! ce mal m'aurait-il enlaidie?

BETSI.

Enlaidie! Ah! vous savez bien que ce fléau de la

beauté n'a point osé toucher à la vôtre, & votre miroir a dû vous rassurer.

LADY WELTON.

Eh bien! comment veux-tu ....

BETSI.

Ne pourrait-on pas supposer que tout le mal s'est porté sur une jambe?

LADY WELTON.

Ensuite?

BETSI.

Qu'il s'est formé un dépôt sur cette jambe infortunée, & que pour vous sauver la vie, on a été obligé de la couper?

LADY WELTON.

Voilà bien la supposition la plus folle....

BETSI.

Soit. Mais cette supposition peut vous faire lire dans l'ame de Milord; & pourvu qu'elle vous éclaire sur ses vrais sentimens, qu'importe qu'elle soit folle ou raisonnable? Si Milord vous aime encore, malgré votre jambe de moins, s'il conserve le desir de vous épouser, je vous réponds de sa fidélité sur ma vie.

LADY WELTON.

Je veux le croire: mais si cet accident le dégoûte de moi, s'il cesse de m'aimer, en ne me voyant point telle que j'étais avant qu'il partît d'Angleterre?

BETSI.

Eh bien! vous ne l'épouserez point, & certes vous 'y perdrez pas grand chose : un homme qui renonce à sa maîtresse parce qu'elle est boiteuse, n'est sûrement pas un Amant à regretter. Pour moi, qui connois l'humeur volage de Tom, Valet-de-Chambre de Milord, & qui le soupçonne avec plus de raison d'avoir violé sa foi : voici le moyen que je prends pour l'éprouver à mon tour. (*Elle s'étend un ruban noir sur l'œil gauche.*

LADY WELTON.

Que fais-tu donc, Betsi?

BETSI.

Ne le devinez-vous pas en me voyant étendre ce ruban noir sur mon œil? Vous n'avez pas oublié, Milady, que j'ai eu aussi la petite vérole pendant l'absence de Milord; qu'ayant voulu vous garder nuit & jour durant votre maladie, je l'ai gagnée de vous, en vous rendant des soins; que sans le vouloir enfin, vous m'avez inoculée, je supposerai à mon tour que j'ai perdu un œil. Me voilà borgne enfin, autant qu'il soit possible de l'être. Vous n'avez plus qu'une jambe, & je ne vois plus que d'un côté. Ne trouvez-vous pas l'idée heureuse, quoiqu'extravagante; & n'imaginez-vous pas que ce double stratagême.... Mais j'entends du bruit: il ne faut pas qu'on vous voie encore, rentrez, Milady. Si c'est Milord, je vais sonder son cœur en lui apprenant votre prétendue infortune, & je vous apprendrai bientôt à vous-même si vous pouvez encore compter sur lui.

LADY WELTON.

Ah ! Betsi ! que tu as d'empire sur mon ame ! Tu fais bien de moi ce que tu veux.

BETSI.

Ce n'est pas moi qui ai cet empire, c'est l'amour : c'est lui seul qui vous rend si docile : & qui pourrait résister à un tel maître ?

SCENE II.

BETSI, UN LAQUAIS.

LE LAQUAIS.

Milord arrive à l'instant, ses équipages sont déjà dans la cour, & je viens pour vous l'annoncer.

BETSI.

Que Milord soit le bien arrivé ! nous l'attendions avec impatience. Et Tom, a-t-il suivi son maître ?

LE LAQUAIS.

Tom descend de cheval à l'heure même, & Milord & lui ne tarderont pas à paraître.

BETSI.

(*Apart.*) Bon! je craignais qu'il n'eût pas accompagné Milord. (*Au Laquais.*) Vous pouvez vous retirer, j'instruirai Milady de votre message.

SCENE III.

BETSI, *seule.*

Enfin, après deux ans d'absence, le Lord Dambi & Tom, vont reparaître dans cette Ville. J'ignore de quel œil Tom reverra celui qui me manque. Un œil de plus ou de moins serait pour moi peu de choses. Les femmes, quand elles aiment bien, ne regardent point à ces misères. Les femmes!... oui, les femmes, quoiqu'on en dise, ont une façon de sentir plus délicate que celle des hommes. Tom devrait avoir appris de moi à sentir de la sorte; mais Tom n'est point de ces Amans héroïques, dont le sentiment croît au sein des revers, & tire toute son énergie de l'infortune. Je crains bien que ce lugubre bandeau ne l'effraye : je crains bien qu'il ne me trouve enlaidie, & qu'ayant perdu à ses regards mon peu de beauté, je ne perde aussi son amour, & même son estime. Quant à Milord, quelque chose que ma maîtresse en pense, celui-là est au-dessus du vulgaire, celui-là est un homme que rien ne peut faire changer, & je ne doute pas qu'il ne sorte vainqueur de l'épreuve : mais je vois Tom arriver ; feignons, & tâchons de bien jouer notre rôle.

SCENE IV.

TOM, BETSI.

TOM.

EH ! te voilà, ma Belle ! Que je suis charmé de te revoir ! Qu'il me tardait de partir de France pour avoir ce plaisir ! Ah çà ! tu te rappelles sans doute la promesse que tu m'as faite avant mon départ ?

BETSI.

Quoi donc ?

TOM.

Qu'à mon retour de Paris tu me rendrais possesseur de ta jolie petite personne ; que je serais ton époux, que tu serais ma femme ; que le mariage enfin, nous unirait l'un & l'autre. Tu ne peux pas avoir deux paroles, & puisque l'hymenée va bientôt couronner mes vœux, tu me permettras, j'espère, de t'embrasser, & de prendre un à compte sur ... (*Il va pour l'embrasser, & recule appercevant le bandeau.*) Mais, que vois-je ? Quel est ce ruban qui te couvre le front ? Est-ce une parure nouvellement adoptée en Angleterre ? Et fait-on ici comme en France ? Y change-t-on de mode tous les huit jours ?

BETSI.

Hélas, mon pauvre Tom....

TOM.

Ah! je vois ta ruse, friponne : tu n'auras pris ce bandeau, qne pour mieux ressembler à l'Amour? Pourquoi recourir à un pareil stratagême?

L'Art n'est pas fait pour toi, tu n'en as pas besoin.

BETSI.

Ah! Tom! que tes plaisanteries sont déplacées! Et qu'il est malhonnête de se mocquer des gens, quand ils sont malheureux!

TOM.

Tu m'allarmes! Eh quoi! Quelqu'accident fâcheux t'aurait-il mise dans cet état? L'usage en Angleterre est de se battre à coups de poing, & de se porter les ongles dans la visière : me voilà au fait; ton humeur est vive & pétulante, quelque voisine t'aura cherché querelle, vous aurez commencé par les gros mots, vous aurez fini par les gourmades, & l'œil de ma Betsi....

BETSI.

Tu continues de plaisanter, & tu n'as pas honte de rire, quand tout le monde est ici dans les pleurs.

TOM.

Dans les pleurs! Apprends-moi donc vîte pourquoi, & je te promets, non-seulement de ne plus rire, mais de bien larmoyer à mon tour.

BETSI.

Tu ſais que durant l'abſence de ton maître, Milady a eu la petite vérole.

TOM.

Oui, on l'a écrit à Milord après que Milady a été guérie, ſans cela il n'aurait pas manqué de venir la voir.

BETSI.

Vous a-t-on écrit auſſi que je l'avais eue en même-tems que ma maîtreſſe.

TOM.

Je l'ai ſçu par Milord; mais te voilà bien portante, & Dieu merci, tu t'en es tirée ſans accident.

BETSI.

Sans accident! Ah! mon ami, ce ruban ne te dit-il pas le contraire?

TOM.

Quoi! ton œil.....

BETSI.

Tout le poiſon de la maladie s'eſt raſſemblé ſur lui, il a été fondu comme de la cire; & pour tout dire enfin, je ſuis devenue borgne.

TOM.

Qu'entends-je! Borgne!

BETSI.

Abſolument!

TOM.

TOM, *voulant ôter le bandeau*.

Quoi ! si j'ôtais le bandeau qui couvre cet œil, & qu'avec la main je fermasse l'autre, aucun objet ne frapperait ta vue ! Cet œil, autrefois si brillant, est confisqué sans ressource.

BETSI.

Ah ! garde-toi bien d'y toucher, tu me causerais des douleurs insupportables. Non, mon cher, non, je ne vois plus goutte de cet œil malheureux, il ne me sert plus de rien ; mais par bonheur, il m'en reste un autre pour te regarder ; & mon cœur, qui n'a point souffert de la maladie, est tout plein encore de ton image.

TOM.

O beaux yeux ! où j'aimais tant à lire mon plaisir & ma peine, je ne vous verrai donc plus qu'à moitié ? Où suis-je ? Que vais-je devenir depuis que votre clarté m'est ravie ? La nuit m'environne, j'erre dans les ténèbres : qui pourra m'indiquer la route pour sortir de ces lieux ? (*Il veut sortir.*)

BETSI *l'arrêtant*.

Eh quoi ! déjà tu m'abandonnes ! Quoi ! l'œil qui me reste n'est-il pas assez beau pour te captiver ?

TOM.

Eh ! que m'importe, hélas ! qu'il n'ait pas subi le sort de son camarade ? Tu ne peux plus me voir que d'un côté : & moi, infortuné ! Moi ! qui aimais tes yeux plus que les miens, je ne pourrai plus dire en parlant de ces yeux adorables : ô beaux yeux ! mes flambeaux ! mes étoiles pôlaires ! mes soleils !

BETSI.

Eh bien ! tu diras : ô bel œil ! mon flambeau ! mon étoile polaire ! mon soleil !

TOM.

Fi donc ! ma chère : depuis que j'ai été en France, j'ai une horreur invincible pour le singulier : il n'y a plus que le pluriel qui me charme.

BETSI.

(*A part.*) Le perfide ! comme il me traite !

TOM.

Et puis, je reviens de Paris avec deux yeux pour te voir, deux oreilles pour t'entendre, deux pieds pour te suivre par-tout ; je m'apporte enfin tout entier, & je voudrais qu'à ton tour il ne te manquât rien ; que tu eusses aussi deux yeux pour me contempler, deux...

BETSI.

N'ai-je pas deux mains que tu pourras serrer dans les tiennes ? Deux joues que tu pourras baiser ? Deux...

TOM.

Soit. Mais si tu venais à perdre ton autre œil ; tu ne serais plus qu'une maison sans fenêtres : & comment veux-tu...

BETSI.

C'est-à-dire que tu ne m'aimes plus ! Tu voulais cependant m'embrasser tout-à-l'heure, & tu me demandais même de hâter le jour de notre mariage.

TOM.

Oui, certes, je voulais t'embrasser, mais ton bandeau m'a fait peur : le noir est la couleur de l'enfer, & je la crains comme un damné.... Je suis certain d'ailleurs, que la femme du Diable est borgnesse.

BETSI.

Traitre ! je t'entends. Tes yeux ne veulent plus me regarder : tes yeux me dédaignent depuis qu'il ne m'en reste plus qu'un ! Ah ! que Milady avait bien raison de se défier des hommes, & de les croire tous volages & inconstants. C'est un œil de moins qui me défigure aux tiens, qui m'enlaidit, qui me rend odieuse. Tu m'aimais, & tu me détestes ! Une misère ! un rien t'a refroidi ; tandis que moi, je suis toujours la même.

TOM.

Toujours la même ! Ah ! regarde-toi dans le miroir, & tu verras s'il est possible de te reconnaître ! Ce n'est pas moi qui ai changé, ma pauvre enfant, c'est toi qui est changée. Redeviens belle comme tu étais, & je t'aimerai avec la même tendresse, & mes yeux ne quitteront plus les tiens.

BETSI.

Tais-toi, & ne m'importune pas davantage. Je t'abhorre autant que je t'adorais.

SCENE V.

LES PRÉCÉDENS, LE LORD DAMBI.

DAMBI.

Eh bien ! ma chère Betsi, comment se porte ta maîtresse ? Où est-elle ? Que fait-elle ? J'arrive impatient de la voir, de la saluer, de lui renouveller des sentiments.... Mais, qu'apperçois-je ! Que veut dire cette lisière noire qui te couvre une partie du front ?

BETSI.

Ah ! Milord, ne m'interrogez pas si votre repos vous est cher ; tremblez d'en trop apprendre, tremblez que....

MILORD.

Tu me fais frémir avec cette réticence. Serait-il arrivé quelque malheur à Milady ? Quelque accident que j'ignore ? (*A Tom.*) Toi, que je viens d'envoyer ici pour savoir de ses nouvelles, en as-tu à me donner ? Parle, & dissipe mes inquiétudes.

TOM.

Je crois, Milord, que Milady se porte à merveilles. Quant à Betsi, hélas ! elle a bien raison de s'affliger : la petite vérole lui a joué un tour affreux.

DAMBI.

Quoi donc ?

TOM.

Ce ruban noir qu'elle porte, cache la place où fut n œil.

DAMBI.

Et Milady?

TOM.

J'ignore si le destin l'a maltraitée; mais pour Betsi, Milord, il est décidé qu'elle est borgne.

DAMBI.

(*A Betsi.*) Tu es borgne, ma pauvre Betsi! mon Dieu que j'en suis fâché! (*A Tom.*) Mais tu ne m'entretiens que de la Suivante, quand je ne te parle que de la Maitresse! Dis-moi donc ce que fait Milady?

TOM.

Je vous répète que je l'ignore.

DAMBI.

Qu'importe donc que tu me répondes!

TOM.

Ma foi, Milord, vous ne pensez qu'à votre maîtresse, & je ne suis occupé que de la mienne, (*A part.*) Un peu moins, cependant, depuis qu'elle n'a plus qu'un œil.

DAMBI.

Réponds-moi plus clairement, Betsi, supplée à son ignorance. Ce mal qui détruit la beauté, t'a enlevé un œil; ce mal affreux aurait-il causé le même ravage sur les traits de celle que j'aime? Ta douleur ſemble m'annoncer....

BETSI.

Ah! Milord, il lui eſt arrivé bien pis.

DAMBI.

Qu'entends-je! Ah! ne m'en dis pas davantage: le mal qui t'a ravi un œil en a enlevé deux à Milady! la belle Milady eſt aveugle.

BETSI.

Vous me forcez de tout découvrir, Milord: eh bien! c'eſt pis encore.

DAMBI.

Pis encore! Puiſſances céleſtes, quel ſort me réſervez-vous? (*A Betſi.*) Ah! dis-moi tout, je t'en conjure, duſſes-tu me donner la mort.

BETSI.

Eh bien, Milord! celle que vous aimez n'eſt point aveugle, elle n'eſt point borgne: ſes yeux, ſon viſage, n'ont rien perdu de leur éclat ni de leur beauté: mais hélas! elle a perdu... (*Elle ſanglotte.*)

DAMBI.

Quoi donc?... Acheve.... Elle a perdu...

BETSI.

Une jambe.

DAMBI & TOM, *enſemble.*

Une jambe! (*Dambi ſe trouve mal.*)

BETSI.

Les siennes se dérobent sous lui : Tom, un fauteuil.

DAMBI, *dans un fauteuil.*

O Milady ! je ne croyais pas que mon amour fût susceptible d'accroissement. Mais comme je me trompais ! Je vais vous aimer cent fois davantage.

BETSI: (*à part.*)

Quelle différence entre le Maître & le Valet !

DAMBI *se levant, & avec transport.*

Où est-elle ! Il faut que je la voye, il faut que je lui parle, Betsi ; mène-moi vers elle : elle ne peut point marcher peut-être, viens avec moi, que je la prenne dans mes bras, que je la charge sur mes épaules, que je la transporte en tous lieux, à la Ville, à la Cour, à la Campagne, au bout du monde, s'il le faut ; que je lui serve éternellement de soutien, de conducteur & de guide. Ah ! si en sacrifiant mes deux jambes, je pouvais lui rendre la sienne ! Si je pouvais lui faire de tout mon corps un bâton noueux & solide, dont elle pût se servir comme d'un appui ! Si je pouvais, rival de Prométhée, dérober les feux du Ciel, animer une argile façonnée, l'attacher à la place où ce membre utile n'est plus, l'y fixer par des ressorts inconnus, leur donner le mouvement, le jeu, la souplesse nécessaires ! Si je pouvais, en détachant la jambe d'une statue... Celle de Vénus... de Junon... de Diane... Si le marbre, l'airain ou le porphyre amollis & palpitans sous mes doigts... Quo dis-je ! . . . je m'égare, ma raison se perd, je n'entends plus, je ne vois plus, la douleur me tue, & je sens tout mon cœur s'élancer hors de moi, pour voler aux pieds de l'infortunée Milady. (*Il retombe dans le fauteuil.*)

BETSI, *à Tom.*

Tu l'entends, & ne meurs pas de honte de lui ressembler si peu ! Voilà un véritable Amant ! Voilà un Héros !

TOM.

Ecoute donc, ma chère, la perte d'une jambe est bien plus grande que celle d'un œil : pourquoi n'en as-tu pas perdu une comme Milady ? J'aurais fait un bien autre tapage.

BETSI.

Grand merci du souhait, il est tendre & touchant. Vas, tu es indigne de servir un tel Maître, & je suis bien honteuse d'avoir eu la moindre amitié pour toi.

DAMBI, *rapidement & avec feu.*

Dis-moi, Betsi : est-elle assise ? Est-elle couchée ? Qui est-ce qui la soutient ? Qui est-ce qui lui donne le bras quand elle veut faire quelque pas dans sa chambre ? Quand elle sort, comment fait-elle pour monter en voiture, pour descendre un escalier ? La porte-t-on, la roule-t-on, la traîne-t-on ? Est-ce un fauteuil, une chaise longue, un lit à ressorts, qui lui sert de demeure ordinaire ? Ah ! si on la porte, c'est moi, c'est moi seul qui veux avoir cet emploi : je veux qu'un si doux fardeau ne quitte jamais mes épaules. Athlas ! puissant

Athlas ! donne-moi, ta force, & ta taille sur-tout, qui te fait toucher les Cieux : j'y éleverai peu-à-peu ma maîtresse ; & placée par moi au rang des Divinités, je la ferai adorer comme telle, par tous les faibles Mortels qui rampent ainsi que moi sur la terre.

BETSI.

Il est aisé de vous satisfaire, Milord, sur tous les détails que vous demandez. Milady n'est point toujours couchée, ni toujours assise : elle se tient debout, elle marche, elle se promène même, presque aussi facilement que nous.

MILORD.

Elle marche ! Elle se promène ! O Ciel ! Et quel Dieu opère ce prodige ?

BETSI.

Il n'y a point de Dieu en tout cela : un Méchanicien habile, & le plus fameux qu'il y ait dans Londres, a imaginé uniquement pour elle, une jambe de bois dont tous les ressorts sont admirables, & qui lui tient lieu de celle qu'elle n'a plus. Cette jambe se plie comme les nôtres, s'allonge, se courbe, se redresse : elle a la même flexibilité, les mêmes articulations : Milady enfin, par le moyen de ce chéf-d'œuvre, artistement attaché, Milady boite à peine quand elle marche : cependant j'ai toujours soin de lui donner le bras.

DAMBI.

Elle pourrait donc, à la rigueur, aller & venir seule ?

BETSI.

Oui, Milord : depuis même qu'elle a cette jambe factice, personne ne s'est apperçu que la véritable lui manque ; & si je ne vous avois point prévenu, vous y auriez peut-être été trompé vous-même : ces renseignements vous surprennent, je le vois, & c'est l'effet qu'ils doivent produire ; mais ils doivent aussi vous rassurer un peu sur l'état de Milady.

DAMBI.

Ils me rassurent, je l'avoue, ils me rassurent, mais sans me consoler. Puisque les choses vont de la sorte, comment se fait il donc que Milady, qui m'a écrit souvent, dont une lettre même m'a donné à Paris la nouvelle de sa petite vérole ; comment se fait-il qu'elle ne m'ait jamais rien dit des suites funestes de sa maladie ? Comment se fait-il que ses parents, ses amis & les miens ne m'en ayent rien appris ?

BETSI.

Cela n'est pas étonnant, Milord. Depuis son accident, Milady n'est point sortie, elle n'a vu que très-peu de personnes, & les Médecins ont gardé le secret.

DAMBI.

Mais ces personnes ont pu appercevoir....

BETSI.

Non, Milord, non, vous dis-je, elles n'ont rien apperçu du tout, graces au chef-d'œuvre de méchanique. Cet accident même est un mystère que je ne vous aurais point révélé, si je ne connaissais point vos sentiments pour ma maîtresse.

DAMBI.

Ah! qu'elle compte à jamais sur ma discrétion: depuis long-temps elle en doit être sûre. Devait-elle cependant me cacher un malheur dont elle n'est point coupable?

BETSI.

Vous savez, Milord, combien son ame est sensible & délicate. Vouliez-vous qu'elle affligeât la vôtre, qui ne l'est pas moins, par une confidence qui vient de vous mettre au désespoir? Je vous dirai plus: sans moi vous ne sauriez rien, peut-être, de l'accident affreux de ma maîtresse. C'est vraiment malgré elle que je vous l'ai dévoilé, & je ne doute pas qu'elle n'en soit très-fâchée.

DAMBI.

Et que craint-elle, hélas! Elle m'avait promis qu'au bout de deux ans de voyage, nous serions unis par les plus tendres liens. Ces deux ans sont écoulés: son malheur, qui me la rend plus chère, aurait-il apporté quelque changement dans son cœur? Je viens de te prier, Betsi, de me conduire vers elle: pourquoi te le fais-tu redire? Il faut que je la voye sur l'heure: où est-elle? que je la rassure, que je dissipe ses terreurs, si elle en peut avoir; que je la console, que je calme ses tourments, que je lui offre de nouveau ma main; & que je lui demande la sienne.

BETSI.

Permettez, Milord, que je la prévienne de votre visite, que je la dispose à vous recevoir. Je vais lui rendre compte de votre impatience : attendez-moi ici, & je reviendrai vous instruire de ses intentions : elle-même, peut-être, viendra vous témoigner sa reconnaissance.

DAMBI.

Va donc vite, & ne tarde pas à revenir.

SCENE VI.

DAMBI, TOM.

TOM.

En quoi! Milord, l'accident survenu à Milady ne changera rien à vos sentiments, & vous l'épouserez quoiqu'elle ait une jambe de moins.

DAMBI, *se promenant sur la Scène.*

Si je l'épouserai! Si je l'épouserai! Ah! que n'est-elle déjà ma femme! Que j'aurais de plaisir à lui prodiguer les soins que son état exige, à passer tous mes instans auprès d'elle, à courir, à voler au moindre signal de sa volonté! Milady me parait cent fois plus aimable depuis qu'elle est malheureuse.

TOM.

Il est vrai que Milady ne pourrait plus courir après les galants, supposé qu'elle en eût envie. Il est vrai qu'elle ne pourra plus danser, plus aller au Parc Saint-James ; & peut-être que les hommes ne feraient pas si mal de n'épouser que des femmes boîteuses. Les maris se plaindraient moins d'elles, il y en aurait moins qui.... je m'entends, ... & j'épouserais peut-être Betsi, si elle avait perdu une jambe.

SCENE VII.

LES PRÉCÉDENS, BETSI.

BETSI.

MILADY m'envoie vous dire qu'elle ne peut point vous recevoir encore, souhaitant que votre imagination soit un peu plus familiarisée avec son infortune. Elle vous demande quelques moments de plus : vous reviendrez tantôt, & elle espère alors soutenir une entrevue qu'elle desire, mais qui lui coûte assez pour la retarder. Je vais même la rejoindre bien vite, elle peut avoir besoin de mes secours.

DAMBI.

J'obéis aux ordres de Milady ; assure-la, Betsi, assure-la bien, je te prie, que tout mon desir est de m'unir à elle par les nœuds les plus saints ; & que je mourrais, si elle retardait aussi notre mariage. Suis-moi, Tom, j'ai des ordres à te donner.

TOM, *à Betsi.*

Adieu, mon Etoile Polaire !

BETSI.

Adieu, chien de Français.

FIN DU PREMIER ACTE.

ACTE II.

SCENE PREMIERE.

TOM, *seul.*

MILORD m'envoie ici pour m'informer de l'heure où il pourra voir Milady. C'est un homme singulier que mon maître ! S'obstiner à vouloir épouser une femme.... Quelle femme.... Bon Dieu ! Il n'y a qu'un Anglais capable d'un pareil amour : Il n'y a que Londres où l'on voye de pareilles choses. Mais je crois entendre Betsi : c'est elle-même. Eh bien ! ta maîtresse est-elle enfin visible ?

SCENE II.

BETSI, TOM.

BETSI.

OUI, ma maîtresse ne tardera pas à se rendre ici : Tom peut aller avertir son maître.

TOM, *d'un air caressant.*

Sais-tu bien que malgré ce bandeau je te trouve encore fort jolie.

BETSI.

En vérité !

TOM.

Tu es charmante, ou Dieu me damne. On est d'abord effarouché de ce ruban, dont la couleur est un peu lugubre ; mais ta friponne de mine, fait qu'on s'y accoutume vite.

BETSI.

Il me semble que tantôt cette parure ne te plaisait guères..... Tu disais que le noir est la couleur de l'enfer, que la femme du Diable est borgnesse.

TOM.

Cela est vrai : mais quand on a d'aussi beaux yeux que.... Lorsqu'on a un aussi bel œil que le tien, est-il si laide parure qui puisse détruire son éclat ?

BETSI.

Tu crois réparer tes injures de tantôt par de froides galanteries ; mais, va, va, je te connais, mon pauvre Tom : tu reviens d'un pays où l'on se gâte. Les Français n'ont guères que des sens, il n'y a que les Anglais qui ayent une ame ; & tu n'es plus Anglais depuis que tu as vu Paris.

TOM.

Veux-tu que je le redevienne ? Suis le conseil que je vais te donner. Ta maîtresse a substitué une belle jambe de bois, à celle de chair qu'elle a perdue. C'est un habile Méchanicien qui a fait ce prodige : imite-la, si tu m'en crois : vas trouver cet homme habile, & prie-le....

BETSI.

BETSI.

Quoi! tu veux que pour me faire un œil, j'aille trouver l'homme qui a fait une jambe à ma maîtresse....

TOM.

Pourquoi non! Ne pourrait-il pas, avec un peu de terre glaise, ou quelque composition plus savante, boucher le trou que tu as au front?

BETSI.

C'est un Oculiste, qui pourrait substituer un œil de verre à celui que j'ai perdu, & non pas un Méchanicien.... Que tu es grossier! Que tu es ignorant! Va; je remercie le Ciel de n'avoir plus qu'un œil à fermer, pour ne plus voir ta figure.

TOM.

Et moi, je remercie le Ciel de m'en avoir donné deux, pour contempler celui qui te reste. Adieu.

SCENE III.

BETSI, *seule.*

L'EXEMPLE sublime de Milord, lui a peut être fait sentir qu'il m'avait trop maltraitée. Il voudrait revenir à moi; mais ses efforts sont vains; je ne lui pardonnerai jamais de m'avoir trouvée moins jolie.

SCENE IV.

LADI WELTON, BETSI.

LADY.

Eh bien ! Betsi, comment Milord a-t-il pris le refus que j'ai fait de le recevoir ?

BETSI.

Fort tristement, je vous jure : il avait l'air désespéré.

LADY.

Et lorsqu'il a appris qu'il me manquait une jambe.

BETSI.

Ah ! Milady : il est impossible de vous peindre tout ce qu'il a souffert au récit menteur que je lui ai fait de votre prétendue infortune. Un torrent de larmes est tombé aussi-tôt de ses yeux, une sueur froide lui a couru sur tout le visage ; Tom & moi l'avons mis doucement dans un fauteuil pour le faire revenir à lui.

LADY.

Et ses sens ont été bientôt calmés, sans doute.

BETSI.

Bientôt calmés ! ah ! sortez de votre erreur. Il s'est relevé tout-à-coup, & s'est écrié d'une voix déchirante : où est-elle ? que je la voie : il faut que je la voie, que je la charge sur mes épaules, que je la transporte au bout de l'Univers; que je lui serve d'appui, de soutien, de guide: il n'est point de termes passionnés, point d'expressions, qu'il n'ait employées pour rendre ce qui se passait dans son ame; ses transports étaient brûlants, sa douleur terrible, & le désespoir l'avait presque abruti. Que je suis fâchée de vous avoir conseillé une épreuve si dangereuse!

LADY.

Ne crains rien, Betsi, ne crains rien. Le croirais-tu? Sa douleur, son désespoir, ses transports, tout était feint, tout était simulé.

BETSI.

Que dites-vous, ô Ciel! Milord feindre! Milord vous tromper! Non, non, il en est incapable. Milord vous aime, il vous est fidèle; il est impossible que Milord vous ait manqué de foi.

LADY.

Tu ne connais point les hommes, Betsi; leur cœur ne s'est jamais devoilé à toi: tes regards n'ont jamais pénétré dans cet abîme. Tiens, lis cette lettre que je viens de recevoir à l'instant de Paris, & tu verras s'il faut se fier à ce sexe trompeur.

BETSI, *lisant.*

« Instruite, belle Milady, de l'estime tendre que » vous avez pour un perfide, je crois devoir vous infor» mer de la conduite qu'il a tenue à Paris. Faible &

» inconstant, ainsi que les autres hommes, il s'est amou» raché d'une Mademoiselle Siphillis, qui l'a ruiné, & » l'a affiché en tous lieux comme la conquête la plus » honorable pour elle. L'avis que je vous donne est cer» tain, & vous voudrez m'en remercier, peut-être; » mais, permettez qu'en vous taisant mon nom, je me » dérobe à votre reconnaissance; j'ai toujours fait le » bien pour le plaisir de le faire, & je serai trop heu» reuse, si j'ai pu vous détromper ».

LADY.

Tu le vois, Betsi: & tu veux que je croie encore à sa douleur, à son désespoir, & à ses perfides transports? Il m'a jouée, il m'a trahie pendant son séjour à Paris, & il ne revient à Londres que pour me jouer encore.

BETSI.

Est-ce bien à vous, Milady, que cette lettre est adressée?

LADY.

Lis le dessus. N'est-ce pas à Milady, Milady Welton?

BETSI.

En effet, voilà bien votre nom; mais il peut se faire que d'autres personnes....

LADY.

Non, Betsi, non. Feu mon mari étant le dernier de la famille, il n'y a que moi en Angleterre qui le porte.

BETSI.

Et le perfide! Est-ce bien Milord Dambi?

LADY.

Un perfide ! dit-on, pour qui j'ai une estime tendre. Une estime tendre ! Quel autre que Dambi m'a jamais inspiré ce sentiment ?

BETSI.

Je reste confondue : j'étais d'avis d'interrompre l'épreuve ; mais je vois bien qu'il faut la continuer, elle seule pourra nous apprendre si Dambi est coupable ou innocent.

LADY.

Tu m'as fait entendre souvent que j'étais défiante, inquiète & ombrageuse, & que ces défauts gâtaient mon caractère : tu vois si j'avais tort de me défier.

BETSI.

Ce que c'est que les hommes ! J'aurais parié que Milord était le plus constant de tous ; & le traître vous donnait une rivale ! Le traître vous trompait, lorsque ses lettres vous assuraient de l'amour le plus fidèle !

LADY.

Avais-je tort de te dire que Paris était un séjour dangereux ?

BETSI.

Je doute encore, pardonnez : je doute qu'il ait commis ce crime.

LADY.

Tu en doutes ! Je parie, moi, que dans le fond de son ame il n'aime que sa Demoiselle, qu'il brûle de l'épouser, peut-être . . . .

BETSI.

Occupons-nous donc, je vous prie, occupons-nous incessamment des moyens de faire réussir l'épreuve. Si malgré votre jambe de moins, Milord persiste à vouloir vous épouser, il est impossible que son infidélité ne soit pas controuvée, & que l'avis qu'on vous donne, ne soit un tour malicieux de quelque Française.

LADY.

Je desire bien autant que toi, Betsi, que l'épreuve réussisse. Si elle vient à manquer, ce ne sera sûrement pas ma faute. Mais, sais-tu bien que tu m'as imposé une tâche fort difficile, en m'engageant à feindre qu'il me manquait une jambe? Comment m'y prendre pour jouer ce rôle singulier?

BETSI.

Rien de plus aisé, je vous jure: j'ai persuadé à Milord qu'un Artiste habile avait inventé pour vous une jambe si ingénieuse & si adroitement posée en la place de celle qui vous manque, qu'elle vous en tenait lieu.

LADY.

Ainsi donc, je suis censée pouvoir marcher toute seule, comme s'il ne m'était point survenu d'accident.

BETSI.

Non, il faudra que je vous conduise: une jambe artificielle, quelque bien faite qu'elle soit, ne peut point remplir exactement toutes les fonctions d'une autre.

Prenez mon bras & marchez. (*Milady prend le bras de Betsi, & fait quelques pas sur le Théâtre.*)

LADY.

Volontiers. Est-ce ainsi qu'il faudra que j'aille?

BETSI.

A merveille! Ayez la bonté seulement de rallentir un peu votre marche, & prenez bien garde que devant Milord il faudra que vous soyez toujours assise.

LADY.

Quel supplice pour un cœur délicat; d'être obligé de descendre à la feinte! C'est vous, Milord, c'est vous seul qui en êtes cause. Ah! sans votre infidélité, aurais-je jamais songé à tromper ce que j'aime? (*A Betsi.*) Puisque la fausse jambe est si bien faite, Betsi, je pourrais me tenir debout.

BETSI.

Oui, quelques minutes: mais cela ne peut pas durer pendant toute une conversation. Ne détruisons point, par trop peu d'attention, la vraisemblance d'un piège qui demande d'autant plus de soin, qu'il est rare qu'on en ait tendu de semblable.

LADY.

Me voilà instruite si bien, que, graces à tes leçons, j'espère m'en tirer avec gloire. J'entends du bruit: si ce pouvait être Milord!...

BETSI.

C'est lui-même. Vite dans le fauteuil. (*Elle s'assied.*)

SCENE V.

LES PRÉCÉDENTES, LORD DAMBI.

DAMBI.

ENFIN donc, belle Milady, il m'eſt permis de vous revoir ! Pourquoi m'avoir privé ſi long-temps de votre préſence adorée ? C'eſt d'elle ſeule que dépend mon bonheur : vous ne l'ignorez pas.

LADY.

Je n'ai point douté de votre empreſſement, Milord ; mais il eſt des évènements dans la vie, qui ne permettent point, même à l'Amant le plus tendre, de revoir du même œil les mêmes objets.

DAMBI.

Qu'entendez-vous par-là, Milady ? Qui pourrait m'empêcher d'avoir pour vous les mêmes ſentiments?

LADY.

Vous ſavez l'accident qui m'eſt arrivé ?

DAMBI.

Je ne le ſais que trop, hélas ! mais n'en parlons jamais, je vous prie : rien ne vous manque à mes yeux, vous êtes belle comme vous l'étiez : je ne ſuis pas moins fidèle, & nous n'avons changé, ni l'un, ni l'autre.

LADY.

(*A part.*) Ni l'un, ni l'autre ! Comme il ment ! (*Haut.*) Vous avez beau dire, Milord, vous ne me persuaderez point que je sois la même, & nous devons être bien changés tous les deux.

DAMBI.

Vous, changée ! Milady : en quoi donc, je vous prie ? Je ne parle point de vos traits, qui sont toujours les mêmes ; de ces graces nobles & touchantes, qui ne vous quittent jamais, & qui vous rendent la plus aimable & la plus séduisante personne des trois Royaumes. Le fléau de la beauté n'a porté aucune atteinte à la vôtre ; mais, ce qui vaut mieux cent fois que la beauté même ; la bonté du cœur, l'égalité du caractère, & le piquant de l'esprit, ne les avez-vous pas conservés ? Ne sont-ils pas encore votre partage ? N'êtes-vous pas toujours aussi sensible, aussi délicate, aussi courageuse ? N'avez-vous pas toujours la même tendresse pour les infortunés, le même mépris pour les méchants, la même grace dans tout ce que vous dites ? Ne tressaillez-vous pas encore au récit d'une action vertueuse ? Un vice, quel qu'il soit, ne vous inspire-t-il pas la même indignation & la même horreur ? Voilà, voilà, Milady, ce qui m'a séduit en vous, autant que les charmes de votre visage. Voilà ce qui m'a subjugué, ce qui m'a enchaîné à vous par les liens les plus forts. Qu'est-ce qu'un bras ? qu'est-ce qu'un œil ou une jambe de moins, pour un être qui vous ressemble ? C'est par le cœur que nous existons, c'est le cœur qui nous fait vivre de cette vie morale qui met un prix à l'existence ; de cette vie morale, la seule qu'on doive estimer, la seule qu'on doive préférer à toute autre ? Et votre cœur, ne vous demeure-t-il pas tout entier. Ah ! Milady, ne fussiez-vous qu'un tronc mutilé, qu'un informe reste échappé au trépas, pourvu que ce cœur l'animât, & que je le sentisse palpiter sous ma main tremblante ; je suis sûr, oui, je suis sûr que je vous adorerais encore.

LADY.

(*Apart.*) Ah ! pourquoi n'est-il qu'un trompeur ? (*Haut.*) L'amour vous aveugle, Milord : ah ! si vous me voyiez telle que je suis, comme vous changeriez de langage !

DAMBI.

Pourquoi cela, Milady ? Je vous vois telle que vous êtes, ne viens-je pas de le prouver par le portrait que j'ai fait de vous ? Je vous adore toujours, telle que vous êtes ; & telle que vous êtes enfin, je brûle de vous épouser. J'avais fait part de mon vœu à Betsi avant de vous revoir, elle a dû vous le dire, elle a dû vous assurer que rien n'avait refroidi mon cœur. Vous m'aviez promis de couronner ma flamme au bout de deux années : elles viennent d'expirer, (*Il tombe à ses genoux.*) & c'est à vos genoux que j'ose vous sommer de votre parole.

LADY.

Levez-vous, Milord, je pouvais disposer de ma

ain quand je vous l'ai promise : ce droit m'est enlevé maintenant.

DAMBI.

Eh quoi ! Milady, en auriez-vous disposé en faveur d'un autre ? Existe-t-il ? Peut-il exister un homme plus digne que moi de vous posséder ?

LADY.

Vous ne m'entendez pas, Milord : souffrez que je m'explique. Un homme heureux, qui s'unit à une infortunée, a l'air de lui faire une grace ; & j'ai l'ame trop fière pour en recevoir, même de mon Amant : je n'ai point fait d'autre choix ; mais le premier, mais le plus cher à mon cœur, est détruit par mon infortune.

DAMBI.

Qu'entends-je ! Votre infortune vous embellit à mes yeux. Que me devrez-vous donc si je vous épouse ? Vous trouvant cent fois plus aimable que vous n'étiez, n'est-ce pas moi qui recevrai le bienfait, & qui serai seul obligé à la reconnaissance ? Rendez graces à ce malheur dont vous vous plaignez. J'aurais pu, quand vous étiez heureuse, j'aurais peut-être pu vous manquer de foi : je vous aimais, Milady, je vous aimais, & je vous idolâtre. L'amour avait tissu les liens qui m'enchainaient à vous : la pitié... Que dis-je ! la pitié ! Pardon, ce mot m'échappe, & je le désavoue : c'est l'humanité, c'est la sainte humanité qui les resserre ; & qui, se joignant à l'amour, en a fait des chaines que le Ciel même ne pourrait briser.

LADY.

Bon! il vient presque de m'avouer qu'il m'a été infidèle. (*Haut.*) Conservez, Milord, conservez ces dispositions heureuses; continuez de m'aimer avec la même pureté & la même tendresse; & si mon malheur ne vous refroidit point, s'il ne vous éloigne point de moi, dans un an je vous tiendrai ma promesse: dans un an je serai à vous.

DAMBI.

Dans un an, Milady! y pensez-vous! En voilà deux que je viens de passer dans les tourments: me croyez-vous un Dieu, pour pouvoir supporter encore un siècle de souffrance?

LADY.

Pardonnez ces nouveaux retards, ils sont nécessaires; indispensables. Vous venez d'un pays où l'on n'est guères fidèle; & puis, les hommes sont si trompeurs! Il y en a qui savent si bien jouer le sentiment, si bien feindre la passion auprès de leur maitresse; & qui, en leur absence, oublient si vite leurs serments! Je vous ai aimé Milord, & j'ose en faire gloire. Deux ans que j'ai passés sans vous voir ne m'ont point refroidie; mais ils ont dû substituer l'inquiétude & les soupçons, à la sécurité & à la confiance. Enfin, Milord, ce maudit voyage que vous avez fait en France, le changement survenu en moi, mes craintes pour l'avenir, mes doutes sur le passé; tout veut que nous attendions encore une année, tout m'ordonne de vous éprouver.

DAMBI.

Ah! je suis tout éprouvé, Milady, & je serai au bout d'un an, tel que vous me voyez à cette heure. Me promettez-vous à votre tour, de redevenir pour moi ce que vous fûtes avant mon départ funeste?

LADI.

Oui, Milord, je vous le jure.

DAMBI.

Eh bien! puisque j'ai été assez heureux pour trouver un logement dans le même Hôtel que vous, permettez que je n'en sorte point d'ici à une année. Permettez que je sois toujours près de vous, que j'écarte de vous la douleur, l'ennui & la mélancolie; qu'à toute heure enfin, je veille sur votre santé, devenue plus fragile depuis votre infortune. Votre état exige des soins sans nombre: permettez que je prenne ces soins, & qu'ils me dédommagent de la plus longue attente: permettez enfin, que je ne vous quitte plus, que je sois votre Chirurgien, votre Médecin, votre Garde-Malade.

BETSI.

Doucement, Milord: ces soins me regardent seule, & croyez-vous que je vous les abandonne?

DAMBI.

Ah! Betsi, que tu es heureuse! Que ne puis-je être à ta place pendant une année!

LADY.

Vous ne savez pas à quoi vous vous engagez, Milord, en me faisant cette demande. Oubliez-vous que vos affaires, que vos plaisirs, peut-être, vous éloigneraient de moi sans cesse? Vous! ne plus sortir de la maison pendant une année! (*Souriant.*) Si le sort vous avait traité ainsi que moi, & que vous fussiez mon époux, c'est tout au plus ce que vous pourriez promettre.

DAMBI.

Eh bien! consentez à mes vœux, & vous verrez si rien pourra me séparer de vous!

LADY.

Non, Milord, non: je suis loin d'exiger un pareil sacrifice. Point de gêne avec moi, liberté entière: je vous verrai tous les jours aux heures accoutumées: & puissent les moments que vous passerez avec moi, ne pas vous sembler trop longs! Adieu, Milord: je souffre dans la situation où je suis: permettez-moi d'aller en prendre une autre, loin de votre présence. Mon état demande de la solitude, & je crois que si je faisais bien, je ne me trouverais jamais en compagnie.

DAMBI.

Eh quoi! vous me quittez si-tôt! Permettez au moins que je vous conduise.

LADY.

Non, Milord, non: Betsi est plus faite que vous à cet exercice: elle s'y opposerait d'ailleurs, vous n'avez point encore traité avec elle de sa charge.

SCENE VI.

MILORD, *seul.*

ELLE craindrait que je ne fusse pas toujours auprès d'elle ! Elle craindrait que mes affaires, mes plaisirs, ne m'en éloignassent trop souvent. Mes plaisirs, dit-elle, mes plaisirs ! En est-il, en peut-il être pour un Amant, lorsque sa Maitresse a des peines ? Si le sort vous avait traité ainsi que moi, a-t-elle ajouté en souriant, c'est tout au plus ce que vous auriez pu promettre. Que signifient ces mots ? A-t-elle voulu parler de la perte d'une jambe?.. Ah ! je serais trop heureux qu'un pareil malheur me fût arrivé. Quelle idée effrayante & sublime, ces mots, dits innocemment, font naitre tout-à-coup dans mon ame ! Qu'il serait beau de suppléer à la négligence du sort ! Qu'il serait grand ! Qu'il serait généreux, de me rendre moi-même aussi infortuné que mon Amante ! Je ne puis y songer, sans tressaillir à-la-fois de joie & de terreur. J'apperçois Betsi... interrogeons-la avant de me résoudre à ce sacrifice.

SCENE VII.

DAMBI, BETSI.

DAMBI.

EH bien! Betsi! suis-je assez malheureux? assez accablé par la destinée & par la cruelle Milady? Je vais en France pour m'instruire, pour observer les mœurs d'un Peuple que tout Anglais doit connaître: j'en reviens tout plein de Milady; j'en reviens avec le projet de lui demander sa main, qu'elle m'a promise avant que je parte; de lui offrir de nouveau la mienne, qu'elle a acceptée; l'impatience & l'amour me dévorant, j'accours, je me présente. On me dit d'abord que Milady n'est point visible; qu'il faut avant de lui parler, que mon imagination se familiarise avec son malheur; je me retire, je reviens, elle paraît, & c'est pour me traiter avec une rigueur dont il n'y eut jamais d'exemple. Je l'assure qu'elle n'est point changée à mes regards; qu'elle est toujours aussi belle, aussi aimable: elle s'obstine à me soutenir le contraire: je lui rappelle la promesse qu'elle m'a faite de m'accorder sa main: son choix est, dit-elle, détruit par son infortune: une délicatesse mal entendue lui fournit, pour excuser son refus, des raisons pitoyables; des sophismes que le cœur n'entendit jamais, & l'on dirait qu'elle se plait à me rendre malheureux, quand je ne vis que pour soulager ses peines.

BETSI.

BETSI.

Je conviens, Milord, qu'elle vous a fait un accueil un peu froid.

DAMBI.

Un peu froid ! Un peu froid ! Elle m'a assassiné par ses réponses désespérantes & ambigues. Chaque mot qu'elle m'a dit a enfoncé un poignard dans mon cœur ; & son refus y a porté les coups de mille poignards ensemble.

BETSI.

Elle n'a point refusé, ce me semble, de s'unir à vous.

DAMBI.

Non, mais elle a retardé notre mariage : & n'est-ce pas la même chose pour un Amant passionné ?

BETSI.

Je suis très-éloignée d'approuver sa conduite avec vous : mais vous-même, n'avez-vous rien à vous reprocher à son égard ? Vous venez d'un pays où les infidélités sont bien communes.

DAMBI.

Voilà encore un reproche qu'elle a eu l'air de m'addresser ! mais qu'il est injuste ! & que ses craintes à cet égard sont déplacées !

BETSI.

N'est-il pas vrai qu'à Paris on change de maitresse tous les mois, & même toutes les semaines ?

DAMBI.

Oui : on se fait là un jeu de ce qui est pour nous une affaire sérieuse, j'en conviens : la passion dominante des Français, est de n'en point avoir de durable, pour les objets même les plus intéressants & les plus dignes de plaire. Les deux sexes en France, unis par des liens de fleurs, se prennent, se quittent, se reprennent, sans autre objet que l'amusement : c'est la mode, souvent, qui les rend épris l'un de l'autre : aussi, rien de plus léger que leurs serments, rien de plus frivole que leur tendresse.

BETSI.

D'après ce portrait, Milord, les Français sont de jolies Marionettes que le plaisir fait mouvoir. N'auriez-vous pas été un peu Marionette ?

DAMBI.

Non, Betsi : tel que certains Médecins, qui doivent à un préservatif qu'ils portent, de vivre au sein de la contagion, sans contracter de maladie ; j'ai vécu à Paris, comme j'aurais vécu à Londres.

BETSI.

Vous avez donc aussi un préservatif, une amulette merveilleuse ?

DAMBI, *frappant sur son cœur.*

La voilà, mon amulette : le voilà, mon préservatif : graces à lui, l'air du vice n'a pu m'atteindre, & j'ai échappé à la corruption, quoique respirant au milieu d'elle. Les grandes passions rendent non-seulement fidèle, mais chaste; & d'ailleurs, quoique loin de Milady, je me la peignais sans cesse : son image ayant toujours été présente à mon esprit, je ne l'ai quittée que pour la retrouver : elle n'a pas dû oublier enfin, que j'ai refusé pour elle la main d'une Duchesse, qui m'offrait, non un rang, mais des biens immenses, mais un crédit étendu, & tous les agréments de la vie.

BETSI.

Sans moi, peut-être, elle l'aurait oublié ; mais je le lui ai rappellé tantôt, & elle s'en est souvenue avec reconnaissance.

DAMBI.

Sais-tu, Betsi, ce que j'ai répondu à cette Duchesse, lorsqu'elle m'a proposé sa main ? Je lui ai nommé Milady, & me suis retiré en silence ?

BETSI.

C'est fort bien fait ; mais vous l'avez revue, peut-être, & de nouvelles propositions....

DAMBI.

Non, Betsi, je n'ai plus remis le pied chez elle. Elle m'a écrit plusieurs fois pour m'y ramener : elle m'a fait parler par tous ses amis & les miens ; & toujours inébranlable, je suis resté ferme comme le roc au sein des flots ; ou plutôt, je me suis bouché les oreilles comme Ulysse, & n'ai plus voulu entendre le chant de la Syrène.

BETSI.

A propos de Syrènes : on dit qu'il y en a de bien séduisantes à l'Opéra de Paris.

DAMBI.

Bien séduisantes ! Pour un Français, je l'avoue.

BETSI.

Vous êtes-vous aussi bouché les oreilles pour ne point les entendre ?

DAMBI.

Je n'en ai pas eu besoin.

BETSI.

Elles ne vous ont point inspiré de crainte ?

DAMBI.

Peut-on craindre ce qu'on méprise ? Ah ! si Milady me soupçonnait d'avoir été séduit par elles, qu'elle serait injuste ! Rassure-la bien là dessus, je te prie : on calomnie quelquefois les Amans les plus vrais. Dis-lui bien.....

BETSI.

Les Amans les plus vrais, ne le sont jamais beaucoup sur de certains articles. Si vous êtes innocent, comme j'aime à le croire, c'est le tems seul, c'est le tems qui pourra le lui prouver ; & voilà pourquoi elle a eu recours à ce Juge incorruptible.

DAMBI.

Eh bien ! soit, que le tems me justifie, Milady

n'ignore pas qu'une ame comme la mienne, qu'on enchaîne par des vertus autant que par des attraits, n'a point pu s'attacher à des êtres vils & corrompus, nés seulement pour être les idoles du vice. N'importe, Betsi, n'en parlons plus. Que le tems me justifie, puisqu'elle le veut : je rougirais que ce fût moi-même. Dis-moi cependant ce qui a pu m'attirer de sa part un accueil aussi froid? Pourquoi m'a-t-elle refusé sa main, après me l'avoir promise? Pourquoi, sur-tout, veut-elle m'éprouver encore durant une année? Pourquoi enfin, ne suis-je plus ce que j'étais à ses yeux, lorsqu'aux miens elle n'est point changée?

BETSI.

Milady, vous le savez, est naturellement un peu défiante. C'est-là son seul défaut. Je crois bien qu'elle vous aime, je crois bien qu'elle vous paye du plus tendre retour : mais si elle vous épouse, elle craint qu'à la longue vous ne soyez peut-être fatigué de son malheur ; elle craint que vous ne l'abandonniez peut être. . . .

DAMBI.

Ah! voilà le grand mot enfin! Voilà pourquoi elle suspend notre mariage. Elle craint que je ne l'abandonne ; elle craint, que, fatigué de son malheur, je ne me lasse de passer mes moments auprès d'elle. Eh bien! je saurai dissiper ses craintes, je saurai la rassurer : j'ai un moyen infaillible ; (*A part.*) & quoiqu'il puisse m'en couter, il est tems de le mettre en usage. (*Haut.*) Betsi, tu peux me rendre un grand service. Dis-moi, je te prie, le nom & l'adresse de cet Artiste qui a fait pour Betsi un chef-d'œuvre de méchanique ?...

BETSI.

A part. Je ne m'attendais pas à cette question. (*Haut avec embarras.*) Cet Artiste qui a substitué une jambe si ingénieuse à celle de Milady !

DAMBI.

Oui ; ce Méchanicien habile dont tu m'as tantôt fait l'éloge.

BETSI.

Ma foi, Milord, comme cet Artiste n'est pas fort connu, je crois que vous aurez de la peine à...

DAMBI.

Tu m'as dit que c'était le plus fameux qu'il y eût dans Londres.

BETSI.

Fameux ! Oui ; j'oubliais qu'il l'est assez : mais, comme je vous l'ai déjà dit, l'opération s'est faite avec le plus grand mystère. On ne m'a révélé, à moi, que ce qu'on ne pouvait point me cacher ; & le nom du Méchanicien est précisément une des choses que l'on m'a tues.

DAMBI.

Eh bien, cela étant, j'irai chez un autre : il y a plus d'un Méchanicien à Londres, & pour de l'argent on a bientôt trouvé tout ce qu'on veut.

BETSI. (*A part.*)

Voudrait-il faire présent à ma Maitresse d'une jolie demi-douzaine de jambes, pour en changer au besoin ?

DAMBI.

Je t'ai retenue ici bien long-tems : je crains que ta Maitresse n'ait eu besoin de toi. Va la rejoindre vîte : redouble tes attentions pour elle, & c'est moi que tu obligeras.

BETSI.

Ce motif ne peut rien ajouter à mon zèle. J'aime Milady autant que moi-même, & quand je lui rends quelque service, c'est bien autant pour mon plaisir que pour le vôtre.

DAMBI, *lui offrant une bourse.*

Eh bien ! Betsi, prends cette bourse.

BETSI.

Pourquoi donc, Milord ?

DAMBI.

Pour te payer de ta réponse. Elle m'a tant satisfait.

BETSI.

(*A part.*) La lettre le disait ruiné, & il m'offre une bourse.

DAMBI.

Accepte-la, c'est tout ce que je te demande.

BETSI.

Je l'accepte. (*A part.*) Pour voir si la lettre a dit vrai.

DAMBI.

Adieu, Betsi, va retrouver ta Maitresse.

BETSI.

Adieu, Milord. (*A part.*) Cet homme, quoiqu'on en dise, n'a point du tout l'air d'un infidèle.

SCENE VIII.

MILORD DAMBI, *seul.*

Tu craindrais donc, si je continuais d'être heureux, que ton malheur ne me fatiguât! Tu craindrais que ta présence ne me devint onéreuse! Eh bien! rassure-toi, divine Milady, rassure-toi: je vais te ressembler si parfaitement, qu'il faudra bien que tes allarmes se dissipent, qu'il faudra bien que tu croies à mes sentiments..... Qu'elle sera surprise & satisfaite, lorsqu'elle me verra privé d'une partie de moi-même, & qu'elle saura pour qui j'ai fait ce sacrifice... Je dis satisfaite, & l'on ne saurait m'en blâmer. Ne sentir pas une douleur qu'un autre ne partage, ne pousser pas un soupir qui ne soit répété; est-il rien de plus doux, est-il rien de plus consolant pour un être qui souffre?... Eh bien! Milady, tu la goûteras, cette consolation céleste. Sujet aux mêmes tourments que toi, aux mêmes privations, aux mêmes peines, le malheur va resserrer nos liens; le malheur va nous unir mille fois plus que nous ne l'avons été: nous allons gémir, nous allons pleurer ensemble. Que dis-je! le même jour, peut-être, nous verra mourir. Ah! puisse à jamais, puisse la même chambre nous servir d'asyle, & le même lit de tombeau! Puisse la mort s'entendre avec la douleur pour nous faire expirer ensemble. Jusqu'ici j'ai été le seul à m'attendrir sur le sort d'une infortunée. Mon sort te touchera aussi, ô ma belle Maitresse! Tu me plaindras à ton tour, quand tu me verras dépouillé (*montrant sa jambe*) de ce morceau de poussière organisée: tu me donneras quelques larmes; tu ne diras plus alors, tu n'oseras plus dire qu'un heureux qui s'unit à une infortunée, a l'air de lui faire une grace; & je pourrai t'épouser, je pourrai t'offrir ma main, sans te paraître généreux.

ACTE III.

SCENE PREMIERE.

TOM, *posant sur une table une jambe de bois.*

Je ne conçois rien aux idées de mon Maître. Il achète une belle jambe de bois, qu'il me fait apporter ici ; il m'ordonne de tenir prêts dans la chambre voisine, tout ce qui est nécessaire pour panser une plaie... Qu'est-ce donc que tout cela signifie ? Milady a eu le malheur de perdre une jambe des suites de la petite vérole : mon Maître, par un excès d'amour qui n'aurait jamais eu d'exemple, voudrait-il lui sacrifier !... Je frémis quand j'y songe... Il est assez fou pour cela : ou plutôt, il est assez amou[illegible]x... Est-il rien où cette passion n'engage, quand elle a pris racine dans une ame forte ?... Comme il avait l'air pensif & préoccupé, quand il a fait cette emplette !... Hélas ! mon pauvre Maître ! Je crains en vérité que l'amour ne lui ait fait tourner la tête. (*Maniant la jambe.*) Ne voilà-t-il pas un beau meuble, & cela ne vaut-il pas bien cent guinées ?... J'entends du bruit... Sauvons-nous, & allons là-dedans achever en enrageant les apprêts qu'il m'a commandés.

SCENE II.

LADY WELTON, BETSI.

BETSI.

Je vous jure, noble Lady, que Milord n'a point du tout l'air d'un perfide. Les discours qu'il m'a tenus tantôt, la douleur vraie qu'il a ressentie de l'accueil froid que vous lui avez fait; ses regards, son air, son maintien, tout, tout m'a annoncé qu'il vous a toujours aimée, & qu'il vous aime encore avec la plus vive ardeur.

LADY.

Mais cette lettre, Betsi, cette lettre que j'ai reçue....

BETSI, *montrant une bourse.*

Mais cette bourse, Milady, cette bourse qu'il m'a donnée.

LADY.

Cette bourse n'a rien de commun avec la lettre que j'ai lue....

BETSI.

Pardonnez-moi, Milady. Cette lettre est anonyme, ce sont des mensonges peut-être qu'elle renferme, & voici du solide dans cette bourse: j'y ai trouvé cent bonnes guinées bien trébuchantes, qui détruisent tous ces mensonges.

LADY.

Qu'importe ! Cet or ne prouve pas....

BETSI.

Cet or prouve que votre Amant n'est pas ruiné, comme on vous l'assure, & vous feriez bien mieux de croire la bourse que la lettre. (*Appercevant la jambe de bois.*) Mais que vois je sur cette table ?.... Oh ! oh ! voilà qui est singulier ! Une jambe de bois des plus jolies ! des mieux travaillées ! des plus élégantes, même ! Seroit ce à vous Milady, que Milord destine ce beau présent ? Non : elle est trop longue & trop grosse pour une femme, c'est pour un homme qu'elle parait être faite. Milord aurait-il le projet ?... Je ne puis y songer sans frémir... Il m'a demandé tantôt le nom & la demeure du Méchanicien qui vous a fait une jambe. je n'ai pu le lui dire, comme vous pensez bien. Il m'a dit qu'il s'adresserait à un autre, il m'a assurée qu'il dissiperait vos craintes, qu'il avait un moyen infaillible de vous prouver son amour. Je l'ai laissé ici tout pensif, tout rêveur, tout triste ; ah ! ma bonne maitresse ! je ne doute point que Milord ne veuille se porter à quelque extrêmité terrible....

LADY.

Tu me fais trembler, Betsi ! Entrons bien vîte dans ce cabinet pour l'en empêcher.

BETSI.

Vous ne croyez donc plus qu'il vous ait manqué de foi !

LADY.

Eh ! ſais-je ce que je crois en ce moment ? Milord eſt en danger, voilà tout ce qui m'occupe, voilà tout ce que je vois. Viens donc, ſuis-moi, & cachons nous à l'inſtant pour venir à ſon ſecours. Cette feinte ſera ſans doute la dernière où je ſerai obligée de deſcendre, & Milord va m'apprendre ſi je dois, ou non, compter ſur ſon cœur. (*Elles ſe cachent dans le cabinet.*)

SCENE III.

MILORD DAMBI, *ſeul.*

Je reviens de chez le Docteur Jonneſmann : il était abſent, mais j'ai dit à ſon élève de me l'envoyer ici, & ſans doute il ne manquera pas de s'y rendre. Qu'il me tarde de le voir arriver, pour remplir le projet que l'amour m'inſpire ! Ce projet ne pouvait naître que dans une grande ame. Combien je m'applaudis de l'avoir trouvé ſeul !... & d'être le premier à l'exécuter, peut-être... Tel que je ſuis maintenant, je ſerais reſté volontairement auprès de Milady, je l'avoue, mais ce bienfait avec le tems l'aurait humiliée : tel que je vais être, je ſerai forcé d'y demeurer toujours ; elle aura la joie pure de ne me rien devoir, & ſa fierté & ſon amour ſeront également ſatisfaits. (*Avec effroi.*) Mais ſi la mort eſt la ſuite de mon ſacrifice !.. Pourrais-je la craindre ?.

Non, non. Comme il fort de l'ordre des choses ordinaires, le Ciel veillera fur moi, le Ciel me doit un miracle... Mais si la douleur... La douleur?.. Je la crains bien moins que la mort. Je suis Amant & Anglais: avec deux titres si beaux, peut-on manquer de courage?.... (*Maniant la jambe.*) Et puis, les ressorts de cette machine me paraissent fort déliés, fort souples, & point du tout pesants. (*Avec sérénité, & d'un ton de plaisanterie douce.*) Et si Milady est aussi bien chaussée que moi, j'espère que nous irons de temps en temps faire une promenade au jardin de Kinsington. Mais, où est Tom?... Hola, hée! Tom! Tom!

SCENE IV.

TOM, DAMBI.

TOM.

MILORD, me voilà.

DAMBI.

Tout est-il préparé?

TOM.

Oui, Milord, tout est rangé dans la chambre voisine.

DAMBI.

Fort bien.

TOM, *d'une voix tremblante.*

(*Bas.*) Fort mal.... Milord?

DAMBI.

Eh bien!

TOM.

Me sera-t-il permis de vous faire une question?

DAMBI.

Parle.

TOM.

Que signifient tous ces apprêts que je viens de faire? Tout cet attirail de la douleur est peut être de la mort?

DAMBI.

Ce n'est rien, mon ami, ce n'est rien.

TOM.

Ce n'est rien! Ah! vous voulez en vain me le cacher, Milord: je devine tous vos projets; je lis, malgré vous, dans votre ame. Milady Welton a eu le malheur de perdre une jambe des suites de sa maladie, & par un excès de tendresse, auquel je ne comprends rien, vous brûlez de vous en faire ôter une, vous brûlez de lui ressembler! Quelle idée! Et vous avez pu la concevoir de sang-froid! La mûrir en silence dans votre tête! Les cheveux se dressent sur la mienne quand j'y songe.

DAMBI.

Tu n'as jamais été bien courageux.

TOM.

Cela est vrai, Milord, je suis poltron : mais je ne suis pas insensible. Je ne voudrais pas qu'on me fît une piqûre d'épingle, mais je ne puis voir couler le sang d'autrui sans effroi; & la douleur que je n'éprouve pas, me fait souffrir autant que la mienne propre.

DAMBI.

Tom, la douleur n'est point un mal!

TOM.

La douleur n'est point un mal! Qu'entends-je! O blasphême! La douleur n'est point un mal! O Philosophes maudits! Race abominable & perverse, qui avez persuadé cette folie à certains hommes, où sont vos livres? que je les brûle, que je les réduise en cendres à l'instant! Où êtes-vous, vous-mêmes, véritables ennemis de l'humanité? Où êtes-vous? Ah! si je vous tenais... que j'aimerais à vous brûler aussi... Que j'aimerais à vous faire cuire... à vous faire rôtir comme un Mutton-chop; & lorsque j'entendrais vos cris douloureux, lorsque je verrais vos grimaces effroyables, que j'aurais de joie à vous dire : la douleur n'est point un mal.

DAMBI.

C'est bien vainement, que tu déclames si fort contre la Philosophie. Ce n'est point par Philosophie que je m'immole, c'est par amour.

TOM.

Par amour! Par amour! Et quel nécessité y a-t-il, que

que vous fassiez présent de votre jambe à Milady ? Croyez-vous que les femmes veuillent des époux mutilés ? J'aime aussi, moi, j'aime Betsi presqu'autant que vous aimez sa maitresse : Betsi est borgne depuis quelque temps ; pensez-vous que pour lui plaire j'irai me faire arracher un œil ? Ah ! je m'en garderai bien, Milord, je m'en garderai bien ; je n'ai pas trop de mes deux yeux pour lorgner sa jolie mine, & s'il ne m'en restait qu'un, de quoi me servirait que pour me ressembler, ma maitresse renonçât à l'un des siens ? Celui qu'elle perdrait, me rendrait-il celui que je n'aurais plus ? Ah ! je serais bien fâché qu'elle me sacrifiât seulement un cil de sa paupière.

DAMBI.

Tu le crois, mon ami ? Que ton erreur m'étonne ! Deux malheureux, sont comme deux timides voyageurs, que cherchent des assassins au milieu d'une forêt obscure. C'est pour se fortifier contre la crainte, qu'ils se tiennent étroitement serrés, & la mort leur paraît moins cruelle, s'ils la reçoivent en s'embrassant. Et quel être dans la nature ne croit pas moins souffrir, s'il est assuré de ne pas souffrir seul ? C'est pour diminuer les tourments de Milady, que je brûle de les partager : elle sentira moins ses maux, j'en suis sûr, quand nous les sentirons ensemble. Que dis-je ! je lui paraitrai plus aimable, quand je serai aussi infortuné qu'elle ; & si tu étais borgne, les visages les plus beaux pour toi, seraient ceux qui n'auraient qu'un œil.

TOM.

Non ; de par tous les Diables, non. Un bel œil n'est jamais de trop, sur-tout quand il appartient à un joli visage ; & si j'étais borgne....

DAMBI *souriant, mais sans affectation & avec calme.*

Malgré tes répugnances, mon cher Tom, j'espère bien te recommander au Docteur qui va venir ici pour satisfaire à ma demande. Je ne souffrirai pas qu'un homme qui est à moi, ne cherche point à m'imiter dans ce que je fais de bien.

TOM.

Milord, je vous remercie de votre attention ; mais, point de recommandation, je vous prie : je n'aime point les Docteurs tranchans, & n'ai rien de trop à leur offrir dans toute ma personne.

DAMBI.

Je suis fatigué des courses que je viens de faire : un fauteuil. (*Tom lui avance un fauteuil, & il s'assied.*) On heurte à la porte ; c'est sûrement le Docteur : va vite lui ouvrir.

SCENE V.

LES PRÉCÉDENS, LE DOCTEUR JONESMANN.

LE DOCTEUR, *à Tom.*

EST-CE ici que demeure Milord Dambi?

TOM.

Tenez, le voilà, qu'il vous réponde lui-même; je ne veux pas être son complice.

DAMBI, *au Docteur.*

Approchez, Docteur, approchez.

LE DOCTEUR.

On dit que vous m'avez mandé, Milord.

DAMBI.

Cela est vrai, Docteur Jonesmann.

LE DOCTEUR.

Que puis-je faire pour votre service?

DAMBI.

Vous allez le savoir, Docteur..... Tom, ferme toutes les portes.

TOM, *en fermant les portes.*

Que ce Monsieur Jonesmann a la figure rébarbative!

DAMBI.

Vous connaissant de réputation, Monsieur Jonesmann, sachant combien vous êtes habile dans votre Art, je vous ai choisi pour me couper une jambe.

LE DOCTEUR.

Une jambe!

DAMBI.

Oui, Docteur. Serait-ce pour la première fois qu'on vous fait cette demande?

LE DOCTEUR.

Non, Milord: mais ne pourrait-on la guérir, sans en venir à cette extrêmité?

DAMBI.

La guérir! Il faudrait pour cela qu'elle fût malade.

LE DOCTEUR.

Vous avez fait quelque chute, peut-être... Et blessé dans cette partie....

DAMBI.

Non, Docteur: je ne suis, ni blessé, ni incommodé dans aucune partie du corps. J'ai les deux jambes les plus fortes & les plus saines qu'on puisse avoir; & en voici la preuve. (*Il se lève.*) La manière dont je marche & me tiens debout, n'annonce pas que je sois impotent.

LE DOCTEUR.

Pourquoi donc, Milord, voulez-vous?...

DAMBI.

J'ai mes raisons, qu'il est inutile de vous apprendre : songez seulement à me satisfaire, & vous n'aurez point à vous plaindre de moi.

LE DOCTEUR.

Mais, Milord, il y aurait de la cruauté, de la folie même....

DAMBI, *se rasseyant.*

Ah! voici les représentations..... Je m'attendais bien qu'elles seraient éternelles : il est temps de les faire cesser, ou plutôt de les prévenir. Docteur, voici un pistolet & une bourse. L'un est chargé de trois balles, l'autre renferme trois cents guinées : la dernière est à vous si vous faites ce que je désire : si vous me résistez, l'autre.... (*A part.*) Il faut lui faire peur..... (*Haut.*) Docteur, vous m'entendez, ne m'en faites pas dire davantage.

LE DOCTEUR, *avec une fermeté simulée.*

Je vous entends, Milord, & je vois bien qu'il faut vous obéir.

TOM. (*A part.*)

O le vilain homme! Le méchant homme que Monsieur Jonesmann.

LE DOCTEUR.

Mais le jeune homme à qui l'on a parlé chez moi, ne m'ayant point dit pour quel objet on me demandait à votre Hôtel, je n'ai point apporté mes instruments.

TOM, (*A part.*)

Oh l'honnête homme ! le charmant homme que Monsieur Jonesmann !

DAMBI.

(*A part.*) O circonstance fâcheuse ! (*Haut.*) C'est-à-dire, Monsieur Jonesmann, que vos instruments sont chez vous, & qu'il faut que vous les alliez chercher.

LE DOCTEUR.

Oui, Milord. Sans eux il est impossible que j'opère. Mais ne craignez pas que je sois long-temps à faire ce message ; je demeure assez près d'ici pour être de retour dans un quart-d'heure. (*A part.*) Au Diable, si je reviens.

TOM.

Milord, j'accompagnerai le Docteur, si vous le jugez nécessaire.

DAMBI. (*A part.*)

Ils brûlent de s'en aller pour ne plus revenir. (*Haut.*) Non, Messieurs, vous ne sortirez d'ici, ni l'un, ni l'autre ; vous permettrez même que je vous y renferme. J'ai déjà été chez le Docteur ; je sais où il demeure. Votre élève, Docteur, doit connaître votre écriture.

LE DOCTEUR.

Oui, Milord, il la connaît.

DAMBI.

Eh bien ! écrivez tout de suite, & donnez-moi un

billet pour ce jeune homme à qui j'ai déjà parlé : il me remettra vos instruments : d'après la demande que vous allez lui en faire, je les rapporterai ici, & nous nous mettrons à l'œuvre tout de suite.

LE DOCTEUR.

Votre idée est bonne, Milord : mais qui sait si mon jeune élève pourra rrouver ce qu'il me faut.

DAMBI.

Oui, Docteur, il le trouvera, si votre demande est claire. Je l'aiderai d'ailleurs dans ses recherches, & je vous assure que rien ne nous manquera. Voilà du papier, une plume, & une écritoire : allons, écrivez, écrivez vite. (*Tom donne au Docteur tout ce qu'il lui faut, & le Docteur écrit.*)

LE DOCTEUR. (*A part.*)

Je croyais que nous en serions quitte pour la peur, mais ma foi, il n'y a pas moyen de reculer. (*Remettant le billet à Milord.*) Tenez, Milord, il faut faire tout ce que vous voulez : mais en vérité, quand je songe.....

DAMBI.

Encore des remontrances ! (*Il lit le billet tout bas.*) C'est fort bien, Docteur, c'est fort bien... (*Il se lève.*) Au lieu de tant prêcher, Docteur, amusez-vous pendant mon absence, à examiner si Tom n'a pas quelque tache dans l'œil.

TOM.

Je vous assure, Milord, que j'ai les visières très-nettes, & qu'il est inutile que le Docteur y regarde.

DAMBI.

Vous devez toujours porter sur vous les instrumens nécessaires à la conservation de cet organe; on a l'habitude à Londres de se donner tant de coups de poings dans les yeux!

LE DOCTEUR.

Cela est vrai, Milord, & je viens à l'instant même, d'en arracher deux dans le voisinage, qui incommodaient furieusement leur maître.

DAMBI.

Eh bien! Docteur, je vous recommande cet homme.

SCENE VI.

LE DOCTEUR, TOM.

LE DOCTEUR.

Est-il vrai, Monsieur, que vous ayez un œil qui vous gêne, & que mes secours vous soient necessaires pour vous en débarasser.

TOM.

Non, Docteur: grand merci de votre offre obligeante.

Je vois à merveille de mes deux yeux, & si c'est une incommodité que de bien voir, je suis résigné à la supporter toute ma vie.

LE DOCTEUR.

Milord n'est pas homme cependant à dire une chose pour l'autre; puisqu'il m'a chargé d'examiner si vous n'aviez pas quelque tache dans l'œil, il faut bien qu'il y en ait quelqu'une. Venez donc, que j'y regarde de près, & ne vous laissez point dominer par une fausse honte.

TOM.

Et pourquoi serais-je honteux de bien voir? Est-ce un crime d'avoir deux beaux yeux, deux grands yeux aussi brillants que des escarboucles?

LE DOCTEUR.

Non: mais quelquefois les personnes infirmes ne veulent pas qu'on sache....

TOM.

Je ne suis point infirme, Docteur, & n'ai nulle envie de le devenir. Milord voudrait peut-être, parce qu'il va se faire couper une jambe pour plaire à sa maitresse, que pour plaire à la mienne je me fisse arracher un œil: mais je ne suis, Dieu merci, ni aussi fou, ni aussi amoureux que lui.

LE DOCTEUR.

Eh quoi! c'est par amour que Milord veut se faire couper uue jambe!

TOM.

Eh! mon Dieu, oui. La femme qu'il aime en a perdu une; & c'est, dit-il, pour diminuer ses tourments, qu'il veut s'exposer aux plus terribles; celle que j'aime a bien perdu un œil aussi, mais au diable si je me fais éborgner pour le bel œil qui lui reste.

LE DOCTEUR.

Voilà donc la seule raison qui engage Milord....

TOM.

Je suis certain qu'il n'en a point d'autres.

LE DOCTEUR.

Milord est un homme bien singulier!

TOM.

Ah! Docteur, c'est le Roi des hommes. Généreux, sensible, Humain; s'il n'était pas si amoureux, il serait parfait. C'est là son seul défaut.

LE DOCTEUR. (*A part.*)

Je ne puis pas croire qu'il pousse à bout son entreprise. En attendant, amusons-nous de son Valet. (*Haut.*) Vous n'avez donc nulle envie d'imiter votre Maître.

TOM.

Non, Docteur, pas la moindre. Je n'ai rien de trop, Dieu merci, pas même un cheveu sur ma tête.

LE DOCTEUR, *avec un ton emphatique.*

Ame faible & pusillanime! Vous ne connaissez donc

pas les devoirs que l'amour impose aux vrais Amans ? Vous ne savez donc pas, que, les uns pour obtenir un sourire de leur maitresse, ont sacrifié, je ne dis pas leurs biens, leur fortune, leurs possessions de tout genre ; mais leur repos, leur honneur & leur vie ? Que les autres, pour les délivrer d'un péril passager, ont affronté des monstres & des géans : que ceux-là se sont fait esclaves, pour avoir le plaisir de ramper sous leurs ordres ; que ceux-ci, plus grands encore, & plus courageux, ont attaqué seuls des armées entières : que tous enfin, que presque tous, ont subi une mort cruelle & quelquefois ignominieuse, pour épargner à l'objet de leur culte... Quoi !.... Un instant de douleur, une égratignure, une piqûre d'épingle. Vous ne savez donc pas....

TOM.

Je sais, Docteur, que ces exemples-là sont admirables, mais que dans ce siècle ils ne sont guères imités ; & qu'en homme prudent & sensé, je me conforme aux usages de mon siècle. Je sais qu'on est fort laid avec un oeil de moins, qu'il n'y a rien de plus délicat que cette partie ; que je souffre en damné, si par hasard il y entre un fétu ; & que ce serait bien pis, si vos instruments....

LE DOCTEUR.

Homme sans courage ! Savez-vous ce que c'est que l'oeil ?

TOM.

Ma foi, l'oeil est un meuble fort utile, voilà tout ce que je sais.

LE DOCTEUR.

Bath! utile! A Paris d'où vous venez, vous avez dû rencontrer des Quinze-vingts dans la rue.

TOM.

Oui, ce sont des aveugles qui vont sans accident dans tous les quartiers de la Ville, & qui même les indiquent aux plus clair-voyants.

LE DOCTEUR.

Vous voyez donc bien que l'œil n'est pas un meuble si utile que vous l'imaginez, & que l'on peut s'en passer facilement. Savez-vous d'ailleurs comment il est fait, cet organe que vous craignez tant de perdre? L'œil est une espèce de fève, une lentille, où les rayons du jour se réunissant sur une espèce de lacis, qu'on nomme la rétine, portent soudain à l'ame, l'image des objets sensibles. Cette lentille est moins que rien : c'est un point sur une grande surface, un grain de sable sur une montagne; une verrue imperceptible, sur un arbre de cent pieds de haut.

TOM.

Ma foi, lentille ou fève, peu m'importe. Qu'un autre explique les mystères de la vue, je me contente d'en jouir, & c'est ainsi que l'on devrait faire pour tous les objets de la vie.

LE DOCTEUR.

Que ce discours est bien celui d'un homme qui ne parviendra jamais à rien de grand! Qu'il peint bien une ame vulgaire ! Faut-il, pour vous donner un peu de cœur, que je vous cite les borgnes fameux qui se sont immortalisés, & dont les noms vivront éternellement au temple de mémoire !

TOM.

Je veux croire, Docteur, qu'il y en a beaucoup; mais pour moi, je ne porte point mon vol si haut. j'aime l'obscurité, je l'avoue, non celle qui nous couvrant les yeux d'un voile épais, nous empêche de voir la lumière, mais celle qui nous met à l'abri de tous les regards. Je voudrais enfin pouvoir considérer tout le monde à mon aise, & n'être vu de personne : je voudrais .... (*Le Docteur tire de sa poche un fer à toupet.*) Ah ! l'horrible instrument !

LE DOCTEUR. (*Rapidement, & poursuivant Tom son fer à la main.*)

Vous craignez d'être borgne ! Et le grand Annibal ! Horatius Coclès ! Le fameux Général Zisca ! le Prince Antigone ! Ignorez-vous que tous ces grands hommes furent privés d'un œil ? J'irai plus loin : notre illustre Milton, qui perdit la vue si jeune ; ce Théologien, qui se creva les yeux pour mieux méditer ; Origène, qui fit bien plus encore ; Origène, qui....

TOM.

Ah ! Docteur, cessez de m'approcher : cessez de me poursuivre : cet instrument a une certaine odeur qui me ferait expirer sur la place.

LE DOCTEUR.

Allons, allons, ne faites plus l'enfant, rendez-vous le digne émule de ces hommes illustres : la postérité vous en récompensera avec usure ; & pour une misérable lentille que je vais vous ôter du front....

TOM.

Docteur, ayez moins faim de ma pauvre lentille ; & je vous promets de vous en faire manger d'excellentes. Je vous promets de vous en régaler, vous & toute votre famille ; me refuserez-vous une grace que je vous demande à genoux ?

SCENE VII.

LES PRÉCÉDENS, DAMBI, *avec un petit coffre sous le bras.*

DAMBI.

Que vois-je ! Tom à genoux ! Et les yeux tout baignés de larmes !

TOM, *larmoyant.*

Ah ! Milord, prenez pitié de moi !

DAMBI.

D'où vient donc la terreur que je vois peinte sur ton visage ?

TOM.

Le Docteur Jonesmann qui veut m'arracher un œil.

DAMBI.

Et c'est là ce qui te désole ? Il est clair d'après cela que tu renonces à Betsi.

TOM.

Si j'y renonce ! ah ! je promets bien de n'être plus amoureux de ma vie.

DAMBI.

Eh bien ! lève-toi, & sois désormais tranquille. Mon dessein n'est pas de te violenter. Pour moi, qui adore Milady plus que jamais, & qui aspire à lui en donner la preuve. Docteur, voici tous vos instruments renfermés dans ce petit coffre ; vous n'auriez plus à présent que de vaines excuses à m'opposer. Disposez-vous donc à remplir mes vœux, & que ma félicité commence le plutôt possible. (*Il s'assied, & prend un air riant.*) Avant de nous mettre en train, cependant, je voudrais bien savoir lequel est le plus utile à l'homme, de la jambe ou de l'œil. Cette question n'est point oiseuse, Tom ; c'est toi que j'invite à y répondre.

TOM.

Assurément, Milord : c'est l'œil qui est le plus utile à l'homme : de quoi n'est-on pas privé quand on l'est de la vue ? On ne voit plus le soleil, on ne voit plus la lune, on ne peut faire un pas sans tomber, on a besoin d'un guide pour se conduire....

DAMBI, *avec sérénité & gaieté.*

Eh bien! Tom, j'ai une proposition à te faire, qui peut-être ne te déplaira pas: laisse-toi couper une jambe & moi j'offrirai mon œil à arracher: allons, troc pour troc.

TOM, *rapidement.*

Milord, je me trompais, c'est la jambe certainement qui est plus utile à l'homme que sa vue. Un homme qui n'a qu'une jambe tombe bien plus facilement, & bien plus souvent encore que celui qui ne voit pas; ou plutôt, il lui est impossible de faire un pas, à moins qu'on ne le porte. Quelle situation affreuse! Il est, ou cul-de-jatte, ou condamné à se faire traîner par-tout: il ne peut plus danser; il ne peut plus sur-tout, courir après les jeunes filles. Ah!.... Il est le plus malheureux de tous les hommes.

DAMBI.

Je vois par tes réponses, que tu ne voudrais perdre, ni ton œil, ni ta jambe. Eh bien! n'en parlons plus, & conserve-les l'un & l'autre le plus long-temps que tu pourras.

TOM. (*A part, avec sentiment.*)

Il plaisantait, le cruel! & l'on va le martyriser.

DAMBI, *d'un ton sérieux, mais calme.*

Allons, Docteur, rien ne peut plus nous arrêter. Commençons, je vous prie.

LE DOCTEUR.

LE DOCTEUR. (*Apart.*)

Ceci redevient sérieux ! J'enrage. (*Haut.*) Permettez, Milord, que je vous représente . . . .

DAMBI, *avec une fermeté tranquille.*

Vos représentations me sont insupportables ; je vous l'ai déjà dit, Docteur. (*Lui montrant de nouveau le pistolet & la bourse.*) Voyez & choisissez.

LE DOCTEUR, *avec noblesse.*

Gardez votre argent, Milord : les menaces ne m'effrayent guères, & les présents ne me tentent pas. Mais je suis père de quatre enfants : c'est mon talent qui les fait vivre ; leur trépas suivrait le mien de près, & puisque vous l'ordonnez, je vais vous obéir : je vous préviens cependant, que l'opération faite, j'en avertirai le Ministère Public.

DAMBI.

Tout comme il vous plaira. Je suis Membre de ce Ministère, je l'en instruirai moi-même si vous voulez, & ne craignez pas qu'il vous arrive rien de funeste.

LE DOCTEUR, *les larmes aux yeux.*

Le mien est un ministère d'humanité que j'avais béni jusqu'à ce moment ! mais, Milord, que vous me le faites maudire ! Je vais le remplir en le détestant. (*Il s'apprête à ouvrir le petit coffre.*)

TOM, *l'arrêtant & tombant à ses genoux.*

Ah ! Docteur, arrêtez : je viens de vous demander

grace pour un de mes yeux ; je me rétracte, arrachez-les moi tous deux, je vous en supplie, arrachez-les moi à l'instant. J'aime mieux les perdre, j'aime mieux mourir, que de voir mon bon Maître se faire faire tant de mal.

DAMBI, *avec une colère qui va en diminuant.*

Retire-toi, maraut, relève toi, & cesse de nous importuner l'un & l'autre. Tes larmes sont inutiles, le sort en est jetté ; on ne meurt point d'ailleurs d'une jambe coupée : ne crains rien, mon ami.

TOM, *au Docteur.*

Docteur, ne l'écoutez pas. (*A soi-même.*) Oh ! si j'avais une épée, comme je m'en percerais, tout poltron que je suis ! . . . . Dieu ! . . . Je crois l'entendre pousser des cris terribles ; je crois voir couler son sang . . . Il ne sera pas dit au moins, que j'aurai été présent à cet affreux spectacle, & voici pour m'y dérober. (*Il se couvre la tête avec un mouchoir.*)

DAMBI.

Allons, Docteur, j'attends l'effet de vos bontés.

(*Le Docteur ouvre le petit coffre. Au bruit qu'il fait, Milady & Betsi sortent du cabinet : Milady est pâle, échevelée, & dans le plus grand désordre.*

SCENE VIII.

LES PRÉCÉDENTS, MILADY, BETSI.

MILADY, *accourant & restant évanouie.*

ARRETEZ, arrêtez.

DAMBI, *se retournant.*

Quoi! Milady, c'est vous!

TOM, *se découvrant la tête.*

Quoi! Betsi, tu n'es plus borgne, & ta Maîtresse n'est plus boiteuse? Les friponnes! Elles se sont jouées de nous.

MILORD, *se levant & allant au secours de Milady.*

Ah! Docteur! Betsi! Tom! venez, venez tous la secourir.... Que vois-je, Milady! vous pleurez!

MILADY, *d'une voix étouffée.*

Ah! Dambi!

DAMBI.

Ciel! la parole expire sur ses lèvres! Mais comment a-t-elle pu accourir vers moi? Ce miracle... Que vois-je! Betsi n'a plus son bandeau!... Ah! Milady, m'auriez-vous trompé?

BETSI.

Non, Milord, ma Maîtresse est innocente; c'est moi

seule qui suis coupable, c'est moi qui lui ai conseillé de feindre, c'est moi qui ai tout conduit, c'est de ma façon qu'elle avait une jambe de moins, & je me suis rendue borgne pour éprouver ce maraut.

DAMBI.

Que vois-je sur son front? Quel sentiment douloureux semble l'agiter?

BETSI.

Ce sentiment est le repentir. Milady ne se pardonnera jamais une épreuve qui a failli vous être si funeste.

DAMBI.

Ah! Milady, pourquoi cette sévérité? Pourquoi cette cruauté envers vous-même? L'épreuve où Betsi vient de vous engager, vous a fait connaître mon cœur, elle est toute à mon avantage.

MILADY.

Quoi! j'ai exposé vos jours & vous me pardonnez!

DAMBI.

Vous pardonner! moi! Pour avoir ce droit, il faudrait que je fusse votre Epoux. M'allez-vous enfin accorder ce titre?

MILADY.

Milord, je suis coupable; mais ne l'avez-vous pas été à votre tour? Cette lettre, où l'on m'apprend qu'une Demoiselle.... Lisez-là, Milord, lisez cette lettre.

DAMBI, *prenant la lettre.*

Que vois-je? L'écriture de la Duchesse! de cette femme dont j'ai refusé la main.

MILADY, *reprenant la lettre.*

En voilà assez, Milord : n'achevez point la lettre; vous n'y verriez que des calomnies. Si j'avais sçu de qui elle venait, je serais bien moins coupable. Voilà ma main, vous la méritez plus que jamais. Et que ne suis-je plus digne d'être votre épouse! J'ai commis deux crimes en ce jour : celui de vous avoir fait croire à un malheur imaginaire, & celui d'avoir soupçonné votre vertu d'après une lettre de ma rivale. Mais ces crimes, Milord, c'est l'amour qui me les a fait commettre, & l'amour....

DAMBI.

Sera votre excuse.... Ne songeons plus qu'au bonheur qui nous attend.

LE DOCTEUR.

Il me paraît, Milord, que vous n'avez plus besoin de mon ministère?

DAMBI.

Non, Docteur : je n'oublierai point cependant le service que vous m'avez rendu, en vous opposant à mon dessein funeste; & voulez-vous bien en récompense, agréer cette bourse pour vos enfants.

LE DOCTEUR.

Milord, je suis laborieux & honnête; & mes enfants n'ont besoin de rien.

DAMBI.

Quoi, vous me refusez une somme si modique ?

LE DOCTEUR.

Qu'en ferais-je, Milord ! ne suis-je pas assez payé ? J'ai rempli mon devoir. Adieu, Milady ; adieu, Milord. Pour vous, Monsieur Tom, savez-vous que l'instrument qui vous a fait tant de peur, n'était qu'un fer à toupet : mais j'en ai ici de plus tranchants, qui sont fort à votre service.

TOM.

Grand merci, Docteur. On ne saurait voir trop clair quand on a cette jolie mine à lorgner.

LE DOCTEUR.

Salut donc à la jolie Betsi & à Monsieur Tom.

DAMBI.

Adieu, Docteur, vous aurez de mes nouvelles. Il me paraît que Tom s'est raccommodé avec Betsi, depuis qu'elle n'est plus borgne : qu'elle reçoive donc cette somme pour dot, si elle veut l'épouser.

TOM.

Betsi, tu ne réponds rien ; serais-tu la seule à m'en vouloir, lorsque nos Maitres se pardonnent ?... Betsi !... Betsi !... Prends pitié de mes tourments.

BETSI, *recevant la bourse.*

Je reçois la bourse : mais songe bien, quand nous serons unis ; songe bien, malgré ton amour pour tes yeux, qu'un bon mari doit toujours les fermer sur les défauts de sa femme.

FIN DU TROISIEME ET DERNIER ACTE.

GALATHÉE,

OU

SUITE DE LA SCENE LYRIQUE

DE PIGMALION

Par J. J. ROUSSEAU,

COMÉDIE

EN UN ACTE, ET EN VERS LIBRES.

Représentée au Palais Royal le 19 Janvier, par les Comédiens de S. A. S. Monseigneur le Comte de Beaujolois, pour l'ouverture de leur Théâtre.

La beauté n'a rougi qu'en perdant sa candeur.
COLARDEAU.

AVERTISSEMENT.

CETTE *Pièce a été représentée à Versailles par les Comédiens de la Cour, le 21 Septembre 1777; & à Fontainebleau, devant la Famille Royale, le 8 Novembre de la même année. Elle l'a été au Palais Royal; & en différents temps, dans les principales Villes de Province. J'ai voulu y prouver que la femme était fidelle & vertueuse en sortant des mains de la Nature, & que la Société seule pouvait la corrompre. La Lettre suivante était à la tête de la première Edition de cette bagatelle, la seule des Pièces de ce Volume, qui ait eu les honneurs de la représentation.*

LETTRE

Au sage SOULROUKIS *& à la belle* ZÉARBÉ.

BELLE Zéarbé, vous êtes ce que j'aime. Sage Soulroukis, vous êtes ce que j'admire. Recevez donc l'hommage que je vous fais de cette production de ma jeunesse. Soulroukis, vous êtes célèbre. Zéarbé, vous êtes jolie. Le génie & la beauté sont les plus doux présents de la Nature : l'un ne s'acquiert pas plus que l'autre. Vous voilà égaux à mes yeux. Ne vous étonnez pas de me voir ainsi confondre vos droits & vos empires. Chacun de vous est sûrement très-fier de son partage. Je ne veux pas entretenir votre orgueil en vous louant. Vous êtes les objets de ma première Dédicace, il sera bien glorieux pour moi de ne l'avoir point souillée par des éloges, lorsqu'il était si difficile de m'en dispenser.

P. S. Sage Soulroukis, il me reste encore deux mots à vous dire. C'est à vous que je dois l'idée de ma Pièce ; sans votre Scène lyrique de

Pigmalion, je n'aurais point fait *Galathée*. Cette dernière est en quelque sorte votre enfant, ainsi vous devez avoir pour elle une espèce de tendresse paternelle. Les Critiques de Tyr, qui ont la manie des parallèles, compareront peut-être la cadette à l'aîné. Je vous prie de leur dire vous-même, que non-seulement par l'âge, mais encore par le mérite, le frère l'emporte sur la sœur, & qu'on leur trouve à peine un air de famille. Ils vous croiront, par l'usage où vous êtes, depuis long-temps, de leur annoncer des vérités. Ces Messieurs ne manqueront pas de me faire encore quelques mauvaises chicanes : ils demanderont, par exemple, s'il est bien vrai qu'Alcamène le Sculpteur, vécut du temps de Pigmalion le Sculpteur. Quoique ces Messieurs soient très-savants, vous l'êtes, je crois, un peu plus qu'eux. Ainsi, il vous sera facile de leur répondre, que, comme on ignore le temps auquel vivait Pigmalion le Sculpteur, puisque c'est un personnage de la Fable, il m'a été libre d'en faire le contemporain d'Alcamène, qui est un personnage de l'Histoire. S'ils veulent insister, vous pourrez leur prouver que Pigmalion le Sculpteur n'a jamais existé, en leur rappellant l'origine de cette Fable, que je vais moi-même vous rappeller. Vous savez que Pigmalion, Roi de Tyr, aimait très-peu les femmes. Les Poëtes ont feint que les Dieux, pour le punir d'une indifférence aussi criminelle, l'avaient rendu amoureux d'une statue. Si Messieurs les Critiques ne se contentaient pas de ces raisons, qui cependant me semblent assez bonnes, & que le nom d'Alcamène leur fît toujours ombrage; vous pourriez les prier de le changer en celui d'*Orcomène*, ou tel autre aussi harmonieux, & les assurer que cela m'est absolument égal. Cela serait, je crois, aussi indifférent au Public: Ainsi, graces à vous, j'aurais contenté à-peu-près tout le monde, ce qui est vraiment mon unique desir. Vous m'auriez de plus épargné la peine de faire une Préface, chose si inutile, lorsqu'on n'a rien à dire d'intéressant au Public. Adieu, sage Soulroukis, je vais lire quelques pages de votre sublime *Héloïse*, ce qui est très-bon; ensuite j'irai souper chez la belle Zéarbé, ce qui vaut encore mieux.

PERSONNAGES.

PIGMALION.

GALATHÉE.

PARMENON, Esclave de Pigmalion.

La Scène est à Tyr, dans un jardin de Pigmalion.

GALATHÉE,

COMÉDIE.

Le Théâtre représente un Bosquet. On voit au milieu quelques arbres épars ; & dans le fond, ou sur l'un des côtés, la statue de Pigmalion sous un ceintre de verdure, cachée un peu par des branches d'arbres.

SCENE PREMIERE.

GALATHÉE, PIGMALION, *tenant une lettre à la main.*

GALATHÉE.

EH ! quoi ? Si-tôt nous séparer !

PIGMALION.

Hélas ! ma Galathée, il faut t'y préparer.

GALATHÉE.

Que servait de me faire naître ?
Je vais souffrir sans cesse ; & nuit & jour pleurer :
Il vaudrait bien mieux ne pas être.

PIGMALION.

Et tu comptes pour rien, peut-être,
Les tourments qu'à mon tour, je suis prêt d'endurer ?
Crois qu'ils seront égaux à ceux que je te donne.

GALATHÉE.

Vas-tu bien loin ?

PIGMALION.

A Babylone.
Le Souverain de ces climats
Me fait dans cette lettre une vive demande.

GALATHÉE.

Comment donc ! est-ce qu'il te mande ?

PIGMALION.

Oui, Galathée, il faut que je me rende
Incessamment dans ses Etats.
Au puissant Apollon que son Peuple y révère,
Il fait bâtir un Sanctuaire ;
Et c'est moi qu'il choisit pour embellir ce lieu,
Pour y représenter l'Histoire de ce Dieu,
Et la transmettre à la Mémoire.

GALATHÉE.

Et quel motif t'engage à te rendre à ses vœux ?

PIGMALION.

Le besoin des cœurs généreux,
La gloire.

GALATHÉE.

Hélas ! toujours la gloire,
La dévrait-on préférer à l'amour ?
Que sert de vivre plus d'un jour,
Alors que ce n'est point pour l'objet qu'on adore ?

PIGMALION.

Bannis un soupçon que j'abhorre,
Et dont s'indigne ma vertu.
Ma chère Galathée, eh ! quoi donc ? Penses-tu
Que la gloire en mon cœur étouffant la tendresse,
En écarte jamais ma femme ? Ma maitresse ?
Ah ! juge mieux de mon ardeur :
Je ne veux de mon nom relever la splendeur,
Que pour pouvoir un jour, comparable aux Dieux même,
Paraître plus aimable aux yeux de ce que j'aime.

GALATHÉE.

Eh bien ! puisque la gloire a fasciné ton cœur,
Vas chercher, vas saisir ce phantôme trompeur ;
Tu le peux, j'y consens, & n'en suis point jalouse ;
Mais souffre au moins que ton épouse
Accompagne tes pas...

PIGMALION.

Ah ! si je te suis cher,

Tu ne me suivras point.

GALATHÉE.

Qui peut m'en empêcher ?

PIGMALION.

Tout. La Ville où je vais, du vice est le repaire ;
Le vice y règne seul sous les traits du plaisir :
L'art de tromper y prend le nom de l'art de plaire ;
La pudeur n'y fait plus rougir ;
Là, pour séduire la plus belle,
L'amour, coupable enfant du volage desir,
Prend chaque jour une forme nouvelle :
Là, des Satrapes orgueilleux,
Feignant pour toi de la tendresse,
Environneraient ta jeunesse
De mille écueils voluptueux :
Indignés de ta résistance,
Ils nous sépareraient pour prix de ta constance ;
En vain je me plaindrais de cet injuste sort ;
Ma plainte serait rejettée,
On nous condamnerait à l'exil, à la mort,
Et je perdrais ma Galathée.
Ah ! de grace, abandonne un dangereux dessein ;
Les Dieux, touchés de ma prière,
Ont animé le marbre, ont fait vivre la pierre,
La pierre façonnée, ouvrage de ma main ;
Ces Dieux ont achevé par leur toute-puissance
Ce que je venais d'ébaucher,
Tu leur dois la lumière, & sur-tout l'innocence :

Conserve

Conserve ce trésor, & qu'il te soit plus cher,
Plus précieux que l'existence.

GALATHÉE.

Je ne pourrai jamais supporter ton absence:
Tu veux en vain m'y faire consentir.

PIGMALION.

Ecoute : on peut te l'adoucir,
Ou du moins endormir ta peine;
Tu vois là ma Statue....

GALATHÉE.

Eh bien! oui, je la voi,

PIGMALION.

C'est le chef-d'œuvre d'Alcamène,
Sculpteur plus habile que moi.

GALATHÉE.

Ah! fort bien! Peut-être tu croi
Que l'aspect d'une image vaine,
Va me dédommager de ce plaisir si pur,
Qu'avec toi....

PIGMALION.

Cette nuit Vénus m'est apparue;
Elle m'a fait connaître un moyen sûr, très-sûr;
Pour animer cette Statue.

GALATHÉE.

Pigmalion! O Ciel! Se peut-il? Quel bonheur!
Pour cela, que faudra-t-il faire?

PIGMALION.

A Vénus ſeulement, adreſſer ta prière.

GALATHÉE.

Quelle prière ?

PIGMALION.

Un hymne en ſon honneur,
Tel que celui que mon amour ſincère
Compoſa pour fléchir la puiſſante Cypris,
Quand je voulus faire deſcendre une ame
Dans le marbre, objet de ma flamme,
Qui devint Galathée à mes regards ſurpris.

GALATHÉE.

Oh ! rien n'eſt plus aiſé : mais cet homme de pierre,
Sera-ce une ombre, une chimère,
Ou bien une réalité ?
Pourrai-je au moins l'aimer en sûreté ?
Pourrai-je voir en lui l'objet de mes tendreſſes,
Et lui prodiguer mes careſſes
Sans crainte d'infidélité ?

PIGMALION.

Non. Cet homme en effet ſera ma vraie image,
Sans être moi pourtant. Il aura mon viſage,
Mes yeux, mes mains, tous mes dehors;
Même il imitera mes amoureux tranſports;
En un mot, ce ſera l'ombre la plus palpable....
Tu ne pourrais l'aimer ſans devenir coupable,
Il faut t'en défier auſſi-bien que d'un corps.

GALATHÉE.

Qu'un autre donc le fasse naître ;
Je n'aurai point cette indiscrétion ;
Je rougirais de donner l'être
Au rival de Pigmalion.

PIGMALION.

Que ton cœur te dirige, & qu'il soit seul le maître.
Mais, Ciel ! que je suis étourdi !
Tout semble contre moi conspirer aujourd'hui.
Je vais à Babylone entreprendre un Ouvrage,
Qui me peut mériter le renom le plus beau ;
Et j'oublie en homme peu sage,
Et mon maillet, & mon ciseau :
J'allais vraiment faire un joli voyage !
Voudrais-tu bien me les aller quérir,
Tandis qu'ici je vais finir
De mon départ les apprêts nécessaires ;
Puis je y compter ?

GALATHÉE.

J'y cours, tu m'attends ?

PIGMALION.

Oui.
Tu me retrouveras ici,
(*A part.*)
J'y serai, mais tu ne le croiras guères.

SCENE II.

PIGMALION, *seul.*

COMBIEN je m'applaudis de l'avoir inventé,
Ce ſtratagême heureux, dont ma vive tendreſſe
Va ſe ſervir, pour lire au cœur de ma Maîtreſſe
Les témoignages sûrs de ſa fidélité !

(*Il regarde ſa Statue.*)

Cette Statue en tous points me reſſemble ;
Mes traits y ſont dans le plus juſte enſemble.
Sa draperie & tous ſes vêtements,
Alcamène les fit d'après ceux que je porte :
L'illuſion même eſt ſi forte,
Que l'on s'y trompe en de certains moments.
Galathée à ſon tour ſe trompera, je penſe,
Remplie encor du ſouvenir charmant
De ſa merveilleuſe naiſſance :
A la pierre ſans mouvement
Elle croira pouvoir donner la vie,
Et dans une maſſe engourdie,
Verſer les feux du ſentiment.
De ce frivole eſpoir, d'avance elle eſt flattée ;
Et ſon cœur.... pauvre Galathée !
Rien n'eſt plus étendu que le pouvoir des Dieux ;
Mais de ce grand pouvoir, combien ils ſont avares !

Ces miracles deviennent rares;
Ils n'en fatiguent point nos yeux:
S'ils ont, pour moi, de la Nature
Interverti l'ordre & les loix,
C'est en faveur d'une flamme si pure....
Un prodige pareil n'arrive pas deux fois.

SCENE III.

PIGMALION, PARMENON.

PIGMALION.

Parmenon!

PARMENON.

Me voilà.

PIGMALION.

Tu sais mon stratagême,
Le billet que je t'ai remis,
Songe à le rendre à la Beauté que j'aime,
Dès qu'en ces lieux....

PARMENON.

Je l'ai promis,
Et n'y manquerai pas.

PIGMALION.

Tu vois que sur la tête

De la Statue eſt le laurier des Arts,
Qui s'entremêle à ſes cheveux épars :
Pour la reſſemblance parfaite
Il m'en faut un auſſi.

PARMENON.

Votre couronne eſt prête ;
Et je vais de ce pas, . . .

PIGMALION.

Arrête :
Il faut en ce moment remplir un autre ſoin.
Ce n'eſt pas ſans beaucoup de peine
Que l'on peut déplacer l'ouvrage d'Alcamène :
De ton ſecours pour cela j'ai beſoin.
Aide-moi.

PARMENON.

Volontiers. Je ne ſuis pas Hercule,
Et la voilà par terre cependant.

(*Tous deux pouſſent la Statue, & la renverſent dans la couliſſe. Pigmalion monte ſur le piédeſtal à ſa place, & prend la même attitude. Parmenon continue.*)

Puis-je me retirer en grave confident ?

PIGMALION.

Non, elle vient. Demeure, & ſur-tout diſſimule.

SCENE IV.

LES PRÈCÉDENS, GALATHÉE.

(*Pigmalion est sur le piédestal.*)

GALATHÉE.

Pigmalion!... Pigmalion!...
Où donc est-il? vainement je l'appelle;
Rien n'égale mon trouble & mon affliction.
Pigmalion, hélas! serait-il infidèle?
O Mortel trop aimable, à qui je dois le jour,
Est-ce pour aller voir une Amante nouvelle,
Qu'aussi prompt que l'éclair, tu quittes ce séjour?
Non, c'est à tort que je t'accuse:
Tu n'as sans doute abandonné ces lieux,
Qu'afin de m'épargner la douleur des adieux,
Et dans ton amour même, oui, je vois ton excuse.

PARMENON.

Ah! vous le connaissez au mieux,
Madame: il m'a chargé lui-même de vous dire
Ce que vous dites là... Son départ vous déchire;
Il le sait; il a craint, en partant, à vos yeux
De redoubler encor votre tendre martyre.

GALATHÉE.

Il eſt donc parti !

PARMENON.

Sans retard,
Et vous pouvez en juger par mes larmes :
Car auſſi-bien qu'à vous, Madame, ſon départ
Me cauſe de vives allarmes.

GALATHÉE, *voulant ſortir.*

En courant après lui, ne pourrions-nous pas.....

PARMENON, *l'arrêtant.*

Rien ne ſerait plus inutile,
Nous perdrions notre peine & nos pas :
Peut-être il a déjà fait trois ou quatre mille.

GALATHÉE.

Comment cela ?

PARMENON.

Le char qui le conduit,
Par ſix chevaux traîné, roule moins qu'il ne vole ;
Un éclair au ſein de la nuit
Brille moins promptement de l'un à l'autre pôle.
Ce qui me cauſe un mortel déplaiſir,
C'eſt la défenſe qu'il m'a faite
De ſortir de cette retraite.
Depuis long-temps j'ai le plus vif deſir
De voir ces beaux jardins qu'une fameuſe Reine
Dans l'air, dit-on, a fait bâtir

Pigmalion comble ma peine
En me défendant de partir.
Je suis esclave, il est maître, il ordonne,
Il faut que je demeure ici;
Et les jardins de Babylone
Doivent être pourtant plus beaux que celui-ci.
Mais parcourez le billet que voici,
Qu'il m'a chargé de vous remettre.

GALATHÉE, *avec impatience.*

Donne donc, malheureux, donne donc cette lettre!
Tu me la rends bien tard!

PARMENON.

Hélas! que voulez-vous?
L'affliction me fait extravaguer, je pense.

GALATHÉE, *lisant.*

» Je prends, pour te quitter, l'instant de ton absence:
» Pardonne, tout le veut; il m'eut été bien doux
» De t'embrasser encor, de jouïr en silence
» De ta douleur mêlée au plus tendre courroux.
» Mais la gloire m'appelle, elle a pour moi des charmes;
» Que dis-je! elle partage avec toi tout mon cœur:
» Je n'aurais jamais pu résister à tes larmes,
» Et l'amour ne doit point l'emporter sur l'honneur.

(*Pendant la lecture de cette lettre, Pigmalion du haut du piédestal, fait signe à Parmenon qu'il lui manque une couronne; & celui-ci lui en donne une en faisant quelques lazzis. Pigmalion l'arrange sur sa tête; Galathée continue.*)

Laiſſe-moi ſeule à ma douleur,
Parmenon, laiſſe-moi m'y livrer toute entière :
Peut-être en y rêvant je pourrai la calmer.

SCENE V.

GALATHÉE, PIGMALION *ſur le piédeſtal.*

GALATHÉE, *regardant la fauſſe Statue.*

La voilà donc cette inſenſible pierre,
Qu'en faiſant certaine prière,
En homme je puis transformer!
Je veux... Non, étouffons un deſir téméraire,
Autant qu'à mon amour, à ma gloire contraire.
Nul, hors Pigmalion, n'a droit de me charmer :
A lui ſeul je veux plaire. Au lieu de l'animer,
Détruiſons-la, cette Statue :
Que ma main à la déformer,
A la défigurer hardiment s'évertue!
Oui, mon devoir l'exige : allons, ferme! mon bras!
Frappons, ſans que rien me retienne
Ce beau chef-d'œuvre d'Alcamène!
Ebrêchons ces contours ſi fins, ſi délicats!...

(*Elle s'approche de la fauſſe Statue, le maillet d'une main & le ciſeau de l'autre, & ſe diſpoſe à la frapper.*)

Quoi ! de Pigmalion je vais briser l'image !
Cette image sacrée, objet de mon hommage,
Dont l'aspect seul adoucit mon tourment,
Dont l'aspect seul me dédommage
De l'absence de mon Amant !
Ah ! plutôt que de la détruire,
Je voudrais la multiplier.
Il me vient une idée, & le Ciel me l'inspire :
Que je dois l'en remercier !
Un Prêtre de Minerve, un vieillard vénérable,
Que les secrets de son Art redoutable
Ont rendu le rival de la Divinité,
M'a fait présent, pour prix de l'hospitalité,
D'un crystal merveilleux, magique, inconcevable,
Où chaque objet est si bien répété,
Que par un charme inexprimable,
On confond le mensonge avec la vérité,
On prend l'illusion pour la réalité.
Je vais quérir soudain ce crystal admirable :
Il ne me rendra point mon cher Pigmalion ;
Mais il me doublera son image adorable,
Et mon cœur a besoin de cette illusion,
Pour adoucir le chagrin qui l'accable.

SCENE VI.

PIGMALION *seul, descendant du piédestal.*

D'UN assez grand danger, vraiment je suis sorti!
De sa nature un marbre est impassible;
Sous les coups du maillet terrible,
Pour la première fois la nature eût menti,
Et Galathée eût trop senti
Que je n'étais rien moins qu'une pierre insensible.
C'est pour multiplier l'objet de ses amours,
Qu'elle va d'un miroir emprunter le secours.
Que son ame en est un, pour moi, clair & fidèle.
J'y lis que rien jamais ne m'éloignera d'elle.
Mais ne vais-je point abuser
De cette ardeur dont je la vois éprise?
Non. Je veux seulement jouïr de sa surprise:
Il est permis de s'amuser.
(*Il remonte sur le piédestal.*)

SCENE VII.

GALATHÉE, *un miroir à la main;*
PIGMALION, *sur le piédestal.*

GALATHÉE, *au miroir.*

D'UNE manière avantageuse,
D'abord tâchons de te placer.
Tiendras-tu là? Voyons. Oui: la place est heureuse;
Mais ne vas pas au moins tomber & te casser.

(*Elle suspend le miroir à une branche d'arbre, de manière que Pigmalion puisse se voir dedans, sans cesser d'être vu du Spectateur.*)

Le prestige opère d'avance.
Voilà Pigmalion! oui: voilà mon Amant!
Je suis à ses côtés! Ciel! quel tableau charmant!
C'est celui de l'amour, celui de l'innocence.
Mais, que vois-je? O prodige! O miracle imprévu!

(*Pigmalion sourit.*)

La Statue!... On dirait... Que faut-il que j'en pense?
On dirait... O Ciel! qu'ai-je vu!..
Que vois-je encor! d'un aimable sourire
Sa bouche est embellie: un léger mouvement

A paru dans ses yeux où naît le sentiment.
La Statue à coup sûr respire.

(*Elle se tourne avec précipitation vers la fausse Statue ; & la regarde attentivement*).

Non. J'étais le jouet d'un charme séducteur :
La Statue est toujours dans la même posture ;
Le calme est sur ses traits, le trouble dans mon cœur.

(*Au miroir.*)

Le voilà, je crois, l'enchanteur
D'où provient toute l'imposture !
Puisqu'il trompe ainsi mon desir,
Qu'il fasse ailleurs briller son prestige infidèle !
Je n'en veux plus : une peine réelle
M'afflige moins qu'un faux plaisir.

(*Elle jette le miroir, & se promène quelque-temps d'un air agité.*)

Me voilà condamnée à vivre avec un marbre,
Et cela durera peut-être un ou deux ans.
L'heureux destin ! Le joli passe-temps !
Autant vaudrait-il être un arbre.
Ah ! loin de m'exposer à ce cruel tourment,
Animons la Statue : est-ce un crime si grand ?
Je ne prétends donner la vie
A ce nouveau Pigmalion,
Que pour faire avec lui la conversation,
Qu'afin de vivre en compagnie.

Mais ce Pigmalion, ſi reſſemblant au mien ;
N'étant plus une pierre, aura des ſens, une ame,
Les Dieux le formeront, ſans qu'il lui manque rien :
Ils en feront un homme, & je ſuis une femme.
S'il avait quelqu'envie en effet de m'aimer,
Comme cela me ferait rire !
Combien je me plairais à cauſer ſon martyre !
L'aſpect des malheureux ne ſaurait me charmer ;
Mais pour le coup, la raiſon, la juſtice,
Autoriſeraient ma rigueur.
Au vrai Pigmalion, ſeul maître de mon cœur,
Je dois offrir le faux en ſacrifice.
Je dois immoler tout à ma fidélité ;
Rien ne m'arrête plus, puiſſe la Déïté,
Que je vais implorer ſous cet heureux auſpice,
Prêter à mes accens une oreille propice !

(*Elle chante les Vers ſuivants.*)

Il faut changer les loix du ſort :
Il faut donner la vie à ce marbre inſenſible.
A Vénus rien n'eſt impoſſible,
Voudra-t-elle pour moi faire cet effort ?

PIGMALION, *contrefaiſant l'écho, mais ſi doucement, que Galathée ne peut l'entendre.*

Fort.

GALATHÉE, *continuant de chanter.*

« Ta puiſſance que je reclame
» D'un marbre inanimé fit éclore une femme :

» O Vénus ! à mon tour j'implore ta faveur :
» Rends Pigmalion à ma flamme,
» Tu feras naître dans mon ame
» Plus de plaisir que de terreur.

PIGMALION, *contrefaisant l'écho d'une voix plus forte.*

Erreur.

GALATHÉE.

Qu'entends-je ? Quelle voix a frappé mon oreille ?
Est-ce Vénus qui me répond ?
Non. Cette voix est trop pareille
A celle du Mortel,.. Hélas ! tout me confond.
S'il n'était pas absent, je croirais... Qu'elle est tendre
Cette voix ! Puisse-t-elle encor se faire entendre !

(*Elle s'avance au fond du Théâtre, & chante de nouveau ces Vers.*)

O Vénus ! à mon tour j'implore ta faveur :
Rends Pigmalion à ma flamme,
Tu feras naître dans mon ame
Plus de plaisir que de terreur.

(*Une voix contrefaisant l'écho derrière le Théâtre.*)

Erreur.

GALATHÉE.

Malheureuse !... Le Dieu dont je porte les chaînes
M'environne d'illusions,
Et pour des vérités, m'offre des fictions.

C'est

C'est l'écho des roches lointaines
Qui vient de répondre à ma voix,
Et je n'entends, & je ne vois
Que Pigmalion seul ! en dépit de l'absence
Pigmalion en tout lieu me poursuit :
Pendant le jour, c'est à lui que je pense,
J'y rêverai pendant la nuit.

(*Elle regarde la Statue.*)

Mais voyons un peu la Statue.
J'ai beau la regarder, rien encor ne remue :
Que dis-je ! un voile épais vient d'obscurcir les airs !
A travers ces palmiers, brillent de longs éclairs,
Le tonnerre a grondé dans la voûte éternelle :
Ah ! j'ai commis un crime, en voulant animer
Ce marbre détestable ; & contre une infidèle,
C'est le Ciel qui vient de s'armer.
Mon coupable desir excite la tempête,
A sa fureur tâchons de dérober ma tête.

(*Elle sort de la Scène en désordre, le tonnerre cesse de gronder.*)

SCENE VIII.

PIGMALION *seul, descendant du Piédestal.*

Le tonnerre gronde à propos:
Rien n'est plus fatigüant qu'un éternel repos.
Je n'en puis plus. Toujours dans la même attitude!
Oh! finissons: le supplice est trop rude.
D'ailleurs à Galathée il faut tout découvrir,
C'est assez s'amuser de son inquiétude.
Que son trouble m'a fait plaisir!
Que j'aime sa tendre colère
Contre mon prétendu rival!
Elle va me traiter fort mal:
C'est le vrai moyen de me plaire.
Je souhaite qu'à mon ardeur
Elle ne laisse pas les moindres espérances:
Son courroux fera mon bonheur;
Et ses rigueurs pour moi, seront des jouissances.
Je crois l'entendre revenir.
Pour changer enfin de posture,
Voici fort à propos un siège de verdure
Où je vais feindre de dormir.

(*Il se met sur un banc de gazon.*)

SCENE IX.

GALATHÉE, PIGMALION, *feignant de dormir sur un banc de gazon.*

GALATHÉE.

Il faut avoir bien de l'audace
Pour revenir ici braver les Dieux !
C'est un charme secret qui m'attire en ces lieux,
C'est la statue... O Ciel ! elle a changé de place,
Elle a quitté le Piédestal.
Ah ! c'en est fait. Vénus, exauçant ma prière,
En homme aura changé la pierre.
Je ne me trompe point... O prodige fatal !...
Le voilà !.. Plus je l'envisage,
Plus je crois voir celui qu'idolâtre mon cœur :
C'est là sa taille, son visage,
Il est charmant... Il est... Il est à faire peur !
Je ne sais... Il me prend des accès de fureur....
Si j'avais à présent mes flèches.... Insensée.
Un tel projet doit-il entrer dans ma pensée ?
Dois-je ainsi me mettre en courroux
Contre un objet que je méprise ?
Il est indigne de mes coups.
A cette ressemblance, une autre serait prise.

Une autre... Il faut que je lui dise
Que d'une vaine illusion,
Je sais défendre un cœur tout à Pigmalion;
Approchons, je crois qu'il sommeille;
Comment lui dire?... Il faut que je l'éveille
Oui; sans attendre plus long-temps,
Il faut lui dévoiler mes moindres sentiments.
Seigneur...

PIGMALION, *feignant de s'éveiller.*

Dieux! quel objet se présente à ma vue!
Il porte dans mon ame une joie imprévue.

GALATHÉE.

Je vois à votre joie, à votre étonnement,
Que vous me trouvez fort jolie.

PIGMALION.

Vous êtes, pour mes yeux, l'objet le plus charmant,
Le plus...

GALATHÉE.

Eh bien! j'en suis ravie,
Et vous m'aimez probablement.

PIGMALION.

Oui, je sens que je vous adore.

GALATHÉE.

Eh bien! j'en suis ravie encore,
Moi, je vous hais mortellement.

PIGMALION.

Un tel discours me met en peine :
Apprenez-moi ce que c'est que la haine.

GALATHÉE.

C'est le contraire de l'amour.

PIGMALION.

Je ne vous entends pas.

GALATHÉE.

C'est clair comme le jour.
Ecoutez-moi : tenez, avant que d'être un homme,
Vous étiez ce qu'ici l'on nomme
Une Statue, & sur ce piédestal
Vous figuriez tant bien que mal ;
Enfin, vous n'étiez qu'une pierre.
C'est moi, qui par une prière,
Qu'a suivie un prompt repentir,
Vous ai fait transformer en homme. A l'instant même,
Je voudrais que le Ciel, propice à mon desir,
Vous fît pierre redevenir :
J'en aurais une joie extrême ;
Voilà ce que c'est que haïr.

PIGMALION.

La définition, pour moi, n'est plus obscure ;
Et de vos sentiments, j'aurais tort de douter.

GALATHÉE.

Si sur le piédestal vous vouliez remonter,

J'imagine, je conjecture,

Que peut-être les Dieux....

PIGMALION.

Exauçant vos souhaits;

Me feraient devenir marbre comme j'étais.

GALATHÉE.

Je le desire autant que je l'espère.

PIGMALION.

Eh bien! il faut vous satisfaire:

Je vais....

(*Il fait quelques pas vers le piédestal.*)

GALATHÉE.

Non, arrêtez.

PIGMALION.

Vous retenez mes pas?

GALATHÉE.

Oui; j'ai pitié de vous. Vous avez été pierre
Assez long-temps.

PIGMALION.

Vous voulez mon trépas.

GALATHÉE.

Non. Je vous laisse la lumière,
Pourvu que de vos feux vous ne me parliez pas:
Votre amour offense ma gloire;
Je le répète: je vous hais;

Et si vous persistez à m'aimer, désormais
Je vous haïrai plus : vous pouvez bien le croire.

PIGMALION.

Etrange aveuglement !... Et pourquoi me haïr
Alors que je suis votre ouvrage ?

GALATHÉE.

C'est que du seul mortel que je doive chérir
Vous êtes la parfaite image ;
Que vous avez ses traits, le même son de voix ;
Que je pense le voir, alors que je vous vois ;
Et que plus je suis exposée
A vous confondre avec Pigmalion,
Plus je dois me conduire en personne avisée,
Pour éviter toute distraction.

PIGMALION.

L'image d'un époux n'a donc rien qui vous charme ?

GALATHÉE.

Je goûte, en la voyant, le plaisir le plus doux :
Mais un portrait qui parle & qui marche, entre nous,
Est fait pour causer quelqu'alarme.

PIGMALION.

Je vois à cet aveu si rempli de candeur,
Que c'est Pigmalion qui seul a votre cœur ;
Que vainement j'ose y prétendre.

GALATHÉE.

Oui : mon amour pour lui ne saurait se comprendre.

PIGMALION.

Le croyez-vous payé d'un sincère retour,
Et que sa flamme égale mon amour ?
Le Ciel vous prodigua les charmes.
C'est peut-être à leur vain éclat
Que Pigmalion rend les armes.
Que mon amour est bien plus délicat !
Que mon feu, né de la reconnaissance,
M'enchaîne à vous par un plus pur lien !
Pigmalion ne vous doit rien ;
C'est de vous que je tiens ma nouvelle existence.
Peut-être il n'aime en vous que la beauté ;
Et son feu passager, qu'elle seule a fait naître,
Avec elle bientôt s'envolera peut-être.
Tout me fait un devoir de la fidélité.

GALATHÉE.

Tout à Pigmalion, tout m'enchaîne de même ;
Tout me fait une loi d'aimer celui que j'aime.
Ainsi que vous, je fus un bloc long-temps :
Je le serais peut-être encore,
Si de Pigmalion l'amour & les talents
D'un bloc ne m'eussent fait éclore.
C'est lui qui m'a créé des sens,
C'est de lui que je tiens une ame ;
C'est à lui que je veux consacrer ses présents.
Le marbre enfin, qui fit naître sa flamme,
Doit l'en récompenser à présent qu'il est femme.
Je m'embarrasse peu qu'il se laisse charmer

Par quelque nouvelle Bergère :
Mon bonheur est de lui plaire,
Mon devoir est de l'aimer.

PIGMALION.

Pourquoi donc cherchez-vous à redoubler mes peines!
J'ignore encor si les ingrats
Sont punis par les loix humaines;
Mais je crois que le Ciel ne leur pardonne pas.
Eh bien! vous me forcez à l'être,
Quand vous m'ordonnez d'étouffer
Un feu dont je ne suis pas maître,
Et dont même les Dieux ne pourraient triompher.
En vous obéissant, cruelle, je les blesse,
Ces Dieux dont la justice approuve ma tendresse :
Voulez-vous voir sur moi s'appesantir leurs bras ?
C'est le sort qui m'attend. Voulez-vous voir la foudre
Réduire votre ouvrage en poudre,
Et peut-être sur vous retomber en éclats ?

(*Il tombe à ses genoux.*)

Etre, à qui je dois tout! Etre vraiment céleste!
Etre, par qui le jour est venu m'éclairer,
Ah! permets-moi de t'adorer,
Ou reprends ton présent funeste.

GALATHÉE, *avec attendrissement.*

Levez-vous : de vos maux j'ai pitié, je le sens;
Je voudrais les guérir, & ne puis que les plaindre :
J'aime Pigmalion, j'ignore l'art de feindre,

Et je ne changerai jamais de sentiments.

PIGMALION, *à part.*

Mon triomphe est complet : ô fortunés moments !

SCENE X.

LES PRÉCÉDENS, PARMENON, *déguisé.*

PARMENON, *à la cantonade, d'un ton emphatique.*

PEUPLE, attendez-moi là. Dans ces lieux redoutables,
Que les Dieux immortels viennent de consacrer
Par des prodiges mémorables,
Un Prêtre de Vénus a seul le droit d'entrer.

(*Avec courroux, comme si le peuple voulait entrer malgré lui.*)

Eh quoi ! vous y voulez malgré moi pénétrer ?
Demeurez, malheureux ! ou craignez d'attirer
Le courroux de Vénus sur vos têtes coupables.

(*A Pigmalion.*)

N'êtes-vous pas, Seigneur, ce marbre que les Dieux
Viennent d'animer ?

PIGMALION.

C'est moi-même,
Si j'en crois le rapport, que m'a fait en ces lieux
Cette Beauté qui me hait & que j'aime.

PARMENON, *à Galathée.*

Ce myſtère par vous lui fut donc révélé ?

GALATHÉE.

Oui : j'ai prié les Dieux. Les Dieux m'ont entendue ;
Dans le marbre à ma voix la vie eſt deſcendue,
J'ai dit, & le marbre a parlé.

PARMENON, *à Pigmalion.*

Eh bien, Seigneur, ſoyez prêt à me ſuivre.

GALATHÉE, *vivement.*

Emmenez-le bien loin d'ici,
Mon unique deſir eſt que l'on m'en délivre.

PARMENON, *à Galathée.*

Vous pourriez bien toujours ne pas parler ainſi.
(*A Pigmalion, lui préſentant une couronne.*)
De Tyr recevez la couronne ;
Elle eſt à vous, l'oracle vous la donne,
Et rien ne peut changer ſes décrets abſolus :
Par ma bouche, le Ciel aujourd'hui vous ordonne,
De remplacer notre Roi qui n'eſt plus.
Le Trône vous attend, aux regards de ſon Maître
Tout votre peuple eſt là, qui brûle de paraître.

PIGMALION.

Ciel ! d'où peut me venir ce bienfait glorieux ?

PARMENON.

Un jour vous le ſaurez peut-être ;
En attendant, ſuivez l'ordre des Cieux.

PIGMALION, *à Galathée.*

Eh bien ! l'éclat du rang ſuprême
Pour vous n'a-t-il rien de flatteur ?
Et me préférez-vous toujours un vil Sculpteur ?

GALATHÉE.

Garde, garde ton diadême,
Penſes-tu que pour lui je veuille abandonner
L'unique objet de mon amour extrême ;
Témoin de cet amour, peux-tu le ſoupçonner ?
Pigmalion m'eſt cher cent fois plus que le Trône :
Adieu, je vais le joindre à Babylone ;
Ce n'eſt que ſur ſon cœur que je prétends régner.

PIGMALION, *lui laiſſant faire quelques pas.*

Arrête, Galathée !

GALATHÉE.

O ſurpriſe ! O prodige !
Comment peut-il ſavoir mon nom ?

PIGMALION.

Vois à tes pieds Pigmalion.

GALATHÉE.

Il eſt ſi loin ! ſi loin !

PIGMALION.

Il eſt préſent, te dis-je ;
C'eſt ton amant, c'eſt ton époux,
Qui dans ce moment même embraſſe tes genoux :

Pardonne-lui son stratagême ;
Poussé d'un desir curieux,
Pour éprouver celle que j'aime
J'ai feint d'abandonner ces lieux.

GALATHÉE.

J'aurais dû m'en douter, lorsque sur ta figure
J'ai cru tantôt voir un souris menteur.

PIGMALION.

Ce n'était point une imposture,
Pardonne : alors la créature
S'est en effet mocquée un peu du créateur.

GALATHÉE.

Mais d'Alcamène où donc est la Statue ?

PIGMALION.

Sûr ces gazons nos mains l'ont abattue.

(*Il la montre renversée dans la coulisse.*)

GALATHÉE.

Tu n'es donc pas un Roi ?

PIGMALION.

Non, je ne le suis pas,
Et ne regrette point le Trône.
Cette palme des Arts qui me sert de couronne,
Plus que celle des Rois a pour moi des appas.
L'unique bonheur où j'aspire,
Est d'être au rang de tes Sujets,
De t'obéir toujours, & de n'avoir jamais
Que mon attelier pour empire.

Que m'importe le vain éclat
Que procurent les diadêmes ?
Qu'ai-je besoin d'un Peuple, d'un Etat ?
Je suis plus que Roi quand tu m'aimes.

GALATHÉE.

Cet homme-là pourtant, offre à mes yeux ;
Tous les dehors sacrés d'un Ministre des Dieux.

PARMENON, *ôtant la fausse barbe.*

Regardez-moi de près, & vous pourrez connaître,
Que la barbe & l'habit ne font pas seuls le Prêtre.

GALATHÉE.

O Ciel ! c'est Parmenon !

PIGMALION.

C'est lui-même. Il a pris
Cet habit par mon ordre, il faut lui faire grace
En faveur de mes feux.

GALATHÉE.

Mais cette populace
Qui le suivait . . . .

PIGMALION.

Ton œil surpris
La cherche vainement. Il parlait à des arbres.

(*Avec une raillerie douce.*)

Ton Art s'étend plus loin, tu fais vivre des marbres.

FIN.

LES BRACELETS.

COMÉDIE

EN UN ACTE ET EN PROSE.

Elle donnait non-seulement avec joie, mais avec une hauteur d'ame, qui marquait tout ensemble, & le mépris du don, & l'estime de la personne.

BOSSUET, *Oraison Funèbre de Henriette-Anne d'Angleterre, Duchesse d'Orléans.*

PRÉFACE.

Je fais toujours enſorte que le but moral de mes Comédies ſoit clairement exprimé dans l'Epigraphe que je leur donne; & je le dis une fois pour toutes, afin de n'être jamais obligé de compoſer de Préface. Le paſſage de Boſſuet, que j'ai placé à la tête de celle-ci, annonce que c'eſt une leçon de bienfaiſance; & tant pis pour moi, ſi la Pièce ne parle pas auſſi-bien que l'Epigraphe.

Lorſque je dérogerai à la réſolution que j'ai priſe de ne point faire de Préface, ce ne ſera jamais que pour me faire mieux entendre.

ACTEURS.

M. LE BARON D'ORCÉ.
ANGÉLIQUE.
VALERE.
ROSE.
COLETTE.
LUCAS.

La Scène eſt à la Campagne.

LES

LES BRACELETS,

COMÉDIE.

Le Théâtre représente un Sallon. D'un côté on voit un Clavecin & des papiers de Musique; de l'autre, une table sur laquelle sont quelques papiers épars, & un cabaret de porcelaine. Angelique appuyée sur son Clavecin, en regarde les touches avec ennui, & se lève en disant.

SCENE PREMIERE.

ANGÉLIQUE, *seule.*

QUE la Musique est une sotte chose!.. Voilà un gros quart-d'heure que je suis après cet air, sans pouvoir l'exécuter. Il est de Rameau: cet homme était un Géomètre, plutôt qu'un Musicien; il a fait de l'Algèbre. Qu'une autre se tue à le déchiffrer! Pour moi j'y renonce.

(*Elle s'approche de la table où sont les dessins.*) Voyons un peu cette tête que j'avais commencée, elle a un grand caractère. Comme tout est prononcé dans cette figure! On m'a dit qu'elle représentait celle de Socrate: ce grand Philosophe! (*Elle jette le dessin.*) Il était bien laid! (*Voyant paraître Valere avec Rose*: ah!... (*Elle sort.*)

SCENE II.

VALERE, ROSE.

VALERE.

Tu vois comme elle me fuit! Tu ne lui as point parlé de moi?

ROSE.

Si fait. (*Elle s'en va.*)

VALERE.

Ecoute un moment.

ROSE.

Je n'ai pas le temps. (*Elle s'en va.*)

VALERE.

Rose, tiens. Voilà une bague, qui je crois, t'ira bien.

ROSE, *revenant.*

Qu'avez-vous à me dire? Parlez.

VALERE.

Tu vas trouver Angélique.

ROSE.

Oui.

VALERE.

Eh bien! Dis-lui qu'il existe un homme qui l'adore: dis-lui qu'il n'aspire qu'après le moment de lui déclarer sa passion: Peins-lui les tourments, les transports de cet homme, d'une manière un peu attendrissante: dis-lui qu'il souffre beaucoup, qu'il se meurt, & qu'il sera bientôt mort s'il ne trouve les moyens de lui plaire; & si par hasard elle te demande quel est cet homme, apprends-lui que c'est Valere.

ROSE.

Et si elle ne me demande rien?

VALERE.

Tu le lui diras toujours.

ROSE.

Des transports, des tourments... tous ces grands mots l'effrayeraient. Sans lui parler de cela, je la préviendrai en votre faveur; laissez-moi faire.

VALERE.

Ecoute: voilà Monsieur le Baron, reste avec moi pour m'aider à le fléchir.

ROSE.

Volontiers.

SCENE III.

LES PRÉCÉDENS, M. D'ORCÉ.

M. D'ORCÉ.

Eh bien ! Valere, avez-vous vu ma fille ?

VALERE.

Oui: mais sans pouvoir lui parler : car aussi-tôt qu'elle m'a apperçu, elle s'est mise à fuir, comme si j'eusse été un monstre.

M. D'ORCÉ.

Voilà comme elle est depuis sa sortie du Couvent : rien ne peut l'humaniser ; on dirait que les hommes lui font peur. Je l'ai amenée à la campagne uniquement pour l'égayer, vous nous y avez suivis dans cette intention : elle s'échappe à nos regards, & va rêver seule dans sa chambre.

VALERE.

Accoutumée à la solitude & au recueillement, peut-être cherche-t-elle à reprendre ses habitudes.

M. D'ORCÉ.

Elle est plus que solitaire : elle est triste, inquiette : sa mélancolie me gagne quelquefois, & m'afflige toujours.

VALERE.

La mélancolie est assez commune à son âge.

M. D'ORCÉ.

Elle aime beaucoup les Romans & le thé, qui viennent d'Angleterre. Elle prend souvent de l'un, & lit beaucoup les autres. Quelquefois je les lui arrache des mains, tout mouillés de ses larmes: enfin, je ne suis point tranquille sur sa santé, & j'ai envie de consulter les Médecins.

ROSE.

Vous avez donc envie de la rendre malade.

M. D'ORCÉ.

Non, mais à coup sûr elle l'est.

ROSE.

Non: elle se porte bien.

M. D'ORCÉ.

J'attends une compagnie nombreuse & choisie, & j'espère que cela pourra la dissiper.

ROSE.

Tout cela n'y fera rien, non plus que les Médecins; c'est un époux qu'il lui faut. Ecoutez-moi, Monsieur, l'âge de votre fille est celui où le cœur commence à avoir ses besoins: l'inquiétude & le mal-aise qu'elle éprouve, ne viennent que de cette cause. Je puis en parler savamment, car j'ai eu long-temps la même maladie.

M. D'ORCÉ.

Tu devrais l'avoir encore; car tu n'as jamais été mariée.

ROSE.

Croyez-vous donc qu'il n'y ait que les maris qui guérissent ce mal ? Il est des Charlatans en amour comme en médecine, qui font quelquefois des cures merveilleuses. Mais Mademoiselle Angélique ne doit point être livrée aux Charlatans : il lui faut un Docteur qui ait pris solemnellement tous ses grades : & je crois avoir trouvé son homme. Angélique est votre unique fille, vous l'aimez beaucoup.

M. D'ORCÉ.

Je n'ai rien de plus cher au monde.

ROSE.

Vous ne voulez point gêner ses inclinations.

M. D'ORCÉ.

Je ne veux que son bonheur.

ROSE.

Si par hasard elle se choisissait un époux parmi les jeunes gens qu'elle voit, vous ne le désapprouveriez pas?

M. D'ORCÉ.

Non. Pourvu que son choix fût digne d'elle & de moi.

ROSE.

Oh! je lui connais trop de discernement pour qu'elle se trompe là-dessus.

M. D'ORCÉ.

Eh bien! A quoi peut aboutir ce préambule?

VALERE.

Eh! Monsieur, ne le voyez-vous pas? J'aime Angélique, je l'adore, je ne vois qu'elle par-tout, je ne pense qu'à elle; je ne respire que par elle & que pour elle; mon existence dépend d'un de ses regards. Permettez-moi de tomber à ses pieds, de lui dévoiler mes sentiments, de lui jurer un amour inviolable, éternel; & si elle le partage, ne vous opposez point à mon bonheur.

M. D'ORCÉ.

Ah! c'est vous-même qui voulez être le Médecin? Je vous sais gré de la confiance que vous avez en moi; elle mérite une récompense. Aimez Angélique; je vous la donne, si vous parvenez à vous en faire aimer: mais je retire ma parole, si elle rejette votre amour.

VALERE.

Ah! Monsieur, vous me comblez de joie. Je voulais votre consentement, voilà tout, je me charge du reste.

M. D'ORCÉ.

Voici Angélique, je vais vous présenter.

SCENE IV.

LES PRÉCÉDENS, ANGÉLIQUE.

M. D'ORCÉ.

MA fille, voici Valere que je vous présente. Vous aimez les Arts, il les cultive, il pourra vous diriger dans vos études agréables, & hâter même vos succès. Je veux que vous le consultiez de temps en temps ; & sur-tout, que vous ne le fuyiez point d'un air effrayé, comme vous avez fait tantôt.

ANGÉLIQUE.

Je vous obéirai, mon père..

SCENE V.

ANGÉLIQUE, ROSE, VALERE.

ANGÉLIQUE.

ROSE, approchez-moi ce fauteuil, je me sens extrêmement fatiguée.

VALERE.

D'où peut venir cette lassitude, Mademoiselle ?

ROSE.

De trop de repos. Si vous ſaviez la vie que nous menons, vous ne feriez pas cette demande. Mademoiſelle ſe couche de bonne heure, ſe lève quand le ſoleil a fait preſque la moitié de ſon tour; prend un livre, ſe jette dans une bergère, parcourt le volume en bâillant, ſe lève encore, s'approche d'une glace, calomnie toute ſa perſonne, ſe trouve les yeux battus & le teint pâle, tandis qu'il n'en eſt rien. Pour lui complaire, je lui dis: il eſt vrai, Mademoiſelle, que vous êtes preſque laide ce matin, un peu de toilette vous rendrait vos graces. Un peu de toilette.... Ces mots irritent Mademoiſelle, elle n'en veut point faire, elle la déteſte, elle n'a pas même la coquetterie de l'innocence; & moi, j'enrage de voir qu'elle peut s'en paſſer, parce qu'il faut que je reſte comme elle, les bras croiſés.

VALERE.

Combien tu m'affliges par ces récits! Je voudrais bien pouvoir apporter quelque remède à l'inquiétude de Mademoiſelle Angélique.

ROSE.

Ce n'eſt pas tout, Monſieur, apprenez le reſte, je vous prie. Monſieur le Baron eſt la bonté même: ſon Fermier a une petite fille, nommée Colette: diriez-vous qu'il l'a miſe au ſervice de Mademoiſelle, uniquement pour avoir le plaiſir de lui payer des gages? C'eſt une eſpèce d'aide que l'on m'a donnée: mais à quoi me ſervirat-elle ? On ne peut aider que les gens qui travaillent, & moi je ne fais rien, & je n'ai rien à faire.

ANGÉLIQUE.

N'est-ce donc rien que de parler toujours ? C'est votre occupation tant que la journée dure.

ROSE.

J'en suis fâchée, Mademoiselle, mais il faut que je dise votre conduite à Monsieur. Je la dirais à tout le monde pour vous en faire changer. A l'heure du dîner, Mademoiselle descend, se met à table, mange nonchalamment quelques morceaux, mais ne dîne point. Voici où se passe l'après-dînée. Là, on fait mugir un instrument d'un ton bien triste, bien lugubre, bien lamentable.... Ici, on dessine la tête d'un vieillard rébarbatif.... Quelquefois aussi, j'y vois tracer des lignes, des cercles, qui ressemblent au grimoire ; & je crois qu'on veut évoquer les morts, afin de rendre ce séjour tout-à-fait inhabitable.

VALERE.

Toutes ces choses-là te semblent tristes, sans doute, par la manière dont Mademoiselle les fait ; mais elles sont la source de mille plaisirs.

ROSE.

Ce n'est pas tout. Le soir on va rêver seule dans une allée bien solitaire : on entend le murmure d'un ruisseau, le chant d'un hibou : on les écoute attentivement, & on revient dire qu'on a entendu un concert merveilleux.

On rentre dans le Sallon ; & s'il y a du monde, on fait comme le hibou, on s'enfuit sans rien dire dans sa retraite, d'où l'on ne sort plus jusqu'au lendemain. Dites-moi, Monsieur, s'il est possible de vivre de cette manière ? Pour moi, je n'y tiens plus, je sèche sur pied, je me meurs.

VALERE.

Eh bien ! moi, je vais te rendre à la vie : je veux être ton Orphée. (*Il s'approche du Clavecin, & commence un air fort gai.*)

ANGÉLIQUE.

Ah ! mon Dieu, Monsieur, laissez le Clavecin, il m'est insupportable aujourd'hui. J'ai grand mal à la tête, & vous l'augmenteriez.

VALERE.

Pardon, belle Angélique : je ne connaissais point votre mal. Il est vrai que le bruit peut le redoubler. Ce livre que je vous ai apporté l'autre jour, comment l'avez-vous trouvé ?

ANGÉLIQUE.

Maussade. C'est une critique fort gaie des livres qui font pleurer : il m'a attristée horriblement.

ROSE, *à part.*

Cette fille-là pleure de ce qui fait rire les autres.

VALERE.

Vous êtes la seule sur qui il ait produit cet effet. (*Il*

s'approche de la table où sont les dessins.) Rose avait raison ; voilà une tête fort sévère. Pourquoi vous exercer sur de pareils modèles ? Ce sont les Amours, ce sont les Graces qu'il vous faut peindre. Voilà du moins les études que je vous donnerais à copier avant de tracer votre image.

ANGÉLIQUE.

Ah ! vous n'aurez pas cette peine, car je suis si mécontente de tout ce que j'ai fait jusqu'à présent, que je veux le jetter au feu.

VALERE.

Connaissez-vous cette nouvelle Arriete de l'Opéra-Comique, qu'on chante par-tout ? C'est un *Allegretto*. Je crois l'avoir dans ma poche ; elle irait bien à votre voix, si vous vouliez la chanter.

ROSE.

Un *Allegretto* ! Oh ! cela ne nous convient pas. Il nous faut des *Adagio*.

ANGÉLIQUE.

Je vous ai dit que le bruit m'incommodait, & j'en ferais en chantant. Je vois que vous vous donnez beaucoup de peine pour m'amuser, je vous en remercie ; mais elle est inutile. Je vous ai dit que j'avais la migraine, & quand ce mal me tient, tout ce qu'on fait pour m'égayer me donne de l'humeur.

VALERE.

Eh bien ! Mademoiselle, je vous laisse. (*A part.*) Cette fille est inconcevable.

SCENE VI.

ANGÉLIQUE, ROSE.

ROSE.

EH! pourquoi, Mademoiselle, congédier ce jeune homme de la sorte? Il vous aime, & vous l'avez affligé.

ANGÉLIQUE.

Que veux-tu? J'ai des chagrins, je suis inquiète, & dans cet état je ne peux voir personne. Mais tu dis que Valere m'aime!

ROSE.

Vous avez des chagrins! Et quels sont-ils, s'il vous plaît?

ANGÉLIQUE.

Je l'ignore: mais je sais bien que dans ce moment je ne suis pas contente.

ROSE.

Je le crois, Mademoiselle, je le crois. Voulez-vous que je vous en dise la raison?

ANGÉLIQUE.

Peux-tu la savoir mieux que moi?

ROSE.

Oh! sûrement, je la sais. Vous aimez ... & voilà d'où viennent vos chagrins.

ANGÉLIQUE.

J'aime ! Tu es folle, ma pauvre Rose, jamais conjecture n'a été plus fausse que la tienne. Va, je t'assure que mon cœur est fort tranquille.

ROSE.

Vous n'aimez point ?

ANGÉLIQUE.

Non : certainement ; & qui voudrais-tu que j'aimasse ?

ROSE.

Je voudrais que ce fût Valere, par exemple.

ANGÉLIQUE.

Valere ! je le vois avec plaisir, mais je ne l'aime point.

ROSE.

Songez-vous à lui quelquefois ?

ANGÉLIQUE.

Bien rarement.

ROSE.

Mais vous y songez.

ANGÉLIQUE.

Oui, quand je ne suis pas occupée de choses essentielles.

ROSE.

Ah ! j'entends : vous lui donnez le superflu de vos méditations.

ANGÉLIQUE.

Qu'est-ce que tu veux dire par-là ?

ROSE.

Je veux dire, que, lorsque vous avez réfléchi longtemps sur de graves objets, tels que la Musique & le Dessin ; si vous avez du temps de reste, vous l'employez à penser à lui.

ANGÉLIQUE.

Oui : je crois qu'il vaut autant s'occuper d'un homme, que d'une chanson ou d'un paysage.

ROSE.

Et la nuit, songez-vous encore à lui ?

ANGÉLIQUE.

Oh ! la nuit je ne fais que rêver.

ROSE.

Et il a part à vos rêves comme à vos méditations ?

ANGÉLIQUE.

Cela est vrai : mais tu sais que les rêves ne dépendent pas de nous ; & si j'étais éveillée, je suis bien sûre que cela n'arriverait pas.

ROSE, *d'un ton ironique.*

Oh ! sans doute : vous savez commander à vos pensées la nuit comme le jour. Mais dites-moi encore une chose : quand Valere parait, sentez-vous dans votre cœur un certain trouble involontaire ?

ANGÉLIQUE.

Non : mais je ne ſuis pas bien aiſe qu'il s'en aille, quand je ſuis avec lui.

ROSE.

Et cependant, vous venez de le congédier.

ANGÉLIQUE.

Moi ! je l'ai congédié ! Je lui ai dit que j'avais la migraine, cela était vrai ; & il s'eſt en allé, il a eu tort : il pouvait reſter.

ROSE.

Vous lui avez parlé d'un ton ſi froid, que je crains bien que cela ne lui ait fait de la peine.

ANGÉLIQUE.

Oh ! j'en ſerais bien fâchée : ce n'était pas mon intention.

ROSE.

Vous êtes fâchée d'avoir fâché Valere : vous rêvez à lui, vous y penſez, vous ſouffrez quand il vous quitte, & vous ne l'aimez point ?

ANGÉLIQUE.

Non, Mademoiſelle, non, je l'aime point, j'en ſuis sûre ; & je me fâcherai, ſi vous me parlez encore de cet homme-là.

ROSE.

Eh bien ! laiſſons-là les hommes, & parlons du Dieu qui les gouverne ... de l'Amour.

ANGÉLIQUE

ANGÉLIQUE.

Je ne veux point le connaître.

ROSE.

Et moi je voudrois qu'il fut toujours avec vous. Vous vous ennuyez beaucoup : les jours vous paroissent des mois, les mois des années.

ANGÉLIQUE.

Cela n'est que trop vrai.

ROSE.

Si vous connaissiez l'amour ; les jours, les mois, les années, tout cela volerait si vite ! .. si vite !

ANGÉLIQUE, *d'un air distrait.*

Crois-tu réellement que Valere m'aime ?

ROSE.

Je l'ignore, Mademoiselle ; & vous me fâcherez, si vous me parlez encore de cet homme-là. Mais j'apperçois la fille du Fermier avec son amoureux : je leur avais dit de débarrasser le Sallon de cette table chargée de dessins, & du cabaret de porcelaine. Cachons-nous bien vîte dans le cabinet.

ANGÉLIQUE.

Pourquoi faire ?

ROSE.

Pour écouter leur conversation. Colette & Lucas s'aiment bien tendrement : vous verrez la vérité de ce que je vous ai dit, que les Amans ne s'ennuient jamais.

ANGÉLIQUE.

Nous allons voir. (*Elles se cachent toutes deux dans le cabinet.*)

SCENE VII.

COLETTE, LUCAS.

COLETTE, *entre en sautant, & tenant Lucas par la main.*

ALLONS, Lucas, danse avec moi ce rigaudon que tu m'as appris, & qui est si drôle.

LUCAS.

Morguié, je n'avons pas envie de danser. La saison de not'bon temps est passée.

COLETTE.

Et pourquoi, Lucas ?

LUCAS.

Je n'sommes pas en train.

COLETTE.

Qu'as-tu donc aujourd'hui ? Je te trouve tout soucieux. J'étais comm'ça, moi, avant d't'aimer ; mais depuis que je t'aime, & que je suis sûre que tu m'aimes aussi, vois-tu, Lucas, rien ne m'inquiète plus. Mon père vient de me gronder, car il aime beaucoup ça. J'ai pleuré, ce qui m'a fait mal, & m'a causé un grand chagrin. A présent que je te vois, tout mon chagrin s'en est allé, & je ne me souviens plus d'avoir pleuré.

LUCAS.

Je sommes ben comm'ça. Tous mes chagrins disparaissent à ta présence. Aussi, n'est-ce point sur not'sort que je sommes en peine.

COLETTE.

Tu dis que tu es content d'un air si triste!

LUCAS.

Quand on est affligé, ça se fait voir dans tout. Tu ne sais pas où le bât me blesse?

COLETTE.

Explique-toi, mon ami: je m'exposerai à tout pour te secourir. L'autre jour le gros Thomas, que mon père voudrait que j'épousasse, parce qu'il est plus riche que toi; ce vilain homme dit l'autre jour à Monsieur le Baron, qui est fort jaloux de sa chasse, que tu avois tué beaucoup de gibier dans la forêt; & le Baron voulait te faire mettre en prison. Je te défendis, quoiqu'mon père fût là, & je prouvai que tu avais passé à la maison, presque toute la journée qu'on t'accusait d'avoir passée à la chasse. Monsieur le Baron s'appaisa; mais mon père se mit fort en colère de ce que je t'excusais. Tu le sais bien, Lucas.... Dis-moi: ce méchant homme t'aurait-il joué encore quelque mauvais tour? T'aurait-il accusé de quelque chose? — Je suis prête à tout faire pour te tirer d'embarras.

LUCAS.

Tu as le cœur bon, Colette, tu l'as très-bon; mais tu ne peux rien pour mon secours.

COLETTE.

Je ne peux rien! Peut-être... Je puis au moins te consoler.

LUCAS.

Ta consolation & rien, c'est la même chose. Tu sais que nous sommes très-pauvres dans not'village.

COLETTE.

Vous manque-t-il quelque chose?

LUCAS.

Nous manquons presque de tout. Ce n'est pas not'-faute assurément; je travaillons sans cesse, tu es à portée de le voir; la paresse n'est pas not'défaut. Mais j'ons un père & une mère que la vieillesse met hors d'état de travailler; leur besoin augmentant avec l'âge, tous mes soins devenions inutiles pour eux.

COLETTE.

Que ne me parlais-tu plutôt? Nous avons un maître si bon! Je lui aurais demandé de l'argent, il m'en aurait donné... Voyons si j'aurai.... (*Elle fouille dans ses poches.*) J'oubliais que je n'en ai point; mais j'ai quelque chose qui vaut mieux que de l'argent: ces bracelets que Mademoiselle Angélique m'a donnés, & que j'ai mis aujourd'hui pour la première fois... Eh bien! Lucas! je te les donne: va les vendre, tu en tireras beaucoup, car ils sont bien beaux.

LUCAS.

Morguié Colette, ta bonté me fait tant de plaisir

qu'elle m'attendrit quasi jusqu'aux larmes. Va : garde tes bracelets, ils ne sont pas d'un assez grand prix, pour chasser la misère de chez nous.

COLETTE.

Qu'est-ce que tu dis, Lucas ! Je ne les troquerais pas pour le Château de Monsieur le Baron.

LUCAS.

Ils te servont de parure : tu les aimes beaucoup.

COLETTE.

Oh ! oui. J'étais la seule dans le village qui en eût comm'ça.

LUCAS.

Eh bien ! Gardes-les encore un coup, je t'ons la même obligation que si je les avais acceptés.

COLETTE.

Je veux que tu les prennes ; & si tu les refuses, je t'avertis que tu me feras beaucoup de peine.

LUCAS.

Mais je n'en ons pas besoin.

COLETTE.

Méchant ! Je croyais que tu m'aimais, mais je vois que je m'étais trompée.

LUCAS.

Ah ! tu te fâches, Colette ! Morguié, ce reproche m'a fait presqu'autant de peine que la misère de mes parents.

COLETTE.

Eh bien! Je t'annonce, moi, que je ne t'aimerai plus si tu t'obstines à refuser mes bracelets.

LUCAS.

Tu mets tes présents à des conditions si dures, que je ne pouvons nous empêcher de les recevoir.

COLETTE.

Vas: cours à la Ville vendre ces bracelets: moi, je vais trouver mon père. Il n'est pas riche, il me donnera peu; mais j'espère beaucoup en Monsieur d'Orcé.

LUCAS.

Adieu, Colette; je sortons yvre de reconnaissance & d'amour.

COLETTE.

Attends, attends, Lucas, nous avons oublié de débarrasser le Sallon; Mademoiselle Rose me gronderait: Allons, prends cette table, & moi je porterai le cabaret de porcelaine.

LUCAS.

Avec plaisir.

SCENE VIII.

ANGÉLIQUE, ROSE.

ROSE.

Eh bien ! Mademoiselle, que dites-vous de ce que vous venez d'entendre ?

ANGÉLIQUE.

Jamais conversation ne m'a fait autant de plaisir.

ROSE.

Cette petite fille aimait ses bracelets plus que tout.

ANGÉLIQUE.

Elle s'en parait avec orgueil, elle croyait s'embellir en les portant.

ROSE.

Et cependant, elle les a donnés sans peine. Tels sont les effets de l'amour. Il fait taire l'amour-propre, son ennemi déclaré, éclaire l'ame la plus simple, ennoblit la plus basse, fournit des forces à la plus faible, donne de l'esprit aux sots, & fait passer le temps.

ANGÉLIQUE.

Je commence à croire, que, lorsque la vertu parle à un cœur amoureux, la vanité perd tous ses droits.

ROSE.

La vanité, pourtant, a un furieux ascendant sur les jeunes filles.

ANGÉLIQUE.

Ah! Rose, que ces Amans doivent être heureux!

ROSE.

Sûrement, ils le sont. A qui doivent-ils leur bonheur, si ce n'est à l'amour! Eh bien! direz-vous encore que vous ne voulez point le connaître?

ANGÉLIQUE.

L'amour quelquefois est trompeur, je veux le mettre à l'épreuve: fais-moi venir Colette & Lucas.

ROSE.

Je vais les appeller.

SCENE IX.

ANGÉLIQUE, *seule*.

CIEL! que deviendrai-je, si cet amour ne se dément point! S'il est toujours aussi tendre, aussi fidèle, même dans le malheur! Je serai convaincue que l'amour peut mener à la vertu, & je n'aurai plus d'excuse pour ne point aimer Valere.

SCENE X.

ANGÉLIQUE, ROSE.

ROSE.

AH! Mademoiselle, si vous saviez le malheur qui vient d'arriver?

ANGÉLIQUE.

Eh bien! qu'as-tu? Je viens d'entendre du bruit. La petite Colette aurait-elle cassé le cabaret de porcelaine?

ROSE.

Hélas! oui. Lucas se donne bien du mal pour rajuster la Chine avec le Japon.

ANGÉLIQUE.

C'est un bien petit malheur.

ROSE.

Eh quoi! vous êtes insensible à une perte si considérable! Des tasses qu'on avait fait venir à grands frais de si loin!

ANGÉLIQUE.

Je suis charmée qu'elles n'existent plus, parce que peut-être on m'en achetera de terre ou de simple fayance. Voilà les suites du luxe: il appauvrit en enrichissant, il n'ajoute rien aux plaisirs, & fait naitre les regrets : il n'augmente point les propriétés & multiplie les pertes.

ROSE.

En vérité, Mademoiselle, vous m'éclairez. J'avais cru jusqu'à présent, que le thé était meilleur dans la porcelaine que dans la fayance : mais voici Colette & Lucas qui s'approchent tout interdits.

ANGÉLIQUE.

Laisse-moi leur parler. L'accident qui vient de leur arriver, pourra me servir à les éprouver encore mieux.

SCENE XI.

LES PRÉCÉDENS, COLETTE, LUCAS.

ANGÉLIQUE.

COLETTE, il m'est venu une fantaisie. Je voudrais faire faire des bracelets sur le modèle de ceux que je vous ai donnés ? Il faut que vous me les prêtiez : les avez-vous là ? (*Colette rougit & baisse les yeux. Ici Lucas s'approche de Colette par derrière, & veut lui remettre les bracelets ; mais Rose lui barre le chemin & l'en empêche toujours.*) Il me semble que vous les aviez tantôt.... Qu'en avez-vous fait ?

COLETTE, *d'un air embarrassé.*

Mademoiselle...

ANGÉLIQUE.

Eh bien! répondez donc à ma question... Vos bracelets, où sont-ils ?

ROSE.

Que voulez-vous qu'elle en ait fait? Elle les aura donnés à son amoureux.

ANGÉLIQUE.

Oh! celà n'est pas possible : Colette fait trop de cas de mes présens, pour ne pas les conserver. Colette, que répondez-vous à cette accusation? (*Colette ne répond pas, baisse les yeux & rougit.* (Eh! quel est cet amoureux ? (*Lucas fait signe à Rose de ne point le nommer*).

ROSE.

C'est Lucas, un gros manant du village prochain.

ANGÉLIQUE.

Comment Colette! C'est à Lucas que vous avez donné vos bracelets! Oh! je ne puis le croire. J'ai entendu parler de ce Paysan ; sa probité est suspecte, & je crains bien qu'il ne vous les ait excroqués.

COLETTE, *vivement.*

Non, Mademoiselle, non : Lucas ne m'a point volé mes bracelets ; je les lui ai donnés, je les lui ai donnés moi-même.

ANGÉLIQUE.

Comment, petite fille! à votre âge f[illegible] des présens aux hommes ! Cela est beau vraiment ! Quelle idée voulez-vous que j'aie de vos mœurs ?

ROSE.

Une idée très-mauvaise.

ANGÉLIQUE.

Est-ce ainsi que l'on doit se conduire à votre âge ?

COLETTE.

L'idée que vous avez de moi me fait bien de la peine ; mais cependant j'aime encore mieux cela, que si vous pensiez mal de Lucas.

ANGÉLIQUE.

Eh quoi ! c'est ainsi que vous vous excusez ! Quand vous devriez mourir de honte : cet air intrépide me confirme dans mes soupçons. Vous n'êtes point faite pour demeurer ici. Songez à prendre vos arrangemens, car ce soir, sans plus tarder, vous serez chassée de la maison.

COLETTE.

Eh bien ! soit. Pourvu que je sauve l'honneur de Lucas. (*Lucas rit*).

ANGÉLIQUE.

Rose, dequoi rit ce benêt ?

ROSE.

Ce benêt est Lucas. Il rit peut-être de plaisir, voyant chasser Colette.

LUCAS.

Non, morgui[illegible] nous fait bien de la peine ; je ne

rions pas de ça ; je rions de vous voir gronder pour rien cette pauvre innocente. Elle a oublié de vous dire qu'elle m'avoit donné les bracelets, tant seulement pour une demie heure, à celle fin que je les portions à la femme de Monsieur le Bailli, qui veut en faire faire sur le même moule.

ROSE.

Ah ! quel mensonge !

ANGÉLIQUE.

Sûrement, c'en est un. Croyez-vous, Lucas, que j'ignore votre amour pour Colette ? Ce que vous dites n'est qu'un détour pour l'excuser ; mais elle ne sera pas moins chassée.

LUCAS.

Eh bien ! Mademoiselle, pour cette fois-ci, vous pouvez m'en croire. Il est vrai que j'ons pris les bracelets de Colette ; mais ça été à son insçu, ça été pour lui jouer un tour, pour les lui faire chercher.

ROSE.

Eh ! celui-là est bon ! Comment peux-tu avoir pris les bracelets de Colette à son insçu ? Elle les avoit mis ce matin, & ne les avoit point quittés de la journée ; & puis comment veux-tu que l'on te croye ? Tu as menti une fois, tu peux bien mentir une seconde.

LUCAS, *à Rose.*

Et morgué, Mademoiselle, on ne vous de[illegible] de

pas toutes ces réflexions. (*A Angélique*). Voulez-vous enfin sçavoir la vérité toute pure? Tenez, Colette vous a trompée, en vous disant qu'elle m'avoit donné les bracelets : je les lui ai volés, oui : je les lui ai volés.

ROSE.

De son consentement.

LUCAS.

Non, morguié, je les lui ont pris de force.

ROSE.

Eh bien! tu seras pendu.

LUCAS.

Je sommes prêts à tout souffrir, pourvu que j'épargnions un chagrin à Colette.

ANGÉLIQUE.

J'ai peine à croire ce que vous me dites, Lucas; mais quand même je le croirois, vous n'auriez point pour cela sauvé Colette; car s'il est vrai que vous lui ayez dérobé les bracelets, il est vrai aussi qu'elle a menti, en disant qu'elle vous les a donnés, & je hais autant les menteuses que les personnes qui ont des mœurs dépravées. Ainsi, quoiqu'il en soit, Colette sera chassée; c'est un arrêt porté.

LUCAS, *à part.*

Eh! pauvre Lucas! comment faire! Je sommes pris par tous les bouts.

ANGÉLIQUE.

Rose, allez me chercher mon thé : voici l'heure où j'en ai besoin.

ROSE.

J'y vais, Mademoiselle, mais dans quoi le prendrez-vous ?

ANGÉLIQUE.

Dans les tasses de porcelaines, comme à l'ordinaire.

ROSE.

Demandez à Colette ce qu'elle en a fait. (*Colette pleure*).

LUCAS, *tombant aux genoux d'Angélique.*

Mademoiselle, je venons de vous lâcher trois mensonges ben pommés, pour l'amour de Colette ; j'en convenons. Mais cette fois je faisons serment que c'est la vérité qui va sortir de ma bouche. Colette portoit le cabaret de porcelaine, j'ons voulu profiter de ce moment pour l'y attraper un baiser : elle s'est si bien défendue, qu'elle a mieux aimé casser toutes les tasses, que de se laisser embrasser ; ce qui prouve bien qu'elle a de la vertu.

ROSE.

Sa vertu, je crois, est aussi fragile que les porcelaines qu'elle a brisées.

LUCAS.

Et comme je sommes la cause de ce malheur, je

devons le réparer tout seul. Je ne sommes pas riches ; mes parens sont pauvres, je n'ons que nos bras pour les nourrir ; mais j'allons m'engager dans le premier Régiment ; je vendrons not'liberté, & de l'argent qu'elle me vaudra, je payerons les dégâts de Colette ; &, par ce moyen, je l'y ferai obtenir son pardon.

ANGÉLIQUE, *bas à Rose.*

Rose, je n'y tiens plus.

ROSE.

Ne vous rendez pas encore. Du courage (*à Lucas*). Et crois-tu, maraut, que ta personne soit d'une assez grande valeur, pour satisfaire Mademoiselle. Tout ton individu, tout gros qu'il est, ne payeroit pas seulement la plus petite soucoupe.

ANGÉLIQUE.

Lucas, je n'en veux point à Colette d'avoir brisé les tasses. C'est sans mauvaise intention qu'elle l'a fait, & l'on ne doit punir que les fautes volontaires. Eclaircis-moi seulement sur les bracelets ; car je crois qu'à cet égard tu m'as caché la vérité.

LUCAS.

Eh bien, Mademoiselle ! il est vrai que Colette me les a donnés, & vous n'auriez sûrement pas envie de la chasser, si vous sçaviez par quel motif.

ANGÉLIQUE.

Je sçais tout, mes amis, c'est trop long-temps vous éprouver. Lucas, rends à Colette les bracelets dont je

lui

lui ai fait présent, accepte ceux-ci que je te donne (*elle lui donne ses bracelets*) & va les vendre pour soulager tes parents. Va, ces bracelets sont à moi, je puis en disposer. Je vous défends de me savoir gré de ce que je fais pour vous. C'est un tribut bien foible que je paye à vos vertus. Tous les trésors du monde ne pourroient les récompenser.

LUCAS.

Mademoiselle, j'ons accepté les bracelets de Colette ; mais je n'pouvons rian accepter de vous.

ROSE.

Oh ! oh ! voici qui est nouveau !

ANGÉLIQUE.

Et d'où te vient cette fausse délicatesse ?

LUCAS.

Colette m'aime : Colette n'est pas plus riche que moi ; je pouvons accepter ses dons sans rougir. Il n'en est pas de même des vôtres. Les bienfaits des personnes riches humilient le pauvre, parce que la reconnoissance de celui-ci paroissent toujours aux autres au-dessous de leurs libéralités.

ROSE.

Lucas a raison, Mademoiselle, & puisque sa conscience lui défend de recevoir vos bracelets, je vous conseille de me les donner à moi : ma conscience, qui est plus raisonnable, me permet de les accepter.

ANGÉLIQUE.

Je te croyois plus d'esprit, mon pauvre Lucas. Tes scrupules sont des préjugés : apprends que le riche n'a des biens que pour les distribuer aux pauvres : c'est la loi de la raison, c'est celle de la nature, & tu les violes l'une & l'autre, si tu persistes dans ton opinion.

LUCAS.

Je ne prétendons pas vous contredire, Mademoiselle, je savons que vous avez sur ce point plus de lumières que nous, mais j'ons souvent remarqué que lorsqu'un homme en enrichissoit un autre, il cherchoit à en devenir le maître ; & dame, voyez-vous, je ne voulons être l'esclave de personne.

ANGÉLIQUE.

Autre faux raisonnement. Si tu acceptes mes dons, il arrivera le contraire. Je t'ai laissé ta liberté & tu forces mon admiration : mais j'ai des moyens sûrs de terminer cette dispute. Tu aimes Colette ?

LUCAS.

Oh ! morguié, oui, je l'aimons de toute not'force.

ANGÉLIQUE.

Et tu espères l'épouser ?

LUCAS.

Je le désire bian toujours : elle a un père qui ne veut pas de moi, parce que je n'sommes pas riche.

ANGÉLIQUE.

Eh bien ! ton bonheur dépend de moi. Si ton père est

pauvre, le mien eſt très-riche & fort généreux : il peut te donner à ma prière ce que la fortune t'a refuſé, & t'unir avec Colette. D'ailleurs, j'ai quelque crédit ſur le père de celle-ci : ſi tu acceptes mes bracelets, je l'employerai pour toi, & sûrement je le fléchirai. Mais ſi tu me refuſes, tu me fâcheras beaucoup, & tu n'auras point Colette.

LUCAS.

Colette, que me conſeilles-tu ?

COLETTE.

Je te conſeille, moi..., de ne point fâcher Mademoiſelle Angélique.

LUCAS *à Angélique.*

Eh ben! je conſentons à recevoir les bracelets. Que j'ai de graces à vous rendre! vous me forcez d'accepter un bienfait, pour m'en faire eſpérer un plus grand.

SCENE XII.

ANGÉLIQUE, ROSE.

ROSE.

Y SONGEZ-VOUS, Mademoiſelle, de donner à Lucas des bracelets de diamants ? Vous pouviez lui faire préſent d'autre choſe. Savez-vous qu'ils valent deux mille écus au moins ?

ANGÉLIQUE.

Je les croyois d'un plus grand prix. Quand on soulage la vertu indigente, on doit toujours craindre de n'avoir pas donné assez.

ROSE.

Cette morale est fort belle; mais je doute fort qu'elle soit du goût de Monsieur votre père.

ANGÉLIQUE.

Bien loin de me reprocher cette action, mon père me l'enviera : & d'ailleurs pouvois-je trop payer à ces bonnes gens le service qu'ils m'ont rendu ? Ils m'ont dessillé les yeux, ils m'ont donné une ame nouvelle. Le spectacle intéressant de leur amour m'a éclairée sur les biens qui résultent de cette passion, quand elle n'est point désordonnée. Je suis si émue, si attendrie de tout ce que je viens de voir, que si Valere m'aime, en ce moment peut-être, je lui pardonnerois de me le dire.

ROSE.

Ah ! ma chère maitresse que je suis enchantée de votre conversion ! c'est à moi pourtant que vous la devez. Remerciez-moi bien. Mais j'apperçois Monsieur Valere qui entre.

ANGÉLIQUE *troublée.*

Valere ! ah ! Ciel !

ROSE.

Il n'ose point vous aborder. Que faut-il lui dire ?

ANGÉLIQUE.

Ce que tu voudras.

ROSE.

Il s'en va : faut-il l'arrêter ?

ANGÉLIQUE *avec humeur.*

Je t'ai dit de faire ce que tu voudrois.

ROSE.

Approchez, Monsieur, approchez, notre migraine est passée, & nous pouvons vous donner audience.

SCENE XIII.

ANGÉLIQUE, ROSE, VALERE.

VALERE.

PARDON, Mademoiselle, si je remplis trop exactement les ordres de Monsieur votre père. Il m'a prié de ne pas vous laisser long-temps seule : sans cela je ne prendrois pas la liberté de vous venir voir si souvent.

ANGÉLIQUE.

Quand on est sûr de ne pas déplaire, on n'a pas besoin d'alléguer l'autorité d'autrui pour excuser des démarches innocentes.

VALERE.

Vous me supposez une certitude que je n'ai jamai eue ; & l'accueil froid que vous m'avez fait jusqu'à présent m'en a donné une bien contraire.

ANGÉLIQUE.

Il faut moins imputer ma froideur à quelque chose qui m'ait choqué en vous, qu'à des chagrins particuliers.

VALERE.

Ce que vous me dites n'est qu'un propos d'honnêteté ; un compliment ordinaire.

ANGÉLIQUE.

Non, Valere : ce que je vous dis part du cœur. Vous ne m'avez jamais importunée par vos visites. Si le contraire étoit, je vous le dirois : car je suis sincère. Vous ne m'avez point déplu, parce que vous n'êtes jamais sorti avec moi des bornes de la décence ; & tant que vous conserverez ce ton d'honnêteté, soyez sûr que vous n'encourrez ni mon indignation, ni ma haine.

VALERE.

Je doute que vous teniez votre promesse. Ne serois-je pas certain de vous irriter, par exemple, si je vous parlois....

ANGÉLIQUE.

De quoi ?

VALERE.

D'une chose fort commune & dont on parle souvent : de l'amour,

ANGELIQUE.

Depuis une heure je n'entends parler que de cela, & je ne me suis fâchée contre personne. Demandez à Rose.

ROSE.

Cela eſt vrai. Oh ! rien ne nous adoucit comme de tendres déclarations. Faites-nous en quelqu'une, & vous verrez.

ANGÉLIQUE.

L'amour eſt un ſentiment qui me plait : j'aime à m'en entretenir.

VALERE.

Et non à le partager.

ANGÉLIQUE.

Oh ! c'eſt une autre affaire. Si tous les amants étoient comme un que je connois... peut-être....

VALERE *à part.*

Voudroit-elle parler de moi ! *haut.* Pourroit-on vous demander le portrait de cet amant ?

ANGÉLIQUE.

Dabord il eſt amoureux autant qu'on puiſſe l'être.

VALERE *à part.*

Cela me convient fort.

ANGÉLIQUE.

Il eſt conſtant, ſidèle, même au ſein du malheur. Il ne laiſſe échapper aucune occaſion de plaire à ce qu'il aime ; il a été ſur le point de lui ſacrifier l'honneur & même la vie.

VALERE.

Eh bien ! belle Angélique, je me sents prêt à faire tout cela pour celle que j'adore.

ANGÉLIQUE,

Quoi ! vous avez pris cela pour vous ?

VALERE,

De qui parlez-vous donc ?

ANGÉLIQUE.

De Lucas qui a été sur le point de s'engager, & s'est accusé d'un vol qu'il n'a point fait, plutôt que d'exposer Colette qu'il aime, à être renvoyée de la maison. Mais vous êtes donc comme Lucas : vous avez donc une Colette. Cette Colette est bien vertueuse au moins, bien digne d'être aimée.

VALERE.

Celle que j'aime l'est cent fois davantage. Elle a tous les attraits & toutes les vertus ; elle s'attire tous les hommages & mérite tous les sacrifices,

ANGÉLIQUE.

Puis-je à mon tour vous demander quelle est cette personne ?

VALERE *d'un air embarrassé.*

Ce n'est point Colette,

ROSE,

(*Bas à Valere.*) Expliquez-vous donc ? (*Haut.*) Vous verrez que ce sera moi,

VALERE, *aux genoux d'Angélique.*

Etes-vous si fort brouillée avec votre image, que vous ne vouliez point la reconnoître ? Qui peut ressembler au portrait que je viens de faire, si ce n'est vous, belle Angélique ? Et connoissant si bien vos perfections, que puis-je adorer que vous-même ?

ANGÉLIQUE.

Levez-vous, Monsieur : voici mon père.

SCENE XIV.

LES PRÉCÉDENS, M. D'ORCÉ.

M. D'ORCÉ.

Eh bien ! pourquoi cet air effrayé ? Rassure-toi, mon ami. Tu sais que j'approuve ton amour. Tu m'as obligé doublement, en rendant ma fille sensible. Tu dissipes sa mélancolie & m'unis à ta famille que je respecte & que j'aime depuis long-temps.

VALERE.

Le trouble que j'ai fait paroître ne doit point vous étonner. Il durera tant que je n'aurai pas le consentement d'Angélique.

M. D'ORCÉ.

Eh quoi ! elle ne s'est pas encore expliquée ?

ANGÉLIQUE.

Mon ſilence, Monſieur, vous dit aſſez ce que j'ai dû vous taire.

VALERE *avec un épanchement de joye.*

Ah! Monſieur, vous l'entendez!

M. D'ORCÉ.

Pas trop : il n'eſt pas queſtion de ſilence, il faut parler. Réponds-moi, conſens-tu à épouſer Valere?

ANGÉLIQUE.

Oui, mon père, puiſque cela vous plaît.

M. D'ORCÉ.

Puiſque cela te plaît, j'y conſens auſſi. Roſe, tu diras là-dedans qu'on aille chercher mon Notaire : je veux que le mariage ſe faſſe ce ſoir.

VALERE.

Ah! Monſieur, vous comblez tous mes deſirs.

M. D'ORCÉ, *à Angélique.*

Mais où ſont tes bracelets? Tu les avois tantôt : Qu'en as-tu fait? Où ſont-ils?

ANGÉLIQUE.

Je n'en ſais rien, je crois les avoir perdus.

M. D'ORCÉ.

Comment! tu les as perdus? Fais-les chercher bien vite. C'étoient les ſeuls bijoux de ta mère, que j'euſſe conſervés. Nos chiffres y étoient tracés : j'aimois à te les voir porter, parce qu'ils me rappelloient la tendreſſe & les vertus de cette femme adorée. Valere, je t'implore dans mon malheur : aide-moi à recouvrer le bien le plus précieux. Ne ſongez plus à vos noces, cet accident les différe ; elles ne ſe feront qu'après qu'on aura trouvé les bracelets.

ROSE, *à Angélique.*

Je vous l'avois bien dit, Mademoiſelle, que vous affligeriez Monſieur le Baron. (*au Baron.*) Monſieur, je ſuis en relation avec deux grands Sorciers qui me feront trouver les bracelets. Attendez-moi là.

VALERE.

Mais, Monſieur, ſongez donc que mon amour ne s'accommode point de ce retardement. Je vais commander pour Angélique des bracelets auſſi beaux que ceux qu'elle a perdus, & tout le mal ſera réparé.

M. D'ORCÉ.

Ce n'eſt pas leur valeur que je regrette ; on en trouve tous les jours de plus riches. Mais où en trouver qui me ſoient auſſi chers ? Enfin j'y attachois un prix ineſtimable. Ces bracelets étoient mon tréſor, je ne peux pas vivre ſans eux ; & vous ne voudriez pas préparer une fête, lorſque je ſuis dans la douleur.

SCENE XI.

LES PRÉCÉDENS, ROSE, COLETTE, LUCAS.

ROSE.

MONSIEUR, nous vous apportons les bracelets. Il n'a fallu qu'un coup de baguette pour les déterrer.

M. D'ORCÉ.

Oh! mes amis! rendez-les moi, il n'est rien que je ne fasse pour vous.

LUCAS.

Tenez, Monsieur, les voilà; je ne les ons pas demandés au moins, c'est Mademoiselle Angélique qui nous a forcés de les prendre.

M. D'ORCÉ.

Qui donc a pu vous porter à faire à ce paysan un don si considérable? Vous rougissez, ma fille!

ANGÉLIQUE.

Lucas a des parents très-pauvres, il ne peut pas subvenir à leurs besoins quoiqu'il travaille sans cesse: je l'ai entendu lorsqu'il le disoit à Colette; sa situation m'a fait pitié. J'avois alors sur moi les bracelets de ma mère, & je les lui ai donnés. Je ne rougis point de cette action, elle est toute simple : je rougis seulement par la crainte que j'ai qu'on ne m'en fasse un mérite.

VALERE.

Ah ! Monsieur, vous n'avez plus de raison pour retarder mon bonheur.

M. D'ORCÉ.

Ah ! fille vertueuse & digne en tout de ta mère, comble enfin les vœux du jeune homme qui t'aime, & faites l'un & l'autre la consolation de mes vieux jours. Et vous, mes amis, par qui j'ai retrouvé mon trésor, il est bien juste que je vous en témoigne ma reconnoissance. Je vous donne deux fois le prix des bracelets que vous m'avez rendus.

ROSE.

Ah ! Monsieur, cela vous plait à dire ; Lucas est un homme qui ne reçoit rien de personne. Il avoit déja refusé nos offres.

M. D'ORCÉ.

Il faudra bien qu'il accepte les miennes. Ecoute-moi, mon ami, les bracelets t'appartenoient puisqu'on te les avoit donnés. Je puis bien t'acheter ce qui est à toi.

LUCAS.

Non, Monsieur, vous ne pouvais point m'acheter ce que je ne devons point vous vendre. J'ons reçu les bracelets pour rien, je devons vous les rendre de même, & puis l'argent que vous nous en donneriais, vaudroit-il le bonheur d'être utile à notre bienfaitrice.

ANGÉLIQUE.

Mnis, Lucas, tu oublies que tu n'es pas riche, & que si tu l'étois tu épouserois Colette la fille de notre Fermier.

LUCAS.

Morguié, Mademoiselle, vous aveis raison : cette souvenance me détermine. Vous nous aveis déja prouvé que je n'étions qu'une bête, & vous nous le prouveis encore. Je consentons à tout, dans l'espérance d'avoir Colette.

M. D'ORCÉ.

Allons, mes enfants, mes amis, ne songeons plus qu'au plaisir que ce jour va nous donner. Le Notaire que nous attendons fera les deux mariages. Et toi, ma fille, reprends tes bracelets que tu avois quittés, pour secourir un malheureux : & puisse-tu ne les ôter que pour faire une aussi bonne action.

Fin de l'Acte & de la Pièce.

ORESTE
ET LES
FURIES,
MÉLODRAME
EN TROIS SCENES.

Furiis agitatus Orestes.

Virg.

PRÉFACE.

PRÉFACE.

C'EST en lisant les Euménides d'Eschyle, que j'ai conçu l'idée de ce Mélodrame. Voici en peu de mots l'analyse de cette Tragédie.

ACTE PREMIER.

« Le Théâtre représente l'entrée du Temple d'Apollon à Delphes On y voit une vieille Pythonisse qui fait d'abord une assez longue énumération des Divinités fatidiques, & annonce qu'elle va leur rendre des hommages. A peine entrée dans le Temple, elle en sort à l'instant, effrayée de l'aspect & des discours d'un mortel, dont la main toute sanglante tient une épée nue, & qui embrasse l'Autel d'Apollon. La Pithonisse a vu les Euménides endormies autour de cet homme : ce spectacle l'a glacée de terreur, & elle fuit pour s'y dérober. Le Théâtre change & représente l'intérieur du Temple :

Apollon & Oreste y paroissent ; celui-ci est environné des Furies qui en effet dorment autour de lui : Apollon l'exhorte à fuir pendant leur sommeil, à se réfugier dans le Temple de Minerve, & le rassure sur les suites de son Parricide, lui disant qu'il n'a rien fait que par ses ordres. Oreste profite de ce conseil & s'en va sous la conduite de Mercure. L'ombre de Clitemnestre lui succéde ; cette ombre voyant les Euménides endormies se plaint de ce qu'elles la laissent sans vengeance, & cherche à les éveiller par ses reproches réitérés.

Les Euménides lui répondent par un vain bruit, c'est-à-dire, en ronflant à plusieurs reprises, à la fin elles s'éveillent. Ne voyant plus Oreste & se doutant bien qu'Apollon l'a fait évader, elles se plaignent de ce qu'un jeune Dieu s'est plu à tromper de vieilles Déesses, & finissent par dire que ce jeune Dieu veut en vain soustraire un parricide à leur poursuite.

ACTE II.

Cet Acte ne renferme qu'une scène, exemple assez commun chez les anciens, elle est entre les Euménides & Apollon. Celui-ci ordonne d'abord à ces Déesses de sortir de son Temple; il joint à cet ordre les injures les plus fortes qu'il leur adresse en face. Les Euménides, sans trop répondre à ses injures, lui reprochent d'avoir reçu Oreste dans son Temple, & d'avoir été l'unique instigateur de son crime. Apollon en convient. Oui, dit-il, je lui ai commandé de venger son père : il annonce ensuite aux Furies que Minerve jugera cette cause; après un débat fort vif, dont le crime d'Oreste est toujours le sujet, les Euménides sortent en disant qu'Apollon protège en vain Oreste, qu'elles suivront celui-ci par-tout, & que par-tout il les verra sur ses traces.

ACTE III.

Le Théâtre représente la ville d'Athènes & le Temple de Minerve. Oreste est venu dans ce Temple par ordre d'Apollon; il s'y prosterne au pied des Autels de Minerve & attend qu'elle daigne prononcer sur son sort. Les Euménides entrent, elles apperçoivent Oreste qui embrasse la statue de Pallas. Elles l'investissent & lui font les menaces les plus terribles. Oreste peu allarmé répond que son crime n'est pas inexpiable, qu'il s'est déja purifié dans le Temple d'Apollon, que Minerve entend sa prière, & que son secours le délivrera des tourments qui le déchirent. Les Euménides lui repliquent qu'il a tort de compter sur la protection d'Apollon & de Minerve, que rien ne peut le soustraire à leurs fureurs; & voilà qu'elles entonnent un hymne infernal, dont le ton prophétique & sombre a quelque chose de si effrayant, qu'on croit entendre les hurlements du Tartare. Je ne connais rien, chez aucun Poëte, soit ancien, soit moderne, d'aussi horriblement beau, que le Chœur de ce troisième Acte.

ACTE IV.

Le quatrième Acte ressemble au commencement d'une autre Pièce, quoiqu'il soit la suite de la même. Minerve y descend du Ciel dans son Temple; elle interroge Oreste, qu'elle voit au pied de sa Statue; & les Euménides, qu'elle ne connaît pas. Celles-ci apprennent à Minerve qui elles sont; elles lui apprennent que leur ministère est de ne laisser aucune retraite aux parricides, & qu'elles poursuivent Oreste, qui vient d'égorger sa mère. Minerve répond, qu'Oreste peut se défendre puisqu'il est accusé. Oreste alors dit à Minerve, que pour se purifier de son crime, il a reçu sur son corps des effusions de sang & d'eau : il lui révèle ensuite qu'il est fils d'Agamemnon ; & lui avoue qu'il a poignardé sa mère, pour venger son père, qu'elle avait assassiné dans le bain. Il ajoute enfin, qu'Apollon conduisit son bras. Le crime paraît trop grand à Minerve, pour qu'elle ose le juger. En conséquence, elle dit qu'elle va établir un Tribunal, qui aura seul le droit d'en décider. Ce Tribunal est l'Aréopage. Vous, Euménides; vous, Oreste, ajoute-t elle, fournissez les preuves & les témoins ; je choisirai les plus éclairés & les plus intègres des Athéniens, pour leur confier cette Cause. Minerve & Oreste s'en vont, & les Euménides restent seules hors du Temple de Minerve. Là, elles exhalent avec énergie leur courroux, sur ce qu'on leur enlève le droit qu'elles eurent toujours, de punir les crimes des Mortels.

ACTE V.

Cet Acte n'est autre chose qu'un long plaidoyer: les Juges sont assemblés, Apollon vient servir de témoin & d'Avocat à Oreste: les Furies se déclarent ses accusatrices, & commençant par l'interroger : est-il vrai, lui dit la principale Euménide, que tu aies poignardé ta mère ?

ORESTE.

Je l'ai poignardée, j'en conviens.

L'EUMÉNIDE.

C'est un aveu bien important.

ORESTE.

N'en prenez pas d'avantage, je n'en suis point allarmé.

L'EUMÉNIDE.

De quelle manière lui donnas-tu la mort?

ORESTE.

En lui enfonçant mon poignard dans la gorge.

L'EUMÉNIDE.

Qui te l'a conseillé ? Qui te l'a persuadé ?

ORESTE.

Les Oracles d'Apollon : il l'attestera lui-même.

L'EUMÉNIDE.

A-t-il pu t'ordonner un parricide ?

ORESTE.

Je ne vois pas encore que je doive m'en repentir, *&c. &c.*

Il se tourne ensuite vers Apollon, & le prie de déclarer si le meurtre de sa mère est légitime : Apollon cherche à l'excuser autant qu'il peut. Un des moyens les plus éloquents qu'il emploie, est une peinture fort vive de la mort d'Agamemnon, qui semblait, dit-il, n'avoir échappé aux dangers du siége de Troye, que pour venir tomber dans le piége que lui tendait son épouse. Les Euménides répliquent à tout, de la manière la plus énergique : il n'y a point de raisonnements d'Apollon, quelques forts qu'ils ſpient, qu'elles ne réduiſent en poudre.» Cependant, après que la queſtion a été long-temps agitée de part & d'autre ; après que les Avocats, pour & contre, ont déployé tout ce qu'ils avaient d'adreſſe & de véhémence ; & que même, ſelon l'uſage, ils ſe ſont dit de bonnes injures ; Minerve fait recueillir les ſuffrages, qui ſe trouvent en nombre égal, & Oreſte eſt déclaré abſous. Il ſe retire en remerciant beaucoup Apollon & Minerve, & en vouant une amitié éternelle aux citoyens d'Athènes. Les Euménides indignées, pour ſe venger de l'injure qu'on leur a faite, menacent de répandre ſur cette contrée, les flots d'un venin contagieux. Minerve les appaiſe, en leur promettant des Autels & un culte, & en le leur faiſant promettre par les Magiſtrats & le Peuple. »

Le P. Brumoy, dans ſon Théâtre des Grecs, trouve *cette Pièce ſi bizarre, qu'il croit devoir n'en dire que peu de choſe* : ce ſont ſes propres termes. Le P. Brumoy eſt bienheureux de ne la trouver que bizarre. J'ai autant de reſpect pour ſon jugement, que pour le génie des anciens tragiques ; mais j'avoue que cette Pièce m'a inſpiré des ſentiments bien différents des ſiens. Eh quoi! un fils poignarde ſa mère, ſur la foi de je ne ſais quel oracle; ce fils parricide, eſt abſous enſuite par un Tribunal que préſide la Divinité de la Sageſſe, & par conſéquent tout compoſé de Sages : & il ſera permis à un Père Jéſuite, de ne trouver que bizarre le Jugement de ces Sages prétendus? Et il ſera permis à l'honnête homme, d'abſoudre à ſon tour le parricide dans le tribunal de ſon cœur? Non, non: ce forfait a beau avoir été ordonné par Apollon, les Dieux de l'ancien Paganiſme, que leurs nombreuſes faibleſſes rapprochaient de l'humanité, ces Dieux étaient aſſez ſemblables aux Rois: c'eſt les honorer les uns & les autres, que de leur déſobéir, quand ils commandent un crime. La conſcience dans ces cas là, eſt le plus sûr oracle, & celle de l'homme vertueux ne le trompe jamais.

Les reproches que je fais ici à Eſchyle, tombent autant ſur les Euménides, qui ſont la ſuite des Co-Ephores, que ſur les Co-Ephores même, & les deux *Electres* du Théâtre des Grecs; tout le monde connaît ce ſujet terrible d'Electre. Les trois Tragiques d'Athènes l'ont traité, chacun à sa manière; & d'après son propre génie, il n'est pas étonnant qu'ils se soient réunis pour faire chacun une Tragédie, d'une action où se trouvent réunis tous les grands ressorts de la terreur & de la pitié. Mais croirait-on que tous trois commettant la même faute, font assassiner Clitemnestre par son fils, celui-ci le voulant bien, & la connaissant à merveille? Eschyle même, garde si peu de mesure là-dessus, qu'il est permis de croire, que tout homme qui lirait sans frissonner, & sans que le livre lui échappât des mains, (le quatrième Acte des Co-Ephores), ne serait pas digne d'avoir une mère. Vous avez tué votre époux, dit Oreste à Clitemnestre, dans la cinquième Scène du quatrième Acte, mourez de la main d'un fils. Euripide, & sur-tout Sophocle, ont beau chercher à adoucir l'horreur de cette catastrophe, en donnant à Oreste un grand caractère de religion, & en rappellant aussi souvent qu'ils le peuvent, qu'Oreste est poussé par les Dieux à ce parricide; est-il rien qui puisse excuser un parricide?

C'eſt la juſte horreur que m'ont inſpirée ces atrocités nombreuſes, qui m'a mis la plume à la main, & m'a dicté le Mélodrame que j'oſe aujourd'hui préſenter au Public. Jamais Ouvrage n'a été enfanté plus vîte. Une matinée m'a ſuffi pour en tracer le plan, & pour en écrire les Scènes. Ce n'eſt point pour me targuer d'une vaine facilité, que j'entre dans ce détail frivole. Je veux ſeulement prouver, que l'indignation quelquefois inſpire mieux les Poëtes, que toutes les Muſes enſemble ; & jamais, peut-être, Ouvrage n'aurait mieux mérité que le mien, d'avoir pour épigraphe le *facit indignatio verſum*, ſi je ne lui avais point donné la ſeule qui lui convienne.

Deux Auteurs célèbres ont traité parmi nous le ſujet très-difficile d'Electre. Le premier eſt Crébillon, homme qui avoit le génie brut d'Eſchyle qu'il n'a jamais admiré (*) ; l'autre eſt Voltaire, qui avoit le bon eſprit d'admirer beaucoup Sophocle, & le don plus heureux

(*) *Voyez la Préface de l'Electre de Crébillon, à laquelle Voltaire a ſi bien répondu dans celle de Zulime.*

encore de l'imiter. M. de Rochefort, ſi connu par ſon eſtimable traduction d'Homère, a donné auſſi, depuis peu une Tragédie d'Electre. Je ne parle point de celle de Longepierre qui n'eſt qu'une foible imitation de Sophocle, vuide d'action & d'intérêt. Dans toutes ces Pièces Oreſte tue ſa mère ſans le vouloir ou ſans la connoître, & paroît presque innocent de ce meurtre, quoiqu'il en ſoit tout dégoûtant. On doit ſavoir gré à ces Auteurs d'avoir pieuſement jetté un voile ſur un Spectacle qu'il eſt impoſſible que des yeux mortels ſoutiennent ſans verſer du ſang, au lieu de larmes. Ce voile cependant n'eſt-il pas quelquefois un peu trop Diaphane, comme dans Crébillon ? Et malgré les talents du Peintre, l'horrible nudité du crime n'y paraît-elle pas un peu trop à travers la draperie ? Quoiqu'il en ſoit, mon deſſein à moi ſe montrant, je crois, tout entier dans la Pièce que je donne, ne ſauroit paſſer pour équivoque; il a été d'inſpirer à mes Lecteurs la plus grande horreur pour le parricide; il a été ſur-tout de leur bien perſuader qu'après un tel crime, on doit s'attendre à être éternellement pourſuivi par les Furies ; à les voir, à les entendre sans cesse autour de soi, enfin à souffrir vivant tous les tourments du Tartare ; & sûrement je suis venu à bout de ce dessein, si, comme je l'ai dit plus haut, une indignation profonde tient lieu des talents qu'on n'a pas ; & si la haine la plus vigoureuse du crime, est suffisante pour le rendre odieux.

Eh! quel autre dessein auraient pu m'inspirer les Euménides d'Eschyle ? Le Poëte, dans cette Pièce, me montrera Oreste, se retirant absous d'un crime en horreur à toutes les Nations du monde ; d'un crime, puni en France par la roue & le feu ; d'un crime, contre lequel les Grecs eux-mêmes & les Romains n'avaient point décerné de supplice ; que même, ils n'avaient point nommé dans leur Code criminel, n'imaginant pas qu'il fût possible. J'entendrai Oreste répondre, quand on l'accuse, *qu'il ne croit pas avoir lieu de se repentir* ; & je ne sentirai pas, à cette abominable lecture, toutes les facultés de mon ame se soulever, contre une telle violation des Loix divines & humaines ! Il est certain que les Athéniens eurent horreur de Minerve, lorſqu'ils l'entendirent abſoudre le parricide Oreſte; & cette anecdote ſerait fauſſe, que pour l'honneur de l'humanité, j'aimerais à la croire véritable. On me dira que dans le cinquième Acte des Euménides, il y a des alluſions que les Athéniens durent trouver piquantes; que l'Aréopage, entr'autres, y eſt loué d'une manière fine & délicate. Que m'importe, qu'un autre cherche à deviner ce qu'Eſchyle a voulu dire? Je m'attache à ce qu'il a dit. Quand on fait ainſi des alluſions, ſoit pour flatter des Rois ou des Magiſtrats, ſoit pour flétrir quelque tyran ſubalterne; il faudrait bien prendre garde de ne pas ſacrifier les bienſéances théatrales, au deſir que l'on a de plaire aux uns & d'humilier les autres. La vertu ſe trouve preſque toujours offenſée de ce ſacrifice: & en effet, qu'arrive-t-il de là? Le tyran que l'on a voulu inſulter, périt; les Magiſtrats ou les Rois que l'on a voulu flatter, meurent; deux mille ans après, on ne ſe ſouvient plus de ce qu'ils furent, ni de ce qu'ils voulurent être; & quand on lit le Drame qui avait été fait pour eux, on n'y voit que la vertu, qui ne meurt jamais; on n'y voit, dis-je, que cette Vierge sacrée, foulée aux pieds par le Poëte, & lâchement immolée à des intérêts d'un moment. Je pourrais citer parmi nous plus d'un exemple de cette condescendence criminelle; mais j'oublie qu'une Préface n'est point un Ouvrage de Morale, & que peut-être celui que je publie n'en devrait point avoir.

PERSONNAGES.

ORESTE.

LES FURIES.

L'OMBRE DE CLITEMNESTRE. } *Personnages muets.*

ORESTE.

ORESTE ET LES FURIES,

MÉLODRAME.

Le Théâtre représente le Temple d'Apollon. On y voit arriver Oreste, un poignard ensanglanté à la main. Les Furies entrent après lui. Après chaque alineà, *on doit entendre une musique analogue aux sentiments qui agitent Oreste.*

SCENE PREMIERE.

ORESTE, LES FURIES.

ORESTE.

J'AI beau prier les Dieux, j'ai beau leur faire des sacrifices, rien ne les appaise, rien n'assoupit mes remords, rien sur-tout, rien n'éloigne de moi ces implacables furies, ce sont les loix irrévocables du sort qui les enchaînent ſur les traces des parricides.. Jamais elles ne me quitteront.

C'eſt Apollon qui me commanda ce meurtre, je ſuis dans ſon Temple, j'y ſuis venu pour l'implorer; Apollon ſera moins ſourd que les autres Dieux. (*Il ſe tourne vers la Statue d'Apollon*). O Apollon! tu m'as ordonné de tuer ma mère. J'ai traîné ma mère par ſes longs cheveux ſur la place où mon père avoit péri, & j'ai plongé ce fer trois fois dans le ſein de ma mère, je me ſuis purifié enſuite par le ſang d'un jeune taureau que j'ai fait rejaillir ſur moi; toutes les cérémonies de l'expiation, je les ai ſuivies; je dois être pur à tes yeux; Apollon! O Apollon! Entends mes vœux, délivre-moi des tourments qui me déchirent, délivre-moi ſur-tout de l'aſpect horrible de ces Divinités infernales.

J'ai beau l'invoquer à grands cris, Il ne m'entend pas ou feint de ne pas m'entendre... Eh! que peut-il faire pour toi!... Oreſte, rentre en toi-même, interroge-toi, ſi tu l'oſes: tu as tué ta mère!... ta mère!... Les ſages Auteurs de nos loix n'ont point décerné de ſupplice contre ce crime, n'imaginant pas que jamais un mortel pût s'en rendre coupable. Monſtre exécrable! Fils dénaturé! penſes-tu que des ſacrifices, quelque nombreux qu'ils ſoient, puiſſent laver un pareil forfait? Penſes-tu que le ſang des victimes en réjailliſſant ſur tes habits & ſur tes mains impies, y puiſſe effacer jamais les taches ineffaçables du ſang d'une mère?

Elle étoit criminelle, & les Dieux m'ont ordonné de la punir. Étoit-ce à toi, foible mortel, à venger les puiſſances céleſtes! Les Dieux n'ont-ils pas une foudre pour punir ceux qui les offensent ?... Les Dieux t'ont voulu éprouver sans doute... Peuvent-ils commander le crime ?. Ils cesseroient d'être Dieux.

Haï des Dieux & des hommes, en horreur sur-tout à moi-même, que devenir ! mourons... Ce poignard est teint encore d'un sang qui dût m'être sacré. Mourons.... & que tout le mien se mêle à celui que j'ai répandu. (*Il se veut tuer : les Furies l'arrêtent & le désarment*).

Pourquoi m'arrêtez-vous, impitoyables Déesses ? Est-ce pour me faire mourir à chaque instant de ma vie, qu'en cet instant vous la prolongez ? Ah ! plongez, plongez vous-mêmes ce fer dans mon sein. (*Il tombe à leurs genoux.*) Inexorables Déesses ! laissez-vous fléchir une fois. (*Il se releve.*) Elles lancent sur moi des regards où regnent à la fois le mépris & l'horreur. On diroit... on diroit qu'elles ont peur de moi : c'est le criminel d'ordinaire qui frémit à l'aspect de ses bourreaux, & mes bourreaux frémissent à ma vue.

Si du moins elles daignoient me répondre ! j'ai beau les interroger ; elles s'obstinent à se taire, & voilà mon plus cruel tourment. Quelque effroyables que pussent être leurs discours, je me les figure cent fois plus effroyables encore. Malheureux ! tant que tu vivras, nous serons sur ta trace : par-tout nous t'assiégerons de notre présence terrible & de nos regards plus redoutables que l'éclair & plus meurtriers que la foudre. Lasses enfin de te poursuivre, nous nous jetterons sur toi, comme trois Lionnes affamées, nous devorerons tes membres, nous boirons ton sang, nous te précipiterons au fond du Tartare, & c'eſt là que, pour dernier ſupplice, tu habiteras éternellement avec les ſcélérats qui te reſſemblent. Voilà, voilà les menaces horribles que je crois ſans ceſſe entendre ſortir de leur bouche, ſouffrant ainſi ſans ceſſe de tout ce qu'elles ne me diſent pas, leurs paroles me tueroient ſans doute, & leur ſilence, me laiſſant vivre, me tue bien davantage que ſi elles me faiſoient mourir. (*Elles s'aſſeyent ſur les marches de l'autel d'Apollon, & s'endorment peu-à-peu.*)

Mais il ſemble que leur fureur s'appaiſe. Les voilà aſſiſes ſur les marches de l'Autel; elles s'y endorment... Si je les étouffois pendant leur ſommeil! ſi je les tuois, en les ſerrant dans mes bras homicides! Les tuer! que dis tu? Elles ſont immortelles. Bourreau de Clitemneſtre, tu ne parles que de tuer: le meurtre eſt ton ſeul talent; les aſſaſſinats ſont tes jeux, & pour tes délaſſements, il te faut des parricides.

Quoiqu'inſéparables des criminels, elles ſont exemptes de crime, & Morphée ne dédaigne point de rafraîchir leurs paupieres... Voyons ſi moi-même je pourrai goûter un peu de repos. (*Il s'aſſied.*) Quelle douce fraîcheur vient ſe mêler au feu qui me dévore! le Ciel enfin s'appaiſeroit-il? Il ſemble qu'une roſée bienfaiſante pénètre peu à peu mes vêtements: l'humidité de ce ſiége... (*Il ſe lève & regarde le ſiége ſur lequel il étoit aſſis.*) Dieux! que vois-je! Il eſt tout couvert de ſang! c'eſt moi, c'eſt moi ſeul qui l'ai ſouillé de la ſorte: je diſtille, je ſue du ſang; c'eſt du ſang que je vois par-tout; au lieu d'air c'eſt du ſang que je reſpire; c'eſt du ſang peut-être....;

oui, c'est du sang qu'il a plu sur moi. Le Ciel peut-il avoir pour moi d'autre rosée ? J'ai eu soif du sang de ma mère, & les Dieux me nourrissent, & les Dieux m'abbreuvent de sang.

Fuyons, tandis qu'elles dorment, fuyons, & peut-être j'en serai délivré.

(*A peine il est sorti du Temple, qu'une Furie s'éveille ; ne le voyant plus elle réveille ses compagnes. Les trois Déesses expriment par une pantomime très-animée le chagrin qu'elles ressentent de l'avoir perdu. Elles cherchent par-tout dans le Temple, & sortent enfin en suivant les traces du sang qu'Oreste laisse après lui.*)

SCENE II.

Le Théâtre représente le Palais des Rois d'Argos.

ORESTE, LES FURIES.

ORESTE.

ELLES dormoient quand j'ai fui... Qui leur a pu découvrir ma trace ? (*Il regarde autour de lui.*) Je vois du sang. Ah ! le fil d'Ariane est moins sûr qu'un pareil indice : je ne puis faire un pas qui n'atteste que je suis un parricide.

Et vous, Électre ! vous Pilade ! qui m'avez poussé avec les Dieux au meurtre de ma mère, à présent que le crime est commis, pourquoi me fuyez-vous ? Pourquoi vous ai-je tendu en vain mes bras ensanglantés ? Pourquoi n'ai-je pu un moment vous serrer contre mon sein, & mourir dans le vôtre de l'excès de mes remords ? Vous avez détourné la vue avec horreur, quand j'ai passé près de vous : si la foudre fut tombée à vos pieds, vous n'auriez pas montré plus d'effroi... Ma rencontre est devenue funeste; les Dieux ont imprimé sur mon front un signe de terreur, qui fait qu'il n'est point d'yeux mortels qui puissent soutenir ma présence. Plus d'ami pour moi, plus de sœur, plus de mère sur-tout, plus de mère : je suis seul dans l'Univers, seul... avec les furies.

Mais pourquoi depuis mon forfait, la lumière semble-t-elle avoir été dérobée à ma vue ? N'ayant point osé lever les yeux vers le Soleil, j'ignore s'il éclaire encore le monde; les crimes de mes ayeux l'ont jadis fait reculer d'effroi; a-t-il reculé pour les miens ? Où ces filles de la nuit, en s'emparant de moi, m'ont-elles environné de leurs ténèbres ? Un crêpe sanglant pese sur mes paupières... Deviendrois-je aveugle comme Tirésias ?... Ah ! je serois trop heureux.

Où suis-je donc ? Qui pourra m'apprendre en quels lieux je suis venu me réfugier, pour éviter leur poursuite ? Peut-être en examinant de près ces portiques... (*Il les considere avec attention.*) Qu'apperçois-je ! O découverte affreuse ! je suis dans le Palais des Rois d'Argos, dans le Palais de mes Pères... Fuyons; je ne puis, j'éprouve un charme horrible à me retrouver dans le lieu de ma naissance. Les souvenirs les plus touchants viennent s'y retracer à ma mémoire & m'y retiennent malgré moi.... C'est ici qu'étant encore enfant, mon père me prit dans ses bras, & m'élevant vers les Cieux, m'offrit aux Dieux immortels, avant que de partir pour Troye. C'est là, qu'après une longue absence, Electre me reconnut, & que se livrant à sa joie, & me pressant des plus douces étreintes... O souvenir délicieux, qu'empoisonne le souvenir le plus terrible.

(*Les Furies allument leurs flambeaux.*)

Mais quelle lumière inconnue éclaire peu à peu ce Palais ? Des flambeaux étincellent dans les mains des Furies... Ah ! c'est la clarté des Enfers mille fois plus affreuse que les ténèbres... Le voile est tombé de mes yeux, qu'apperçois-je ?... La place où... Je frémis... C'est-là que tombant à mes genoux & que me découvrant son sein, elle me dit : O mon fils ! mon cher fils ! Perceras-tu ce sein qui t'a allaité ? Ce sein qui t'a nourri ?... Je crois voir encore ce sein disparoître tout-à-coup sous le sang qui l'inonde ; je crois voir ces traits défigurés, ces yeux éteints, ce front pâle. *L'ombre de Clitemnestre parait :* (*Les Furies entrainent Oreste près d'elle, & lui montrent du doigt sa blessure qui saigne encore*). Que vois-je, ô Dieux !.. Tout ce que j'ai cru voir... L'illusion s'est réalisée... Voilà ce front pâle, ces yeux éteints, ces traits défigurés, & ce sein caché encore sous le sang qui l'inonde... Barbares Euménides ! ne m'avez-vous rendu la lumière que pour me montrer cet objet... Vous vous plaisez à tourmenter ma vie par les images les plus terribles ; mais je saurai bien trouver la mort sans vous. (*L'ombre disparoit...* *Oreste sort, & les Furies courent après lui.*)

SCENE III, ET DERNIERE.

Le Théâtre représente des roches escarpées où gravit Oreste, suivi par les Furies, qui les gravissent aussi.

ORESTE, LES FURIES.

ORESTE.

RIEN ne pourra donc jamais me délivrer des Furies!... J'ai couru après mon crime, me réfugier dans le bois consacré à la fille d'Inachus, & qui avoisine Mycènes. & les Furies m'ont suivi dans le bois consacré à la fille d'Inachus & qui avoisine Mycènes. J'ai pénétré dans les Temples d'Apollon, de Junon & de Minerve, & les Furies m'ont suivi dans les Temples d'Apollon, de Junon & de Minerve. Le Palais des Rois d'Argos m'a revu sous ses portiques, & les Furies m'ont suivi sous ses portiques. Me voilà maintenant sur des roches escarpées, errant de précipices en précipices & les Furies me suivent de précipices en précipices. Neptune baigne de ses flots le pied de cette montagne : voyons si elles me suivront dans les flots de Neptune. (*Il lève les yeux au Ciel.*) Soleil! tu peux te montrer, s'il est vrai que, de peur de me voir, tu ayes voilé ton visage. (*Il se précipite dans la mer, & les Furies s'y précipitent après lui.*)

FIN.

www.ingramcontent.com/pod-product-compliance
Lightning Source LLC
Chambersburg PA
CBHW070545030726
47505CB00001B/168

* 9 7 8 2 0 1 9 5 6 2 5 2 6 *